诗经·桃之夭夭

小情歌

那段明媚的离殇和情愁

山东教育出版社

图书在版编目（CIP）数据

诗经·桃之夭夭 / 黑小鬼著. — 济南：山东教育出版社，2011

（小情歌系列）

ISBN 978-7-5328-6842-1

Ⅰ. ①诗… Ⅱ. ①黑… III. ①诗经－诗歌欣赏 IV. ①I207.222

中国版本图书馆CIP数据核字（2011）第078778号

诗经·桃之夭夭

黑小鬼　著

出版策划： 胡延东

责任编辑： 徐晓庆

主　　管： 山东出版集团

出 版 者： 山东教育出版社

（济南市纬一路321号　邮编：250001）

电　　话：（0531）82092663　传真：（0531）82092661

网　　址： http://www.sjs.com.cn

发 行 者： 山东教育出版社

印　　刷： 北京燕旭开拓印务有限公司

版　　次： 2011年9月第1版第1次印刷

规　　格： 710mm × 1000mm　1/16

印　　张： 14.5印张

字　　数： 180千字

书　　号： ISBN 978-7-5328-6842-1

定　　价： 25.80元

前言

PREFACE

爱情是一种宗教。

现实中的爱情总有万分的不如意和纠结惆怅，这或许见证了身边的爱情纠葛。我们早已经习惯了爱情中的尔虞我诈和绝情冷漠，我们已经习惯了曾经深爱过的人从此成为自己人生中的匆匆过客，我们习惯了在爱情的城门中穿梭、茫然、进进出出而空虚寂寞。缤纷世界的五彩人生总掩饰不了内心对爱情的憧憬和失落，所以我们宁愿被骗也甘心在爱情中飞蛾扑火，为的只是心中对爱情的幻想和信仰吧。

或许每一个花季的少男少女在情窦初开的时节，都会对爱情产生那种最初的美好和幻想。虽然看似懵懂而虚幻，但试想，一个历经爱情沧桑的人看到扎着马尾的女孩在痴情男孩的目光中飘过，留下串串银铃般的笑声。会不自觉而沉醉，在心底深处唤起自己的青春年少和诗情画意般的爱情回忆。爱情是这样的，因为幼稚而美好，因为简单而纯洁，每一个经历爱情折磨的人即使看透爱情、看透世事，一旦看到花季恋爱的美好和单纯仍然会想到自己的曾经的美好和幻想。

如果说现实的爱情已经饱受了现实社会中名利和地位的玷污，寻求真爱的人已经被人所鄙夷和耻笑，但是如果在爱情中真的失去了对美好和真爱的幻想，那么人生无疑将更加荒芜和寂寥。依然记得影片

《肖申克的救赎》里面对希望所说的：“希望是美好的事物，也许是世界上最美好的事物，美好的事物永远不会消逝。”也许现实爱情中的我们已经被体制化了，但是总会有那么一个对爱情充满幻想并且矢志不渝的人找到自己想要的爱。

怀着一份对爱情的美好愿望和信仰，我邀请你来到这处爱情的桃花源。《诗经》里的情诗之所以美好和明媚，就是因为其中少了奸诈和功利，多了真诚和坦诚。那如春水一样的语言，那简洁而可以流传千古的爱情誓言，被爱情中的痴男怨女永久铭记。“巧笑倩兮，美目盼兮”的美好爱怜，“求之不得，辗转反侧”的焦虑和忧愁，“执子之手，与子偕老”的坚贞和笃定，让爱情这首歌美好而悱恻，单纯而坚定。它像是独臂维纳斯一样，没有过多的修饰和点缀，只是对身体之美的最初呈现，它那对美学上黄金比例的美好呈现，却超越了人类庸俗的审美。人们只会被它的美震撼和惊叹，而不会说它色情和造作，就是因为这种美单纯而真实。

《诗经》中的情歌也是一样，除去了世俗中关于情的一切污浊和非议。它变得简单而明媚，没有才子佳人的诗酒唱和，没有郎才女貌的刻意雕刻，只是人类爱情的最初流露和追求。所以它才会显得这么真挚和美好，因为在爱情的历史深处确实存在一处桃花源。让我们用心去寻找，感受到那份美好和单纯。

目录 CONTENTS

第一章　相思暗恋篇

第二章　婚嫁绚烂篇

第三章　佳期幽会篇

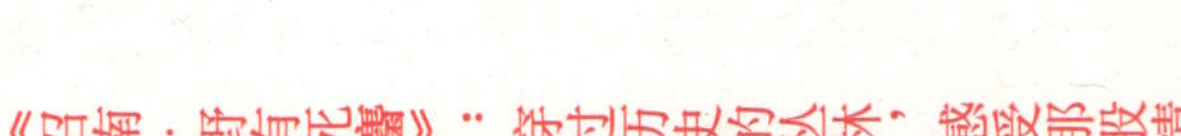

第四章　相思闺怨篇

第一章
相思暗恋篇

《周南·关雎》：一曲上古的纯爱之歌

关关雎鸠，在河之洲。
窈窕淑女，君子好逑。
参差荇菜，左右流之。
窈窕淑女，寤寐求之。
求之不得，寤寐思服。
悠哉悠哉，辗转反侧。
参差荇菜，左右采之。
窈窕淑女，琴瑟友之。
参差荇菜，左右芼（mào）之。
窈窕淑女，钟鼓乐之。

我们谁也不曾想到，作为中国传统文化开山鼻祖的《诗经》竟然是在这样一个欢快活泼的爱情故事中拉开了帷幕，也许正是为了掩盖那远古少年青涩懵懂的爱情，古代的先圣贤人们才会给《诗经》一个正统的名分，让其戴上经国治家的帽子。而后代的学究们更是开始了漫长而又艰辛的“遮羞之路”，但茫茫治国之路及经世之用终究掩盖不住这千古爱情的诗情画意和那段远古风流。

且看那在河边采集荇菜的女子，她或许衣袂飘飘、素手轻盈，她或许指如削葱、唇如点绛，眼波流转、顾盼生辉。这样一个窈窕美女真的是春天里一幅最明媚的画卷！在这样一个阳光明媚的日子里，她在浅浅的沙滩上采着荇菜，河水淙淙、关雎交颈和鸣。当年苏轼夸赞王维的《蓝田烟雨图》是："诗中有画，画中有诗。"但面对如此诗情画意般的场景，恐怕苏大才子在场的话也会大加感叹一番吧。

眼前的一切就像是一幅流动的画面一样，一切的美好景色和希望都在眼前的风景里面流动，面对此景、此情，怎么能不让人会有一种心神向往的情愫悄悄地发芽？此时，爱情的种子就像是河边破土而出的小草一样，在阳光明媚的日子里，蠢蠢欲动。而伫立在春光里的青涩的阳光少年，早就被眼前的这一切迷住了：面对如此美景、如此良人、如此心境，他怎么能不痴迷？怎么能不心醉呢？

感情就是在最初遇见的那一刻发生的吧，在四目相对、眼波流转间，一切早已成为定局。只是因为遇见了，他们的心便像是被打上了千年不灭的魔咒一样，永世不能安息。这就是爱情的轮回吧——无声无息，却又恒久悠长。在爱情的轮回里，我们享受第一眼遇见伊人时的惊鸿一瞥和心灵震撼的愉悦，但又遭遇苦苦相思的孤独和惶恐不安的猜忌。为君痴狂为君平静，只是为了得到心中对爱情的最美好向往。

于是，他深深地陷入了爱情的轮回当中，陷入了她柔软的眼波和妩媚的身影里。他辗转反侧，他夜不能寐，他冥思苦想，为的只是期望和她再次相遇。他渴盼着轻抚琴瑟，拨动美人的心弦，他渴望着鸣钟击鼓，奏响爱情的乐章……他渴望，他渴望了很多，唯独她那最初的身影没有变，像是定格在了他的千万种设想里，成了他追逐、思念的参照物。他，设置了无数次的遇见，或优美柔婉、或平静真实、或热情激昂……只是为了能够再次与她制造一个完美的邂逅。

执子之手，与子偕老。这样的真情连数千年正宗道德代表的孔子都会为之动容吧。一句"思无邪"里面包含了多少聪明豁达与夫子对于真情的呼唤和欷歔啊。几千年前，流转在爱情边缘的痴情儿女们，在远古的河流中抒

发着对于爱情的感触和无尽怀想。他们引吭高歌、他们辗转反侧、他们月下相会、他们颜笑妍妍，为的只是心中那股弥久不衰的爱。不知是有意还是无心，全诗用前两个字“关雎”开头给了这首诗多少浪漫和喜悦啊。那远古的爱情，就如同河边的关雎一样，它们自由专一而热烈地爱着，和谐鸣叫、比翼双飞、永世相守，从遇见的那一刻便惺惺相惜、矢志不渝。

也有传说，说这首诗写的是周文王姬昌和太姒之间的爱情。周文王当时已经闻名天下，是年少有为的一方之主。他早就对贤德的太姒有所耳闻，只是无缘得见。一次邂逅之后，周文王对这个美貌、美德、才华兼备的女子念念不忘。为了能够见到太姒，周文王把舟连接起来，造了一座浮桥，把太姒接到了彼岸，珍爱之情可见一斑。后来征得父母同意后，二人终成连理。在太姒的故乡，姬昌看到了天下罕见的洽川瀵泉，观赏了黄河滩里一望无际的芦苇荡。在幽静的沙洲上，耳畔只有雎鸟关关的叫声，那是它们求偶的信号。而眼前的这对玉人多么像小洲上的关雎一样，痴情、专一、快乐、幸福。婚后他们共同努力，这个贤惠的女人帮助丈夫逐渐光大西周，终于在儿子武王手里建立起了强大的西周王国。所以在《大雅·思齐》里也记载了太姒的贤德，“太姒嗣徽音，则百斯男。”“徽音”用来形容这个贤惠的女孩高尚品德和聪慧气质。

正是如此，《诗经》才没有矫柔造作和虚情假意，只是发自内心的真实感动。因此，这种爱，自然天真，这种爱，干净阳光，这种爱，天真无邪。他们的邂逅成就了一段美妙佳谈。没有多少的山盟海誓，却已在心里相约牵手一生，同甘共苦。爱，因此至情至性、醇厚无比。

正是因为如此，它才如一首远古清新的情歌一样，一直唱到现在，还会一直唱到未来。

《陈风·月出》：月光下的美人情思

月出皎兮，佼人僚兮。

舒窈纠兮，劳心悄兮。

月出皓兮，佼人懰（liǔ）兮。

舒忧受兮，劳心慅兮。

月出照兮，佼人燎兮。

舒夭绍兮，劳心惨兮。

月亮，从古至今，一直是一个容易和感情联系起来的意象，也是一个最容易勾起人们心中无限情思的、感性的自然形象。在中国的文化历史长廊里，它就像是一尊亘古不变的女神一样，虽然被无数人辗转传唱，但是却像是一壶清酒一样，岁月长久而愈久弥新、幽香深远。这些红尘中的爱恨情仇、喜怒哀乐，总是因为有了月光的存在而变得凄美和迷离，总是因为有了月光的修饰变得生动而真实起来。一轮弯月，一地清凉，一夜幽静，在这样一种永恒静谧的意境里，我们总期望发生点故事，或凄美、或温馨、或欢快。但似乎所有的故事总离不开一个“情”字。“人生代代无穷已，江月年年只相似。”其中的欢喜情愁，像是一个个青春期的故事，抑或是一张似曾相识的女孩的脸，总让人感觉有那么一点相识，但却因为总有一点距离而希望走近它们，只是因为它们情真意切而各具风流吧。

或许所有陷入爱河的人都喜欢幻想，希望把自己和喜欢的人设置在一个情景里，让自己挚爱的人在自己设置好的情境里出现，而自己则甘愿充当全部的背景和情愫，来衬托那个在自己心中娇艳无比的女孩。那一轮圆月晶莹剔透，光洁明亮，像是经过精心擦拭的银盘一样，只是为了照出心中那个最美的倩影。静静的、洁白的月光下，那个犹如百合一样的女孩，像是从梦中走来。她身材修长，倩影袅娜，洁白、柔和的月光勾勒出了她柔和的线条和轮廓，“拂墙花影动，疑是玉人来”，好一个玉人！让人感觉如此虚幻、如此完美，而沉浸其中难以自拔。她那柔美婉约的影子像是平湖上惊起的一翩鹤影，带起了一股清凉幽深的风，也在我心中划出了一道无法平静的波纹。周围的环境全都因为她的出现而变得生动、完美起来了！因为，深深爱着你的我，即使给你设置出世界上再美的情境和景色，都不如你的出现那么惊鸿一瞥，那么牵动我的心弦。至此，我终于知道你在我心中的分量和地位了，因为再美的画，没有你也只是过路风景，也只是没有焦点的迷茫。而你的出现，恰恰让过眼云烟般的风景成为了永恒，永远驻足在我的心中。

因此，爱慕欧阳修的一句词，“月上柳梢头，人约黄昏后。”上元佳节，游人如织，灯火阑珊。一轮圆月悄悄攀上那柔美的柳树枝头，像是为情人的约会掌灯一样。月亮竟是那样贴心，那样与深爱的情人心有灵犀。这种心灵间的意会和交流只有你知，我知，月知。多么让人激动的幽会！四目相对，执手相看，诗词中所有美好的意象都不足以来修饰我现在心情的美妙。因为在滚滚红尘、人烟尘嚣之外，还有一个由凉风、满月、你我组成的世外桃源，也许所有浓情蜜意都说不尽此时的美景、美人和欣喜。因为，茫茫人海的五百次回眸终于换来了今夕的四目相对。女孩，你可知道？你是我魂牵梦绕、苦苦追思的一个梦啊。

然而，男孩却始终没有在这个有美人、美景的画面中出现，他只是作为背景在偷偷勾勒、衬托女孩的形象。此时有点凄清的月光就是我淡淡的哀愁吧，那个女孩就像美人鱼一样，身姿绰约、体态修长，一袭洁白的纱裙，在月光下凉如薄雾，像是曹植笔下所描写的游动的洛神一样，静若处子，动若脱兔。只是喜欢看到她的身影、她的表情，男孩只希望自己能在远处静静地看着她，像是一汪明净幽深的湖水一样。因此，男孩站在她的身边不敢呼吸、不敢乱动，怕打破了她的宁静和幽深。于是，男孩宁愿把有她出现的地方都深深印在脑海里，勾勒出有她出现的一幕一幕绝世无双的画面，这些画面静静地在时间的流转中定格，于是，瞬间便成了永恒。

女孩，或许你永远不会知道。那个苦苦深爱你的男孩，宁愿站在你的身边深深凝望，或许有一万个不在一起的理由，但是却找不到一个不爱你的借口。他或许为你辗转反侧、彻夜难眠，或许为你深深叹息，为你静静守候一轮月光，期待有你出现的夜晚……爱，是所有月光倾泻下来的清凉，是所有飘动头发的晚风，是耳边轻轻絮语的虫鸣。那个宁愿为你设置一世风景的男孩，那个把你定格在内心的男孩，那个为你静静等待的男孩，像是月光一样，永恒、幽深、哀婉。

诗中没有交代男孩和女孩的感情是否有好的结果，只是给了我们一个永远的谜，让我们猜想这暗恋的心理，猜想这感情的结局。但这却是爱情最本真的状态吧，因为爱情的美妙之处便在于没有捅破那一层窗户纸前的美妙和迷离。所以无论远古还是现在，无论是欢聚还是别离，这个有着淡淡哀愁的情思爱慕都是让人慨叹、憧憬的。因为，这爱情如月光一样纯洁，如晚风一样轻柔，如秋夜一样深沉。这个谜足以描述爱情的所有迷茫和忧愁，因为，青春年少的我们总会为爱情而困惑而忧愁。或许，在某个月出的夜晚，我们都会想起这首诗，想起某个人，想起这爱的美好和单纯。

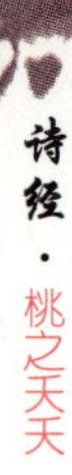

《郑风·野有蔓草》：不期而遇的美好

野有蔓草，零露漙（tuán）兮。有美一人，清扬婉兮。邂逅相遇，适我愿兮。

野有蔓草，零露瀼瀼。有美一人，婉如清扬。邂逅相遇，与子偕臧。

曾记得在春日迟迟的那个慵懒午后，正是年少青春的我们喜欢发呆冥想的季节。总有一个女孩子，或站在教室的门口处仿佛若有等待，或徘徊在寂静的操场上眼神慌乱地环顾四周，或者推着单车盯着某个教室的窗口。原来为了策划一次不期而遇的邂逅，她已经跑遍所有他有可能出现的地方……

在四目相对的那一瞬间，那清澈的眼神中流露出来的是说不尽的惊喜和爱慕，还有欲遮还羞的那份凌乱。或是女孩，或是男孩，心中一旦有了那份对初恋的期待，他们便会精心地制造一次次相遇。思前想后，考虑千遍，为的只是在茫茫人海中你不经意的回眸或者莞尔一笑，还有那让我心花怒放的容颜。或许你永远都不明白，为了与你相遇，我已经在佛前祈祷了上千、上万次。然而在那看似不经意间的一个眼神交流之后，你渐行渐远，一刹那间相遇的火花像是流星一样划过天际，让为爱情深思熟虑的我再次陷入不可逆转的相思轮回当中去，一切的理性和计划都被打得落荒而逃。

初恋的美好在于欲遮还羞的那份羞涩和掩盖，但更希望是不期而遇的窃喜和美妙。在蔓草青青的郊外，露珠晶莹透亮、空气潮湿清凉，仿佛其中一切都氤氲了一种暧昧的气息。我本是踏青而来，在浅草还未没马蹄的初春，在寂静无人的早晨，我乘着清晨薄薄的凉雾和不太明亮的黎明就出发了。我不知道自己为什么起这么早去看并不喜欢的小草，我甚至不明白我到底要去哪里？要去干什么？但是我知道自己要出发，要去赴一个没有约定的约会，因为在心中盘算了千万次，我料定她一定会出现在我到达的地方，我与她冥冥之中仿佛一切都有定数。清晨的露珠打湿了骏马的前蹄，马儿的铃声在寂静的清晨是那么的清脆，仿佛周围都被它从睡梦中惊醒了。我期待着，在这个万籁俱寂的早晨，我的心竟是这样充满了期待！

不远处，一个身影在缓缓地向我漂移过来，我的心有点紧张，因为那个身影是那样熟悉，在睡梦中它曾经出现了上千次，但是我还是有点怀疑自己的眼睛，甚至故作镇定地继续走马观花。但我明白，此刻我的内心早已经乱成了涨潮时的大海，紧张的情绪不时地袭击着我心田。这种心跳的感觉现在是那么明显和剧烈，但我继续朝那个身影的方向移动，我故作镇定，表面上风平浪静，像是一汪沉静的湖水，内心却早已经乱成一团。近了，果然是她！那个在心中念了无数遍的女孩：她的眉毛像是春姑娘刚裁出的两抹柳叶，她的眼神像是刚开冰的清澈见底的溪水。我知道她的眼神有点慌乱，似乎在刻意地躲避我，其实，我何尝不是和她一样？我不敢直面她那让人沉醉的眼神！她美貌、她窈窕。仿佛世间一切赞美容貌的字眼都在她那澄澈透明的眼神里黯然失色了。女孩，为了与你相遇，我已经制造了千万次的机遇，如果你懂我，你也是因为和我相遇才跑到这里来的吗？

突然，我感觉时间凝固了，但这又何妨呢？我希望一辈子待在这种相遇的美好当中，它给我的不止是惊喜更是喜极而泣的感动和遐想。“身无彩凤双飞翼，心有灵犀一点通。”虽然隔空相望，但是你仍能体会我眼神里的每一个意思，亭台楼阁、雕梁画柱、灯红酒绿都无法抹去你在我心中投下的倩影。或许，正是这份默契让我从此对你魂牵梦绕、苦苦追寻。你到这里来，也是为了最初相遇的回眸一笑吗？这让我想起了《聊斋志异》里的婴宁，只是因为她一个不经意的回眸、一个无意间的遗花，就俘获了公子王子服的心。墙里墙外，秋千飘荡、佳人欢笑。墙内的欢歌笑语和阵阵幽香早让独守门外的公子心猿意马……如果你不相信爱情，你肯定不会相信爱情里的种种荒唐和纠结。但是，此刻的我早已经陷入到爱情的滑稽和荒唐当中。有的人相见一面，就永世难忘，为了茫茫人海中不经意的一次回眸我宁愿寻找万年，来消除心中的焦虑和相思。

女孩，在这寂静的清晨，你肯定也是在等待或者寻找什么吧。如果有缘，你应该会记得我。茫茫人海中有一个人对着的你的背影发了好长时间的呆，从此就再也没有醒悟过来。这个人就是我，然而此刻的心情比初见时更加让人惊喜和忧虑。惊喜的是我所有祈祷和心血终于换来了与你的再次相遇；忧虑的是，你我并未说过话，并不相互了解。那么，你我是否还有机会再次相遇？前一刻的惊喜还没有完全消失，后一刻的忧愁早已经翻上心头。如果你爱我，你还会再赴我们的无言约定吗？相遇的美好在于，茫茫人海中四目相遇的激动和热情让人心中像是膨胀的热气球一样，忘乎所以，但让人忧愁的是相遇总会有擦肩而过后的心痛和遗憾，就如同瞬间消失的流星一样，灿烂、美好而又凄厉。我还来不及回味与你相遇的美好，你便已经消失在轻纱般的晨雾里了。渐行渐远，像是一个我从来没有实现过的梦一样。

张爱玲说：于千万人之中，遇见你要遇见的人。于千万年之中，时间无涯的荒野里，没有早一步，也没有迟一步，遇上了也只能轻轻地说一句："哦，你也在这里吗？"或许，只有深谙相思之苦的人才明白苦苦等待后的相遇，只有苦苦守候爱情的人才能体会那份相遇的沉重和感动。一个誓言，一个守候，仿佛是一个加在爱情上的生死魔咒一样，一条情线，却相互牵绊两颗不灭的心。当海枯石烂，当物是人非，花开花落，时光凋零，你是否还记得那个青涩的初恋和相遇？只是以前的那份美好更加增添了岁月的沉重和苍凉。在滚滚红尘中，我等了一个世纪，寻找了一个世纪，终于在回头的那一刻与你相遇。一个温暖的眼神，一句平静的问候，看似娇弱无力却石破天惊。因为，我等了千年，只为与你相遇。

《秦风·蒹葭》：白玫瑰，还是红玫瑰

蒹葭（xiá）苍苍，白露为霜。所谓伊人，在水一方。溯洄从之，道阻且长。溯游从之，宛在水中央。

蒹葭萋萋，白露未晞。所谓伊人，在水之湄。溯洄从之，道阻且跻。溯游从之，宛在水中坻。

蒹葭采采，白露未已。所谓伊人，在水之涘。溯洄从之，道阻且右。溯游从之，宛在水中沚。

又是一首寻人的恋歌！人似乎终其一生都有一件找不到的东西，正是如此，人们才会苦苦地去寻觅，为之牵挂、为之忧愁。在爱情中，得不到的永远是最好的，往往越是得不到的东西就显得越加弥足珍贵。正如法国小说家杜拉斯在《直布罗陀水手》中描写的那样，那个一生都漂流在大海上寻找她的初恋情人的富婆——安娜，终其一生都在流浪、寻找。她在一艘以她的情人的名字命名的游艇上生活，航行在不同的海面上，停留在不同的港口，遇上不同的男人，然而她始终没能停下自己寻找的脚步，因为现实中的形象再完美也抵不过她心中那个自己塑造出来的那个虚幻的形象。与其说她在寻找初恋的美好，倒还不如说是在寻找自己精心营造的美妙的梦。或许这也就是梦的美妙和不可言说之处吧，但也多少有点为寻找而寻找的意味，其中让人不仅感觉多了几许绝望和黑暗。

然而，在纯真的上古时代却并非如此，爱情也正是因为执著、单纯、忧虑而变得更加美好，就像是一朵开在冰崖上的凌霄花一样，纯洁、脆弱、执著。

秋天是一个最容易让人伤感的季节，因为它的萧杀而让人感觉心生寒冷；因为它的凋零而让人感觉希望渺茫；因为它的寒冷而让人心里莫名地悲哀。梧桐一叶落而天下知秋。这句话除了告知人们秋天到来之外，更多的是对秋天来临的不可回避和无限哀思吧。然而，她却在这个让人无限哀怜的季节消失了，这个秋季注定要披上浓重的霜色和无尽的相思！

那深紫色的芦苇早已经被霜雪的萧杀打成苍茫的青灰色，透露出些许的苍凉和悲怆。河面上一片霜降的白茫茫颜色，这岁月早已经进入了深秋季节。而苦苦寻找的她究竟在什么地方啊？他或许已经从春日迟迟、草长莺飞的春季一直寻找到现在，只是此刻的心境因为这悲凉的秋色而更加枯寂、清冷。

河的对岸，看上去霜天一色，迷迷茫茫，像是在飘着细小的雪花一样。或许她就在河的对岸吧，这是已经将全世界寻找完的他能做出的唯一答案，也是他最后的希望。厚厚的棉布鞋踏在薄薄的霜雪上面，发出细微的响声，因为周围太寂静了，时间仿佛停止。只有他一个人在寻找，仿佛一切都是为了这苦苦的追寻。他沿着河的上游，或许能到达她在的地方，但是那河真长啊，道路崎岖不平，仿佛就如同他那坎坷不平的情路一般。迷茫的河，像是被惹怒了的王母一般，突然拔出簪子在他和她之间划出的一道天河。这银白色的河竟然像是一条没有尽头的银色缎带一样，只有开始没有结尾。他的心随着河的逐渐蔓延逐渐地变凉了……

亲爱的你，究竟在哪里？如果这是你故意给我开的一个玩笑，我愿赌服输，请你能让我看到你，好吗？他心里急切地呼唤着她。他觉得也许是幻觉让他迷失了方向，因为在爱情中的人很少能做到理智的，因此，他突然急切地掉头往回走了。因为，他想，既然她不在前方，那一定是在后方了，无论哪一种可能都要尝试一下。他像是一个没有头绪的傻子一样，又急匆匆地往来的方向走去。但是，上天似乎一直在和他开玩笑，那条河仍然是没有尽头，像是刚刚的遭遇一样。也许，这是此刻他头脑中出现得最多的一个词汇，因为在见到她之前，一切都是可能！也许，她根本就不在这里，她也许在河中间的一个小洲上，或是泛舟河上，或是漫步沙洲。如此往复，他不停地奔波在向前、向后、猜测的错乱思维当中。而他整个人也因为不停地狂奔和寻找而身心俱疲。

而那个被寻找的人呢？她始终像是一个白衣素女一样，仿佛飘在白露茫茫的秋天的河中央，仿佛漫步在秋霜皑皑的河对岸，仿佛徘徊在河中的银白色沙洲。依然是那么从容、那么气定神闲。仿佛曹植《洛神赋》中描写的洛神一样："体迅飞凫，飘忽若神，凌波微步，罗袜生尘。动无常则，若危若安。进止难期，若往若还。转眄流精，光润玉颜。含辞未吐，气若幽兰。华容婀娜，令我忘餐。"曹植爱甄妃，但终被兄长和贵为天子的曹丕抢走，夺爱之恨、权位之争、兄弟之情，始终交叉在这个乱世才子的心中。他愤恨、他嫉妒、他无奈，然而所有的一切对他来说都是徒劳。他在怀才不遇的悲恨交加中郁郁而终，然而终究是放不下心中那个美好的形象。于是有了举世无双的《洛神赋》，有了那个被后人奉为武学至境的凌波微步，因为它的轻灵、它的飘忽不定、它的无影无踪。

如此一个飘忽不定的女子，她是那么超凡脱俗、不可捉摸，仿佛不似人间来。于是，男子的这场寻找注定是一场悲剧。然而此诗，并没有以失败的结局收场，而是不断地给这个男子希望，让男子不断地去寻找，没有蓦然回首的惊鸿一瞥，也没有万事皆空的悲戚，只是不断地寻找、寻找，仿佛剩下的生命就是为了寻找。这个寻爱的故事在如此往复中戛然而止，这场凄美、悠长的上古恋歌永久定格在了那个秋露霜降、蒹葭苍苍的河边。

"如果你爱我，你会为我……吗？"这是所有热恋中的女人常问的一句话。然而这又似乎是所有女人在爱情中的败笔和软肋，因为既然得到，远不如渴望和追求那样的击中男人的心坎。正如张爱玲在《红玫瑰和白玫瑰》中说的那句至理名言一样："也许每一个男子全都有过这样的两个女人，至

少两个。娶了红玫瑰，久而久之，红的变了墙上的一抹蚊子血，白的还是'床前明月光'；娶了白玫瑰，白的便是衣服上沾的一粒饭黏子，红的却是心口上一颗朱砂痣”。

是的，爱情因为追求而美好，因为凄厉而传奇。然而得不到终究是一场触不可及的镜花水月，渴望拥有和渴望追求之间的矛盾碾碎了多少岁月长河中的秋日恋歌？或凄美的悲戚，或失落地惊喜，在爱的轮回中，我们究竟得到了什么？又失去了什么？

《陈风·宛丘》：恋上那个疯狂的舞者

子之汤兮，宛丘之上兮。
洵有情兮，而无望兮。
坎其击鼓，宛丘之下。
无冬无夏，值其鹭羽。
坎其击缶，宛丘之道。
无冬无夏，值其鹭翿（dào）。

陈国都城——宛丘，这一日正值一年一度的园游会。初春的一抹绿色已经悄悄爬上了枝头，北飞的燕子不时地从人的头顶上疾飞而去。初春的园游会是这样充满生机和热闹，人们的脸上新春的喜悦显然还没有褪去，春天带来的热情又爬上眉梢。尘嚣市上，游人如织，整个世界弥漫着一种和煦温暖的阳光味道。

鼓声密集，人头攒动，喝彩声从不远处传来。在集市中心最热闹的地方，我看到了你。你站在一个土搭成的圆柱形舞台上，略微挽起的头发上插着鸬鹚的羽毛，身上裹着深褐色的狐皮，赤裸的双腿裸露在外面，赤着的双脚上戴着一串五彩贝壳和兽骨。你是如此疯狂地摇动着身体！头上的羽毛像是一只疯狂乱舞的凤鸟一般，身上的兽皮在阳光的照射下流光溢彩，散发着原始的野性。你是如此全神贯注地微闭双眼，灵动的身体在人们赞叹甚至惊

异的眼光中随着击鼓的节拍疯狂地扭动，整个人群在一刹那间仿佛被你的热情点燃了。

你是一个舞者，一个虔诚的舞者，一个专业的舞者。你有着和神灵交往的职责和魔力，你靠娱乐众神来生存，我知道神灵一定会被你的舞姿所感动，所以才会有这么多的人来请你为神跳舞。同时，你又是一个巫婆，一个靠沟通人神为生的巫婆。你妖艳，你神秘，你诡异。但在我眼里，你更是一个美丽的女子！巫婆、舞者，这些都是别人给你的头衔，而我给你的头衔就是：一个漂亮的陌生女子。

喜欢上你，是循着热闹的人声开始的。当看到你在高高的土台上疯狂舞动时，我就产生了不一样的感觉。你的身躯是那样地曼妙有致，你的脸庞是那样的精致动人，你的神态是那样的专注沉醉。你沉醉在自己的舞蹈世界里了，而我自从看到你的那一刻却沉醉在与你相遇的美好幻想当中了：摘下头上的篮羽，你或许只是一个漂亮清纯的邻家女孩；脱下身上的兽皮，你或许只是一个腼腆害羞的青涩女子；除了此时狂舞，你或许也会像其他女孩一样采桑、养蚕、织布、浣纱。那时，当我遇见你，你或者会羞涩地看着我，或者会对我回眸一笑；哪怕是对我绝情无义，但这些都不重要啊。因为这些都无法抵挡你的无视在我心中所产生的那种冰凉，“落花有情随流水，流水无心葬落花”，我是如此痴迷地爱你，但是你终究都没有看我一眼，在内心深处我早明白这种单恋注定是一场悲剧。

因为巫婆不需要爱情吗？还是你的心早已经被某个神灵俘虏，再也不会和凡间任何一个男子恋爱了？你是如此疯狂地舞蹈着，完全忘记了身边的众人，还有人群中那个痴呆地深望着你的我。咚咚的击鼓声时刻敲击着我开始破碎的心灵，你仍旧是随着鼓声舞蹈着，不知疲倦、无视众人，完全陶醉在自我的舞蹈境界当中去了。如果爱情是一杯毒酒，那么在相遇的那一刻便已经注定悲剧的结局，你我在不恰当的时刻相遇，便注定是一个没有结局的悲剧。“世界上最遥远的距离不是生与死，而是我站在你面前你却不知道我爱你。”在这样一个春日迟迟的下午，仿佛一切都开始因为我内心的失落而开始凝固。春天里的柳树、小桥、流水仿佛变成了画里的风景，人群在时光的流转中变成了永恒，就如同我一样，只是你眼前一个陌生的过客。

虽然知道你不爱我，你甚至都不认识我，永远不知道世界上有我这样一个男孩喜欢你，但是，中了爱情的毒，我再也无法在你的舞蹈和神态中自拔。自此，我爱上了宛丘城中的那个圆形的舞台，迷恋上了那密如雨点一样的鼓声，陷入了一种无法自拔的自我催眠当中。因为，我一直坚信：你总会有一天会睁开眼睛看我一眼，看到我在痴情地看着你。这与其是一个希望，倒不如说是一种幻想，但是沉湎幻想中的我已经无法控制自己了。我愿意等待这个幻想成为现实的一天，哪怕是永远不可能！

转眼过了轻描淡写的初春，过了花红柳绿的盛春，过了春花凋残的暮春，你仍然舞着，像是一个笃定的卫士一样，始终守着你的战场。到了盛夏，你仍然在跳，头上换成了七彩的羽毛，在行人的大道上狂舞，深秋、冬季，你都在随着缶或者鼓的节拍狂舞，完全忘记了季节的更替和气候的变化。当天上的燕子由北向南飞，当树上的叶子凋零，当人群着上厚厚的冬装，你仍然裹着兽皮在热烈地舞蹈，难道是神灵真的被你的热情所感动，而赐予你不怕酷热和寒冷的身躯吗？唯一没有变的是，这个世界上人来人往，但是，我爱你，你却依然不知道，或者根本就不会搭理我。

无日无夜，你仍然在疯狂地舞着，你似乎已经把这个世界给遗忘了。而我也似乎被这个世界遗忘了，我守着你，而你始终把我当空气一样无视。你成了我心中永远无法抹去的一道风景，在这道风景里，没有季节的更替，没有人群的遮挡，只有你一个人在舞蹈，我一个人在看。尽管我们对面不相识，但是这已经够了，因为，当我看到你的那一刻或许你我都明白，我们无法在一起。只是因为，你是族里的降神者，你是族里的巫婆，你是沟通人神的半神半人。所以，你只属于神，我们注定是无法在一起的。所以，你执著地跳着，你专注地跳着，你忽视每一个关注你的男子，你无视每一个渴望的眼神，你摒弃自己每一次蠢蠢欲动的心悸。

既然这样，那就让此刻定格吧。因为，我既不能抹去你在我心里的影子，也无法获取你的爱情。那就这样吧，我可能以后仍然会来看你跳舞，直到老死，你跳不动，我走不动为止。但是，我只希望，你是真的无视我，真的不爱我，因为如果你的心里种下爱情的种子，又怎么能取得神的信赖呢？你可能成为众人唾弃的叛逆者，而再也无法光彩照人地在人群中舞蹈。而舞蹈，就是你的生命！

既然无缘，不如各自相安。那你就安心地舞蹈吧，不管你能否体会我的心声，我都希望你能专心地舞蹈，因为，这既是我们相遇的见证，又是我笃情一生的证明。

亲爱的女孩，疯狂地跳舞吧，我仍然会来看你！

《陈风·泽陂》：爱上那个肥硕的美人

彼泽之陂，有蒲与荷。
有美一人，伤如之何？
寤寐无为，涕泗滂沱。
彼泽之陂，有蒲与莲。
有美一人，硕大且卷。
寤寐无为，中心悁悁。
彼泽之陂，有蒲菡（hàn）萏（dàn）。
有美一人，硕大且俨。
寤寐无为，辗转伏枕。

在《红楼梦》第七十六回中有这样一个场景：中秋之夜，寄身篱下的史湘云和林黛玉难免生出了悲凉孤寂之感，二人在庭院惺惺相惜，即景联句。因为一只白鹤被翩跹惊起，引出了史湘云的文思，当即吟出了一句："寒塘渡鹤影"，而才思敏捷的林黛玉见此景此情，更是睹物自怜，发出了"冷月葬花魂"的哀思。一轮洁白的圆月，虽然像是玉盘般圆满，但终究像是嫦娥居住的广寒宫，给人以空寂冷清的感觉。中秋的清凉和寂静更是给心怀哀思的多愁美人空添了些许忧愁。试想，一轮明月高高地悬挂在深蓝色的夜空之上，清凉的月光静静地倾泻在墨绿色的荷塘之上，虫鸣、微风、亭台楼阁，这种场景中很少不有美人出现的，而有美人出现的地方难免会有故事发生。

但是这次出场的美人不是像黛玉一样的“多愁多病身”、“弱柳扶风态”，而是一个丰腴富态的美人。古人是以胖为美的，这恐怕得益于古代的生殖崇拜和对地位、财富的宣扬。因此越是丰腴、高大的女人越受到人们的喜爱。古人以“硕人”、“硕女”来称赞丰腴美丽的女子。她们体态高大，方额，方脸，双下巴，颈部线条丰满柔美，表现出一种旺盛的生命力和健康的美。本诗中的女主人公是什么样的风姿呢？和她的相遇也是从月光下的池塘边开始的。

他独自一人在池塘边徘徊，池塘边上郁郁葱葱的蒲草勾起了他无限的深思，连那普通的蒲草都有鲜艳欲滴的荷花相伴，而他为何至今都难以寻觅到一个红颜知已呢？其实，他是想起那个女孩，他希望她能做自己的红颜知己，但是结果呢？他陷入了沉沉的思绪当中。脑海里早已经充满了她的影子：她身材高挑、体态丰满，丰满的下巴透露着婴儿的肥嫩，丰美的颈部像是精雕细刻的玉一般柔美、光滑。她出落的那样光彩照人，那样婀娜多姿，让他始终对她心生挂念。这个玉一般的美人，究竟该让我怎么办才能得到她的芳心呢？

他躺在床上，辗转反侧、彻夜难眠。因为心中始终抹不去她的倩影，想起初次的相见和以后的无缘，他深深地哀叹、独自啜饮、流泪。而天上的月亮和地上的池塘仿佛成了他心中永远的痛。月光下独自一身，形单影只，看着幸福的蒲草有美丽的荷花相伴，听着此起彼伏的虫鸣，看到双双归巢的鸟儿……这一切都能勾起他心中的无尽相思……爱因为相遇而美好，爱因为相思而珍贵，但是爱，也因为相思无望而枯萎。

又是一个月圆之夜，又是一个寂静无风的中秋，他仍是独自一人为她彻夜难眠。她或许是官宦人家的女儿，因为她的皮肤是那样洁白柔滑，她的脸庞是那样温润如玉，她的手臂是那样嫩如削葱。在一阵香风中，她环佩叮当，莲步轻移地向他飘来。她的眼神像是深秋的湖水一样澄澈、透明，嘴唇像是初绽放的花瓣一样鲜艳、娇嫩，皮肤吹弹可破，像是一个从仙境下来的美人。他还没来得及细问，她已经在侍女的陪同下渐渐走远了。没有回眸一笑，没有眉目传情，有的只是她那漂亮的背影……他陷入了深深的失落当中。

在这样美妙的月圆之夜，到底要他怎么办，她才能看他一眼，让他存有一丝希望呢？除了彻夜难眠、辗转反侧，他至今还没有找到一个可行的办法，而他心里的忧愁就如同深秋的凉气一样，越堆越浓，越来越重。爱她却说不出口，这是世界上最悲哀的事情！忽然想起了《越人歌》：今夕何夕兮，搴舟中流。今日何日兮，得与王子同舟。蒙羞被好兮，不訾诟耻。心几烦而不绝兮，得知王子。山有木兮木有枝，心悦君兮知不知？相传楚国的鄂君泛舟河中，打浆的越女很爱慕他，就用越语唱了这首歌，但鄂君当时并没有明白女孩的意思。后来，鄂君请人用楚语翻译出来后，才知道那位女子对他的一片深情厚意，但是再回头，那位打浆的女孩早已经消逝在人海茫茫里了……

而他此时，也像那个泛舟江上的女孩子一样，需要什么样的缘分才能得以与那位美人再相遇呢？爱情，是一场相遇的心领神会的游戏，没有早一步，也没有晚一步。有的人相隔千里仍然能够相遇，有的人站在对面仍然看不到对方。说缘分不为过，但是可恶的缘分已经拆散了多少痴男怨女呢？缘分，只不过是在爱情中的失意者的一种自我安慰和借口。

我爱你，你却不知道，我爱你，你却看不见。这是爱情中最大的玩笑和嘲讽，于是他失魂落魄，他独自饮恨。这一切，都是因为心中那个女神一样的女孩，冷若冰霜，丝毫没有对他产生一点爱恋。金庸的武侠小说《天龙八部》中，逍遥派的元老李秋水和天山童姥——巫行云，她们俩是那样深爱着风流俊逸的师兄——无崖子。她们为他卖弄姿色，为他争风吃醋，为他反目成仇。她们宁愿相信这个男人爱的是自己，为此，她们打了一辈子，去争夺这个并不存在的爱情。等到她们看到那个画中人的真正面目时，童姥临死前大笑“不是她，不是她”，李秋水临死前苦笑“是她，是她”，正所谓“同一笑，到头万事俱空”。两人争风吃醋了一辈子，原来却都是爱情上的输家，可见爱情的残酷和悲哀。爱情是一种轮回，痴情的人各自为自己的爱情陷入无尽的痛苦轮回当中，他们像是飞蛾扑火一样，为爱情不惜殒身丧命。其实，这又何尝不是给自己的一个交代和对自己的一种解脱?

在爱情的千千结当中，没有一个胜利者。因为，一旦陷入爱情，便意味着为爱情埋单，而爱情终究是两相情愿的事情，一个人的相思和单恋无论如何都承担不起爱情的负担和风险。但是爱情没有演练和实习，当你看上的第一眼，就注定了为爱难以自拔。因为，我明白所有爱情中的名言至理，但是这些都解不了我中的爱情的毒。

因为，我的爱早已经刻骨铭心。

《王风·采葛》：等待不会归来的采桑女

彼采葛兮，一日不见，如三月兮！
彼采萧兮，一日不见，如三秋兮！
彼采艾兮，一日不见，如三岁兮！

遇见她是在两千多年前的一个下午，夕阳像是一把神奇的金色的梳子，把整个树林全给抹上了一层金黄的颜色。夕阳透过丛林中的叶子金灿灿地撒下来，像是点点金星，让人感觉到莫名的温暖，而这个时间正是傍晚最热闹的时刻。

牧童赶着成群的牛羊从山坡上浩浩荡荡地下来了，农夫也扛着各色农具随着夕阳的步伐一步一步还家了，鸟儿唧唧喳喳地从头顶上飞过，猎人们扛着一天的收获往家走了。他们背上挂着沉甸甸的各色猎物，动物的皮毛在阳光的照射下发出各色的光来，在天黑前的这一段时间，整个森林却无比地热闹起来。而最让森林生动的是那群采集的女孩子，每到这个时候，总会遇到一群女孩子从山上有说有笑地姗姗而来。

每当这个时候，就是我最开心的时候。因为，每次都能看到一个女孩子，她穿着淡青色的罗布裙子，头上的挽着偏偏的头髻，黝黑的头发像是墨泼成的一片瀑布，白皙的鹅蛋脸像一轮明月。每当其他姑娘说笑时，她总是抿着樱桃一样的嘴唇，淡淡地笑。他是众多猎人当中的一个，而她是众多采集姑娘中的一个。我想，我们就如同森林中最普通的两棵树一样，每天日

出而作，日落而息。虽然无言相对，但早已经心有所属。做着自己本职的工作，我每天都认真地打猎，我能打到最大的獐子，能打到火红色的狐狸，能打到最肥的野鸡。或许是认识她之后产生的勇气吧。因为，我这么努力，为的只是在夕阳西下的那一刻，她能注意到我背上的丰硕成果，继而注意到我这个人。

她也是，每天天不亮就起床，也许踏着清晨的露水就和姐妹们上路了，为了能赶上第一批嫩桑叶。在嫩绿色的桑树下，衬托出她花朵一般的脸庞和杨柳一样的身姿。山坡上女孩们的笑声使整个春天顿时变得生动而美好。蚕宝宝吃着她们采回来的桑叶，像风儿一样成长着。下雨了，她们在轻轻的春雨中顶着盛满桑叶的背篓急急地往家跑，在洒满春雨的小路上留下了银铃一般的笑声。这个时候，我只能急匆匆地看她一眼，因为一阵轻轻的细雨使人们加快了回家的脚步，以前的那种闲适和悠然不见了。她的头发淋湿了，衣服上也布满了春雨的痕迹，黑色的刘海粘在细腻的脸蛋上，显得脸庞更加生动起来。她有点狼狈，和其他女孩子一起急忙忙地往家跑去。我身上的猎物因为雨水淋漓而更加沉重起来，但我仍然忍不住地回头看了她一眼。她的背影有点消瘦，整个人也是轻飘飘的样子，像是一棵瘦弱的柳树一样。此时，她也回头仿佛在看什么，但却与我四目相对了。我知道她认识我，因为我们相遇过好几次了。相遇使这个春季变得特别美好，我的周围似乎一直都是鸟语花香，直到她回头看我的时候，我内心的幸福达到了最高点。

或许她是无意看我的，但是看到我灼热的眼神，她慌乱地扭过头，匆忙地向前跑了。我知道，即使她以前没有记住我，那一次回头，她也会记住我，因为雨中只有我一个人站在那里，她眼中明显闪过一丝慌乱。我心里有种说不出的感动，因为终于从她那里找到了回应，虽然下着雨，但是我的心里依然是阳光灿烂。因为，我感到一份爱情开始逐渐在这春天的森林里生根发芽，虽然普通，但是刻骨铭心。

然而，如果知道那一次是至今为止的最后一次相遇，我宁愿看到她冰冷的背，而换来与她再次的漠然相遇。然而现实是，当第二天我满怀希望地在那个交叉口等她时，却再也见不到她的影子。过去了一拨一拨的女孩子，直到最后一个牧童赶着成群的牛羊走远，我才发现，她今天不会出现了。难道是家里出事了？还是有别人代替她采桑了？但是，她采集得多好啊，难道是……我最不想看到的结果出现了——难道她有心上人，要出嫁了吗？昨天的生动脸庞还在脑海里萦绕，今天的小路竟然变得这么空旷。我失落地走在回家的小路上，背上的猎物竟然是出奇地重。夕阳也是出奇地吝啬，很快地就沉到西方的夜幕中去了，夜间的小路突然变得很孤寂冷静。

没有她的日子感觉时间出奇的慢，每天天不亮，我就开始期盼傍晚降临的时刻了。因为那是唯一可能遇见她的机会，但是从早晨到傍晚，这一段时间竟然是如此漫长，我感觉追着猎物跑了一个世纪，而太阳依然在头顶热辣辣地照着。原来不知不觉，已经到了盛夏了，白天变得漫长了。我打猎依然像以前一样卖命，因为我知道我随时会在某一个下午遇见她。那时，我希望自己仍然是那个最能干的小伙子，我不想失去任何一个在她面前表现的机会。因为，我的心里现在已经盛满了她。见不到她的每一天我都度日如年，像是已经过去了三个月，三个萧瑟的秋季，甚至是过去了三年一样，但是她在我心里的影子依然是那样清晰。或许她已经换了采桑的地点，但是整个树林的每一个路口我都跑遍了，依然找不到她的身影。我的心随着季节的变化已经开始变冷了，因为在我发现希望的同时，她却没有任何消息地离我远去了！

我爱她，但是却再也找不到她了！我不知道她去了哪里，我也不知道她叫什么名字，她住在哪里……我唯一知道的就是她的脸庞和羞涩的微笑。这是爱情给我开的一个玩笑吗？我深深地叹息。在打猎的间隙，我思考了无数次，仍然想不到她究竟藏在了什么地方。但是，我们的相遇仿佛已经成了永久的记忆，我已经好长时间没有见到她了，时间像是过去了几个世纪。我的心情因为思念而变得焦躁、疯狂。美丽的姑娘，你到底在哪里？你还会回来吗？请给我一个承诺，我会等你，哪怕一个世纪！

但是，亲爱的姑娘，无论你在哪里，我都会每天依然来这里打猎，在

这个路口期望与你相遇。无论你是否会来，我都会是那个收获最大的猎人、或许我已经老去，身躯佝偻、容颜苍白，但是我仍然不会忘记那个头挽斜髻的女孩，因为她曾经给过我一个美好的梦，和那个阳光灿烂的春天！

《邶风·简兮》：让我们平等地谈情说爱

简兮简兮，方将万舞。日之方中，在前上处。

硕人俣俣，公庭万舞。有力如虎，执辔如组。

左手执龠（yuè），右手秉翟。赫如渥赭，公言锡爵。

山有榛，隰（xí）有苓。云谁之思？西方美人。

彼美人兮，西方之人兮。

脸部像是经过精雕细刻一样，鼻梁高挺，眼神深邃，浓黑的眉毛飞向鬓发，眼睛像是当头的启明星一样。这是，我对你的第一印象。你身上的每一块肌肉都随着音乐的起伏而有序的张弛。你身材高大，肌肉结实，如果站在那里不动，一定像是一个凯旋归来的希腊勇士，那样英俊、勇武、光彩四射。在舞师的队伍中，你是那么显眼，你领着众多舞师在音乐的伴奏下整齐地跳着万舞，那种庞大的气势像是在进行一场生死鏖战一样。你们个个手里舞动着寒光闪闪的长戟，像是猛虎下山，宫廷里顿时如千军万马一样奔腾不息。你左手拿着三孔笛，右手高擎着鸟的羽毛，直到舞得脸部通红，像是染上红土一样的颜色。你统领着舞蹈队伍是这样井然有序，游刃有余，众人在你的指挥下仿佛刚打赢了一场声势浩大的战役一样。观赏的大王抚掌称赞，直言赐酒。这就是你，无论在何时都是那个最耀眼的人！

席间觥筹交错，美人江山，席下赫赫战舞，威猛无比。这是大王的江山和美景，这也是你最闪耀的时刻！有人说，那些闪耀的人就如同天上的月亮一样，无论多明亮的星星始终不能掩盖住他的光芒。的确如此，就如同大才子司马相如，想当年，他诗酒风流，吟赋舞剑，他跟随梁孝王春风得意，文人雅兴。梁孝王死后，他归居蜀地，在苦闷当中他仍然能琴挑卓文君，一曲《凤求凰》，一双充满灵动和艺术的手指间滑出让人心动的音符，让这个锦衣玉食的金枝玉叶宁肯抛弃世俗的伦理道德和自己的优裕生活跟着他当垆卖酒。虽然他们像是贫民一样的穷困、窘迫，但仍是一样的风流快活、逍遥自在。卓文君是中了司马相如的毒，中了他的琴声的毒，而女主人公也大概是中了男主人公的舞蹈的毒了吧。

如果相爱是一个没有预感的心动，那么自我开始遇见你的那一刻或许就是一个错误。但是这个错误太美了，让人忍不住地越陷越深而浑然不觉。我知道，我正在爱情的泥潭中越陷越深，难以自拔。就如同阳光充足的山上会长满高大的榛树，低湿的洼地会长满苓草一样，你这样英俊勇武的男人怎么会不招人喜爱？你始终就像是一轮明月一样，在众星的烘托下显得更加耀眼明亮、光彩熠熠。而我，逐渐地开始思念你，慢慢地被你的光辉所包围，就像是一颗暗淡的星星一样，逐渐被你的光辉所吞噬！

但是，荒唐的是，至今我都不知道你的名字和家乡。我所记得的只是你在舞台上的英俊身姿和深邃眼神！也许你是一个从西方来的流浪艺人，也许你是西方国家的宫廷舞师，也许你是一个沦落为舞者的王公贵族……你气宇轩昂，让我每次都会对你的身世、你的家乡做一次次地猜想：或许你跳完这一场就云游到他国去了，永远不会再回来了。或许你已经受到大王的赏识，成为卫国的宫廷舞师，你会永远待在这个像金笼子一样的王宫里，每天都为王公贵族表演舞蹈、让他们恣意欢笑……

但是，你究竟会漂流到哪里？你这西方来的舞者！你这个英俊的人啊，你从西方来，还会回到西方那个遥远的国度吗？

你像是远地的陌生人不经意间扔到海里的一个漂流瓶一样，里面装着没有见光的爱情，飘到了我这里。等我打开以后，我看到了自己的内心和心中那个越来越清晰的你！这份爱情就像是空气一样虚幻与现实，明明不可能如果相爱是一个没有预感的心动，那么自我开始遇见你的那一刻或许就是一个错误。但是这个错误太美了，让人忍不住地越陷越深而浑然不觉。

简兮简兮，方将万舞。日之方中，在前上处。
硕人俣俣，公庭万舞。有力如虎，执辔如组。
左手执龠，右手秉翟。赫如渥赭，公言锡爵。
山有榛，隰有苓。云谁之思？西方美人。
彼美人兮，西方之人兮。

——《邶风·简兮》

抓住，却一刻也离不开它！我与你就像是两颗划过天际的流星一样，永远不可能在黑天鹅绒一样的夜幕中并肩而立、闪闪发光！我知道我会燃烧得体无完肤，粉身碎骨。但是，当我明白时，一切都来不及了，我心中的爱，像是流星一样随着时间迅速地划过天际，把仅有的热量燃烧殆尽，划出那一条傻傻的、痴情的光线，只是为了求得你的一个注视。

但是，你或许应该看不到我吧。我长相平庸、身世低贱，相貌平平。我们一个台上，一个台下，你关注的始终是王侯和妃嫔的笑容，而我关注的始终是你的身姿和眼神。但是你或许永远不会注意到我吧，因为我就是那个时而奔走在大厅里端茶侍奉的侍女，时而是站在大王妃嫔背后撑扇侍立的女孩，我甚至没有一个固定的位置，你怎么可能看到我？

爱情就像是一个天平，如果砝码相差太大，总会翻掉！这是我经常听到的一句爱情箴言，也是我不敢造次的一个底线。所以我始终站在幕后观看你跳舞，因为我始终没有办法站在你的舞台上和你并肩作战。我们的爱情不是砝码的重量不一，我们的爱情是两个不同世界的天平，既然来自不同的两个世界，那么爱情的天平标准怎么可能相同呢？

在《简·爱》中，简·爱对罗切斯特说过：“你难道认为，我会留下来甘愿做一个对你来说无足轻重的人？你以为我是一架机器？——一架没有感情的机器？能够容忍别人把一口面包从我嘴里抢走，把一滴生命之水从我杯子里泼掉？难道就因为我一贫如洗、默默无闻、长相平庸、个子瘦小，就没有灵魂，没有心肠了？——你不是想错了吗？——我的心灵跟你一样丰富，我的心胸跟你一样充实！要是上帝赐予我一点姿色和充足的财富，我会使你同我现在一样难分难舍，我不是根据习俗、常规，甚至也不是血肉之躯同你说话，而是我的灵魂同你的灵魂在对话，就仿佛我们两人穿过坟墓，站在上帝脚下，彼此平等——本来就如此！”

是的，爱情不是苟且偷安的感情游戏，我爱你，在心灵上和你是平等的。既然此刻，你看不到我，我不能与你平等地站在一起谈情说爱，那么我愿意等你，等你我的爱情砝码相等，等你我的爱情天平平衡。虽然我仍然深

切地思念你、喜欢你。但是，我仍然是夜幕中那颗暗淡的小星，那么我会等你，在你重新认识我的那一刻！

那一刻，你不是万众瞩目的舞师，我也不再是身份低贱的宫廷侍女。就让我们平等地站在一起，谈情说爱！

《周南·汉广》：暗恋桃花源

南有乔木，不可休思；汉有游女，不可求思。
汉之广矣，不可泳思；江之永矣，不可方思。
翘翘错薪，言刈其楚；之子于归，言秣其马。
汉之广矣，不可泳思；江之永矣，不可方思。
翘翘错薪，言刈其蒌；之子于归，言秣其驹。
汉之广矣，不可泳思；江之永矣，不可方思。

关于江南的一切印象，我总想到这样一幅画面：暮春三月，草长莺飞，杂花生树，二八妙龄女郎，在落英缤纷的季节莺莺燕燕、歌声流啭。因为它的莺声燕语，因为它的柔美多情，还有它迷离朦胧，总让我对这方神秘忧伤的水土感到慨叹不已。因为，这是爱情的国度，那撑着油纸伞踟蹰徘徊的身影还没有消失，远处却飘满了小儿女痴情的歌声、泪影。

任何一个对爱情有着美好幻想的人都会想到，在这个江水幽幽、青山苍翠、人美如画的地方总会有很多凄美的爱情故事发生。那在爱情当中缠绵痴情的小儿女们，他们的一笑一颦、他们的情思眼泪，总像是黄梅季节的牛毛细雨一样，迷迷茫茫、淅淅沥沥，遮住了爱人相看的泪眼，还有在长满青苔的青石板上百转千回的回眸……

那穿着蟹壳青罗布裙的二八少女在船头划桨高歌，她们笑靥如春、面似桃花。一声声脆亮的呼唤唤醒了沉睡中的江南，唤绿了一江活脱脱的春水。撇开李煜的“问君能有几多愁”的满腹哀思不说，单是那在春色烂漫的情愫下萌发出的爱情真的是“恰似一江春水像东流”，虽然几经阻拦、几经波折，单是这样满满当当、波光粼粼的春水，试问，什么样的障碍，才能阻拦得住？又有几个人能忍心阻拦这恰如春水一样充满生机、恰似春水一般纯洁、明净的爱情。

爱情就如同这满满的江水一样，因为追逐而活泼，因为追逐而凄美。当你漫步绿水盈天的江边；当你和姐妹们在花荫树影下欢声笑语，相约嬉戏；当你独坐船头，寂静深思。或许你永远不知道，江的那一头，有一个人在默默地注视着你，这就是暗恋的美好，也是相思的痛苦。你是那样的幸福！因为我的爱慕和暗恋，你变得如此美好，愿你成为我心头的宝贝，把你轻轻捧在手心，愿你成为我手掌中的明珠，时时刻刻把你守护。你是那样在不知不觉中幸福着，这份暗恋就像是加在你身上的光环，让你变得那样美丽而神秘。但我是痛苦的啊，因为，你永远如同那高飞的鸟儿一样，我始终不能够到，就如同是南山的乔木，虽然很茂盛、很高大，但是我却偏偏没有在它底下乘凉休息的缘分。而你这江水那头的女孩啊，飘忽不定，像是随风而舞的浮云一样，我始终不能得到你的爱情。

你就像是宽阔无边的汉水一样，我根本不能横穿而过，你就像那无边无际的长江水一样，我的小船，永远到不了你的彼岸。总想着，有那么一天，我满怀欣喜去收割那茂盛的荆条，把马儿养得肥肥壮壮的，好迎娶凤冠霞帔的你。总想着有那么一天，我亲自割掉那茂密的蒌蒿，让我的小马吃得饱饱的，好去迎娶江水那头装扮一新的你。但是啊，你永远就像那奔腾不息的江水一样，我想抓，却已经流向了远方。这种洞房花烛的场景在我心中翻转了千百遍，只是其中少了那个满身大红、喜气洋洋的你。

我爱你，但是你知道吗？如果我的心意能够到达，那大概也被这无情的江水给冲走了吧！因为，你永远都像那高傲的汉水女神一样，美艳无比而又飘忽不定。抓住你，比横渡漫无边际的江水还难，抓住你，比遨游汉水还要不切实际！所有对你的情思仿佛都被碾成细波粼粼的江水，随着你那永不停息的脚步慢慢地流向没有方向的天际。对你的爱，已经化成了一曲悲歌在江南春雨的迷离中无限上演，无数次回忆……

江南似乎是爱情的源头，但是没有终点。这些凄美的爱情因为这里的山明水净而变得那样澄澈透明。明明是单恋的相思，在那莺声流转的小女儿口中唱出来却是那样让人心荡神驰、撩动心弦。或许只是因为爱，才那样单纯、那样透明。即使不爱，也那样让人感觉凄美中透出一股明亮和透明来。宋代的李之仪在他的《卜算子》中这样描写热恋中的妙龄儿女的呼声：我住长江头，君住长江尾；日日思君不见君，共饮长江水。此水几时休？此恨何时已？只愿君心似我心，定不负相思意。

那划桨送客的二八少女，就是这样在水上的来来回回中想念着隔河相望的男孩。她像其他女孩一样，她像是一抹春天的绿色一样普通，她像是幽幽的春水一样朴实，她像是桨打水声一样单纯。但是，她爱那个江水对岸的男孩，对面不相识的单恋，她已经深深地体会。如果江水能够传情达意，那男孩不是早知道了吗？但是这样的相思究竟什么时候才是个尽头呢？男孩，如果你能像我一样痴情，我一定不会辜负你！这小女儿的痴情是多么地热烈和单纯！这份单纯质朴的爱，就像是开春的溪水一样，那样普通，却又那样澄澈透明，举世无双。思念是一种看不见的痛，明明很痛，却看不见、摸不着。同是江水边上的痴情儿女，同是单恋的相思之苦，同是对面看不到的爱。但是，咏唱千万遍，却依然荡气回肠。

关于相思，关于暗恋，关于痴情的悲歌，从《诗经》的上古时代一直唱到现在，一样的情思，一样的痛苦，一样的痴心，但是从来没有让人感到腻烦和矫情。因为，单纯的爱，是人类永远的爱情桃花源吧，虽然不切实际，却愈久弥新！

第二章

婚嫁绚烂篇

《周南·桃夭》：给爱情一个美妙归宿

桃之夭夭，灼灼其华。之子于归，宜其室家。桃之夭夭，有蕡（fén）其实。之子于归，宜其家室。桃之夭夭，其叶蓁（zhēn）蓁。之子于归，宜其家人。

武林至尊金庸在谈到桃花岛的来历时说过：“写《射雕英雄传》时需要一个海上的岛，有一点浪漫情调的，不能离大陆太近，也不能太远，桃花岛的位置很适当，面积不小，南宋时期罕有人迹，十分适合给书中黄药师啦、黄蓉啦、周伯通啦设立一个活动的天地。”东邪黄药师居住的地方便是东海的一个充满神秘的浪漫色彩的人间仙境——桃花岛。小说中这样描写桃花岛的神秘和美丽：

（郭靖黄蓉）两人转行向东，到了舟山后，雇了一艘海船。黄蓉知道海边之人畏桃花岛有如蛇蝎，相戒不敢近岛四十里以内，如说出桃花岛的名字，任凭出多少金钱，也无海船渔船敢去。她雇船时说是到虾峙岛，出畸头洋后，却逼着舟子向北，那舟子十分害怕，但见黄蓉将一柄寒光闪闪的匕首指在胸前，不得不从。船将近岛，郭靖已闻到海风中夹着扑鼻花香，远远望去，岛上郁郁葱葱，一团绿、一团红、一团黄、一团紫，端的是繁花似锦。黄蓉笑道："这里的景致好吗？"郭靖叹道："我一生从未见过这么多，这么好看的花。"黄蓉甚是得意，笑道："若在阳春三月，岛上桃花盛开，那才教好看呢。师父不肯说我爹爹的武功是天下第一，但爹爹种花的本事盖世无双，师父必是口服心服的。只不过师父只是爱吃爱喝，未必懂得什么才是好花好木，当真俗气得紧。"郭靖道："你背后指摘师父，好没规矩。"黄蓉伸伸舌头，扮了个鬼脸。

郭靖生性愚钝，自然对花不是很敏感，但是从他的一句"生平没有见过这么多，这么好看的花。"可以看出桃花岛的桃花实在是像它的主人一样：虽然古怪，但自是花品第一流，突出了桃花之奇、之盛、之浪漫。黄蓉评论爹爹黄药师种花的本事盖世无双，洪七公虽然在功夫上未必输给爹爹，但是在种花和赏花上自然是不能和黄药师相提并论。从中可以看出桃花岛主的性格。小说这样描述黄药师的形象：一身青色直裰，头戴方巾，是个文士模样，形象清瞿，风姿隽爽，萧疏轩举，湛然若神。他上通天文，下通地理，博览群书，精通阴阳五行、奇门八卦数术，琴棋书画，更是无一不精。再加上黄药师本人风流潇洒，口味高雅，单从他的武功已可见端倪。他的"落英掌"、"兰花拂穴手"追求姿态优美，"碧海潮生曲"更是寓武功于音乐。这个浪漫、高傲的男人能够选择定居在桃花岛这个充满浪漫气息的地方也就不难理解了。

确实，桃花，是一种至情至性的植物，一种开到荼蘼的花朵、一种绚烂至死的精神。它没有那种人们加给它风霜傲骨的道德和精神，它只是为自己盛开，为青春盛开，傲然一世、我行我素的风格悠然若揭。难怪明代的唐寅也会以桃花仙人自居，来表明自己任我风流、不同流俗的生活态度，一首《桃花庵》让多少人为之赞叹和羡慕。桃花，花开时节的团团簇簇和深压花枝，那其中的生机和活力无不充满了生命的旺盛精神和浪漫至死的态度。它的绽放需要一个理由：那就是及时享受青春的美好和生命的绚烂。人也是，在生命最美的季节，做最美好的事情，无疑是人生的一大美事。

且看那妖冶如花的美人脸面，她腮如香雪，眉似远山，那微启的朱唇就像是含苞未放的桃花蓓蕾一样，透露着生命的无限娇媚和生机。二八妙龄，这是一个女人最美妙的季节，就像是桃花初放的季节一样。那在爱情中懵懵懂懂的小儿女们，她们像是一团团含苞未放的花蕾一样，娇嫩、柔媚，无时无刻不绽放着青春的生机和光彩。这是一个绚烂的五彩季节，这是一个绚烂得让人眼花缭乱的春天。那陌上骑马而至的少年，在遇到那恰似桃花般绚烂的女孩时，他顿时陷入爱情的桃花源中去了……

生命之美在于在最美的时节绽放，在最美的时节开花结果。那个蓓蕾般初绽的女孩，终于在她像桃花一般开到眩晕的时节出嫁了！她笑靥如花，体态优美，目光娇羞，就像是那盛芳团簇、开得正旺的桃花一般。在充满浪漫音符的春天穿上嫁衣，随心上人到达爱情的桃花源。这个女孩的生命过程就像是桃花一般，她在最美妙的蓓蕾时节与自己的心上人相识、相爱，她在人生绽放的季节与自己相爱的男孩结为连理。她也会像桃树一样，在春花凋零后，逐渐地褪去妖冶的颜色，为自己心爱的人开花结果，生儿育女，让生命像是茂盛的桃树一般，生生不息地繁衍下去。这是女孩一生当中最美的时刻，此时她身穿大红，凤冠霞披，终于要出嫁了。此时的一刻注定了她要和那个相爱的男孩牵手一生、白头偕老。

结婚，可以说是大多数人都会经历的一个生命历程，但是只有先民把婚姻描述得这么美好，那是一种对生命的无限憧憬，也是给爱的一个温馨归宿。女孩的这个生命过程就像是自然界无忧无虑的桃花一样，在最美的季节做最美妙的事情。生当如此，夫复何求？

爱情需要一个归宿，也需要一个寄托。显然先民把婚姻看做是爱情的桃花源，爱情不仅是桃花盛开时的绚烂和浪漫，更有桃花凋谢后的茂盛和果实。春华秋实，一个多么朴素的自然现象，在先民的眼里竟然是这样如火如荼、浪漫至极。因为，在那个天真浪漫的年代里，有一份最古老的纯真和单纯，它让爱情像桃花一样烂漫自然、开花结实。

桃夭，一首赞美婚姻的热烈之歌，一首少女待嫁的深闺之曲，竟然是让人如此感动，因为，爱情在这里会结出一个真实的果实来，这是先民对爱情的承诺。在充满少女梦幻气息的汉唐古典舞《桃夭》里，少女们轻盈跳跃着，如同桃之精灵一般。她们像是一簇簇盛开的桃花，面如芙蓉，香腮堆雪，舞姿绰约、眼波流转，我们仿佛置身于四月盛开的桃林之中，整个世界仿佛被罩上了一层充满爱情气息的浪漫色彩。少女的清脆笑声伴着桃花的香味扑面而来，让人感觉美得绚烂、美得目眩，她们衣袖轻飘、粉纱曼舞，像是乱飞的桃花一样，香飘千里、美幻之极。

它们迷离了我们的双眼，朦胧了我们的视线，触动了我们的心弦。因为，不管我们相信与否，在很远很远的时代，确实有一处爱情的桃花源存在。

《卫风·硕人》：香消玉殒的千古美人

硕人其颀，衣锦褧（jiǒng）衣。齐侯之子，卫侯之妻。东宫之妹，邢侯之姨，谭公维私。

手如柔荑（yí），肤如凝脂，领如蝤蛴，齿如瓠犀。螓首蛾眉，巧笑倩兮，美目盼兮。

硕人敖敖，说于农郊。四牡有骄，朱幩（fén）镳（biāo）镳。翟茀以朝，大夫夙退，无使君劳。

河水洋洋，北流活活。施罛（gū）濊（huì）濊，鳣（shàn）鲔（wěi）发发。葭菼（tǎn）揭揭，庶姜孽孽，庶士有朅（hé）。

公元前757年，卫国皇宫之内一场政治舞台上的新旧交替已然完成。年老的卫武公刚刚咽下最后一口气，撒手人寰。他的儿子，卫国的第12代君主姬扬——卫庄公，已经开始议娶新皇后的候选人了。地处中原内地，卫国的地理形势实在很不讨好，南有强大的楚国虎视眈眈，北有强大的齐国和狼子野心的秦国，使得卫国时刻处于腹背受敌的强大压力之中。对于刚继承帝位的新君姬扬来说，要想稳住国内国际的局势，联姻无疑是一个上好的良策，当然最佳人选就是强大的齐国！这时，那个在齐国皇宫后花园内由侍女相陪，或采花、或扑蝶、或抚琴、或刺绣的皇家女孩对这一切肯定全然不知。她是齐国国君最宠爱的女儿，她是正宫皇后的嫡生女儿，她是东宫太子的亲生妹妹。但是这一切都抵挡不住政治联姻的命运。古说穷苦女子多薄命，然而王公贵族的小姐，又何尝不是政治利益交换的工具？

这一天终究还是来了！她没有什么可埋怨的，因为这就是皇家女孩的命运啊，养在深闺，锦衣玉食，被父母宠爱无比。但是再浓烈的亲情，都不能阻挡她们远嫁他国的联姻命运。但是，她却是这样的美丽啊，她现在除了齐国的公主之外，又多了一个称呼——庄姜，卫庄公的新皇后。她坐在华贵的辇车里面，送亲的队伍浩浩荡荡。走了很久，队伍才终于离开了齐国的城门。侍女们个个身着粉红锦衣，手提五彩灯笼，宫绦飘飘，恍如仙子下凡。粉红色的宫女们像是一条彩色的丝带连接起了齐国和卫国，而她就是那个娇艳绝美的政治支点。侍卫们个个威武雄壮，英姿勃发，手举长矛和干戈，护卫着他们的公主。这支史上最庞大的护花使者浩浩荡荡地在历史的长廊里穿过，让普通的女子羡慕，也让后宫的女人们深深叹息。

然而一路上的滚滚红尘、鞍马劳顿，风吹日晒。都不能摧毁她那娇媚的容颜。一条送亲的长龙，她就是那点睛之笔。坐在大红色的辇车里，她修长的身体像是一只高傲的凤凰一样华丽、高贵。她里面穿着一件水红色的锦衣，外面为了防止尘土的污垢，罩上了一层透亮的褧衣。在这褧衣里面，她仿佛是另一个世界的人，与这滚滚红尘的世界拉开了些许距离。她的手像是初生的白茅的嫩芽一样柔嫩、圆润。她的皮肤就像是凝固的油脂一样细腻、洁白、圆润。她颈部修长，线条优美，像是天牛的幼虫一样，头部轮廓分明、线条明朗。她牙齿洁白、整齐，像是葫芦的种子一样排列整齐，她额头光洁、明亮，像是幼蝉的头部一样俊俏，她的眉毛像是幼蛾的触须一样修长、优美。她眼神如秋波一样明净、荡漾。她轻启朱唇，笑靥如花，那浅浅的两个小酒窝，不知醉倒了多少男人的目光。她那黑白分明、清澈明亮的眼神不知倾倒了多少多情男子。记得在汪曾祺的小说《受戒》里有一段对青春女孩眼睛的描写："两个女儿长得跟她娘像是一个模子里脱出来的。眼睛长得尤其像，白眼珠鸭蛋青，黑眼珠棋子黑，定神时如清水，闪动时似星星。"几句简单的白描，勾勒出了一个纯净的少女纯洁眼神来！或许只有这

样清纯的眼神才会萌生出最单纯的爱情来。

终于快到了。漫漫的送亲长途终于快结束了。一路上，她或许都在为以后担忧。因为爱情对于她来说和平常的村姑是一样的，在未见到丈夫之前，她永远不会知道自己以后的婚姻生活会是什么样子。或许她会遇到一个残暴无情的男人，或许，如果运气好，她会遇到一个仁爱忠厚的明君。但是，一切都是也许都没有定数。到了卫国边境，送亲队伍停留了下来，这里的确不是她的国土了。她望着远处浩浩荡荡的迎亲队伍，眼睛开始模糊起来。远处的卫国君主的车马红色的佩饰越来越清晰了，他骑着雄壮的骏马，带着骁勇的卫队和随队亲迎的大夫来迎接新娘子了。她终于看到了那个神秘的郎君，卫国的新君主，一个年轻、英俊的男人。她向前施礼，他相对还礼，四目相对，他看到了一个活脱脱从画中走出来的一个丽人。于是满朝文武，像是众星捧月一般，守卫着这对新人向卫国都城开去。一路上河水荡荡，气势磅礴地向北流去，汇入宽广的大海。卫国的臣民得知新君迎娶到了这样一个貌美如花的新皇后，他们载歌载舞，希望他们能像是鱼水一样，相亲相爱，白头偕老。

王子迎娶到了公主，他们以后过着幸福的生活……这似乎是所有故事的结尾，然而现实并非如此。她，这个不仅貌美而且有高度修养的女人，她温柔贤惠，知书达理，但是并没有得到卫国国君的喜爱，后来卫庄公又娶了陈国的历妫、戴妫姐妹，在后宫的尔虞我诈的争夺战中，这个仁慈善良的美人败下阵来。从此她深闺更加冷落，虽然貌美如花，只能孤灯冷坐、独守空帷。因为，再美的容颜终究抵挡不了感情上的叛变。后来，她收养了戴妫儿子姬完，就是后来的卫桓公，但是一场宫廷政变后，桓公被杀。这个曾经美丽的女人，在政治的无情摧残之中，如雨打梨花，逐渐地香消玉殒在寂寞冷静的深宫当中。

但是，这些看起来都是那么的平常，一个如花朵一般的女孩就这样像是庭前的花卉一般老死在无人知晓的深宫之内，当初的美貌还在印象里回转，只是那一缕香魂该何去何从？但是在那个男权的时代，这太平常了。因为，它摧毁的不仅是女人的如花容颜，更是摧毁了女人心中那个对爱情最美的憧憬。

这就是两千多年前的一段场景，有一个贵族女孩，她的容貌定格了中国千年以来的美人传统。千古美人，无论是谁，都逃不脱庄姜的影子。无论是《洛神赋》的洛神，还是《长恨歌》里的杨玉环，都是以她为模子，确立了三千年来的审美标准。她出身高贵，她才貌兼备，她优雅温柔，她集外貌美与心灵美于一身。但是所有这一切都不能阻挡她成为政治牺牲品的命运。如果，她是一个普通的村姑，或许她会在某个浣纱的下午遇上自己的心上人，虽然贫贱，但依然可以惺惺相惜，白首终老。或许脱去了那身华贵的锦衣玉服，才有可能换来最简单、最单纯的爱情。

然而这一切，都随风而去了，历史的长廊里留下的永远是那个如行画中的美人，还有她身后那凄凉、惨淡的历史背景。

《郑风·有女同车》：为爱飞蛾扑火

有女同车，颜如舜华，
将翱将翔，佩玉琼琚。
彼美孟姜，洵美且都。
有女同行，颜如舜英，
将翱将翔，佩玉将将。
彼美孟姜，德音不忘。

她是齐僖公的小女儿，自小便过着锦衣玉食的皇家生活。齐僖公年过半百得此一个如花似玉的女儿，对这个女孩自然是宠爱有加、倍加喜爱。她生活在家族光环的笼罩之下，她是典型的皇族：她的父亲是春秋年间的齐国国君——齐僖公，她的三位兄长中有两个做过齐国的国君，一个是齐襄公，一个齐桓公小白，一个则是为争夺王位败给齐桓公的公子纠。而她的姐姐宣姜，也是当时倾国倾城、芳名在外的美人。

她的父亲齐僖公是个励精图治的明君，在位期间，国力强盛，称霸诸侯，是当时北方的强国。生活在这样一个优裕的环境里面，她自然是受到了良好的教育。她从小便聪慧机敏，策略过人。至于容貌，则更是出落得面若桃花，身似杨柳。然而，一段与郑国始终没有结果的婚姻关系，嫁到鲁国后发生的弑杀国君事件以及和兄长暧昧不清的关系，让这个犹如木槿花一样美丽的女人，让人爱怜，更让人为之叹息。

美貌有时候是一个错误，甚至是一个灾难。古希腊时代，众城邦为了争夺美人海伦而血流成河、民不聊生的愚昧情境还历历在目。在世界东方的中原之内，同样的噩梦又再度重演。但是，这与其说来拿道德来丈量事情的原本始末，倒不如用美色和情感来诠释这段滑稽得有点伤感的历史。

如果爱情可以像泉水一样单纯和透明，那么世间便少了无数的感情纠葛。然而爱情始终伴随着厄运的阴影，更可怕的是当感情成为政治和利益交换的砝码，那么感情便像是得了黑死病，永无超脱的一天。而她就是政治和伦理的牺牲品。

他，是郑国国君的长子，很小年纪就被立为世子。他相貌英俊，驰骋疆场，少年有为，小小年纪便已经扬名各诸侯国了。他就是郑国的公子忽，一个典型的白马王子。她或许和他在一起才是最好的归宿，然而落花有意却流水无情，事情往往并不像我们所期望的那样。郑国和齐国的石门相会上，齐僖公的一次联姻提议，并没有打动年少气壮的他。当满朝文武都在力促这门亲事时，他选择了拒绝，他以身份低贱，不敢高攀，拒绝了这位才貌俱佳的皇家公主。

他知道，她很美，郑国所有的人也都知道，她很美，更重要的是位尊，能为郑国带来很大的政治好处。郑国地处中原内地，国力微弱，能攀上齐国这样一个强大的靠山，当然是有百利而无一害。他们为这个美貌的女子所折服，他幻想着公子能娶回这位玉人一般的齐国公主。她是那样的美丽啊，公子与她同乘坐一辆车，她那粉嫩如婴儿般光滑的皮肤，粉红透亮，就像是刚刚绽放的木槿花一样，娇艳欲滴。他们乘着爱情的花车穿梭在阳光明媚的春光里，像是一处惹眼的风景，羡煞世间的苦情男女。她像是一个降落在人间的仙子一样，衣袂飘飘，长袖善舞。她的美像是清晨的花儿一般安静，她的美又如随风浮动的杨柳一样妩媚生姿。她时而像沉静的湖水，静若处子，时而像高飞的鸟儿，动若脱兔。她丝带飘飘，环佩叮当，所到之处百花也为之羞涩，这样一个清新脱俗的丽人仿佛不似人间来。贵族的优雅高贵和风度翩翩，更是让这个妙龄少女多出一股民间女孩没有的高雅气质和娴静

恬淡来。

然而，面对这样一个美妙佳人，公子忽还是拒绝了。或许是不喜欢，或许是听到了文姜与兄长诸儿的暧昧关系，这些都让这个倔强的王子拒绝了这个艳绝一世的美人。但是，不久的齐国之难让他们又有了交集。当北戎部落强敌压境时，郑国向齐国增援，带领郑国军队迎敌的正是郑忽。

生命往往就是这样神奇，明明不能在一起，而偏偏安排你我相遇。英勇善战的忽，果然打败了北戎的进攻，保住了齐国的社稷。爱才心切的齐僖公又一次提出了把爱女许配给忽的意愿。但是郑忽，又一次拒绝了，理由是：如果这个时候笑纳美人，便有趁火打劫之嫌，是陷自己于不义。如果貌美如花的文姜听到郑忽这样说，不知情何以堪。于是，他们再一次错过。

后来，公子忽当上了郑国的国君，娶了一个陈国的妫姓女子为妻，过着所有君主一样的生活。他励精图治，立志要当一个明君，但无奈国力有限，最终因为失去齐国的援助而丢失郑国的社稷，身丧他人之手。

而她却嫁到了鲁国，成了鲁桓公的夫人，谥号文姜。

然而，和兄长齐襄公的暧昧关系，这对失去了理智的兄妹一再突破道德的底线，逐渐地把自己推向历史的评判台前。她，文姜的一次违礼行为，造成鲁国的政治动荡，以及自己名声的污垢。按理，已经出嫁的女子，是不能随便回到自己的娘家的。但是由于齐襄公对她念念不忘，便邀请鲁桓公和文姜来齐国。爱得过深便会造成溺爱、顺从，直至伤害。面对这样一个神人似的女人，鲁桓公怎么可能拒绝她的要求。于是，不管礼法和道德的约束，她还是跟着丈夫回到齐国了。

和兄长齐襄公的旧情复燃，让文姜失去了理智。她已经完全沉浸在这种畸形的爱恋关系当中了，忘记了驿馆里苦苦等他的丈夫，还有那会刻在历史耻辱柱上的历历文字。为了能长相厮守，齐襄公终于让勇士彭生在路上杀死了鲁桓公。从此，文姜留在了齐国。

这个集天使与恶魔的品质于一身的女人，终于把自己钉在了历史的耻辱柱上。

但是，她仍然是一个有血有肉的人啊。出于对丈夫的愧疚，她不敢回鲁国。为此，她在齐鲁边界——一个叫禚的地方建立宫舍，从此继续往返于两国之间。她一方面割舍不下与齐襄公的暧昧关系，一方面又割舍不下幼小的儿子在鲁国国内的安危。在齐国，他继续与兄长风花雪月、缠绵旖旎，在国内，她则垂帘听政，在政治上长袖善舞，帮助儿子鲁庄公把国事处理得井井有条。她就像是一个候鸟一样，在爱情和现实的世界里来来回回。直到公元前686年她的情人兼兄长——齐襄公在齐国内乱中被公孙无知所杀，失去感情和政治依靠的她，自此郁郁寡欢，怀着愧疚和悔恨，十三年后寂然死去。

她是一个美丽的女人，她更是一个集感性与理性于一身的女人，更是一个为了爱情不惜一切的女人。她美艳无比，她才华盖世，她弑君乱伦……这些似乎都不足以概括她的一生。她复杂得让人忘记了她的本初颜色，让人忽略了、忘记了她的身份和地位，只记得她是一个为了爱情不顾一切的女人。

一个在爱情和欲望的烈焰中粉身碎骨的女人。

《齐风·著》：让爱在此刻成长

俟我于著乎而。
充耳以素乎而，
尚之以琼华乎而。
俟我于庭乎而。
充耳以青乎而，
尚之以琼莹乎而。
俟我于堂乎而。
充耳以黄乎而，
尚之以琼英乎而。

在著名的爱情悲歌《孔雀东南飞》中，这样描写刘兰芝辞别丈夫前的装束打扮："鸡鸣外欲曙，新妇起严妆。着我绣夹裙，事事四五通。足下蹑丝履，头上玳瑁光。腰若流纨素，耳着明月珰。指如削葱根，口如含朱丹。纤纤作细步，精妙世无双。"虽然是诀别，但是刘兰芝仍然以新妇的标准来装扮自己。因为，她知道自己是光鲜体面地被焦仲卿娶进门的，那么即使要走，也要如同新娘子一样鲜艳明亮。诀别中透露出一种凄美的庄严和肃穆，从中可见大喜的日子，对一个女孩是多么重要。

而此时的新娘，大概也是如此，新婚的当天一定是她人生中最隆重的一天。

天不亮，她已经在众人的侍候下穿戴完毕，她身披大红霞帔，头戴凤冠，面若初桃。说她如初春之桃花，是一点也不为过的。她唇如点朱，眼若流波，眉似远黛，一个精致得如同精雕细刻过的鼻子，使整张脸熠熠生辉、光彩明艳。她坐在窗前，在镜子里细细地打量自己，果然，她不是那个身穿洁白衣裙的小女孩了，穿上一身大红的她，显得成熟了些许，多了几分贵妇人的高贵和矜持。看到镜中这个的鲜艳的女人，她不觉腮边泛起两片红晕，有些羞涩地低下头来。

至今，她还不知道自己的新郎长什么样子。是面如朗月、风流儒雅的白马王子，还是满脸横肉、斗鸡走马的纨绔子弟？这些，对于未来的另一半，她都不得而知。想到这些，她不由得犯起愁来。自己的一生，就这样压在一个陌生人的身上。就好比赌博一样，她此时的心情很激动，因为开奖将会马上开始。等见到那个男人的庐山真面目之时，便是决定她的人生的时刻。

心里的焦急，她比任何人都多。她渴望早点见到那个男人，好让自己一颗悬着的心落下。一种初为人妻的娇羞、一种对于未来的担忧交织在心头。她心里真的有如几十只小兔子在狂奔乱跳，她时而羞愧，时而忧愁。长这么大，这是她第一次产生这种复杂的感情。

和其他的贵族男女一样，她只是一个普通的贵族小姐，从小被养在深闺，过着锦衣玉食的生活。儿时的天真烂漫还在记忆里环绕，她就已经被父亲许配给另外一个门当户对的公子了。自此，她便产生了很多幻想。她希望自己能在后花园赏花的时候遇到一个彬彬有礼的公子，那个公子或是拜访父亲，或是拜访兄弟，或是希望在上元佳节的灯会上遇到那个对她频频回首的年轻公子……

总之，她希望自己能亲自遇上他，来完善自己心中那个只有身影而面目模糊不清的丈夫。

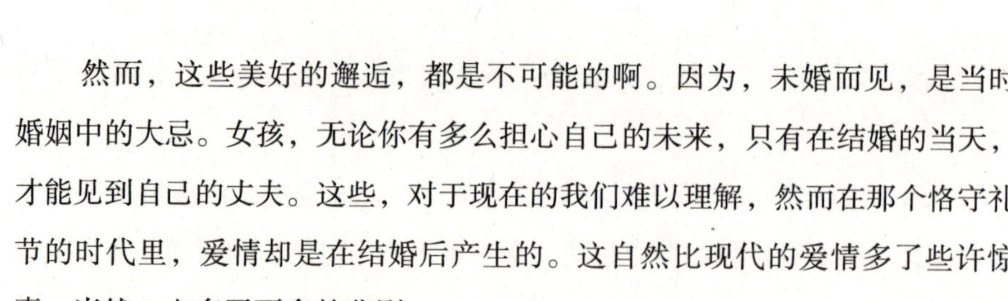

然而，这些美好的邂逅，都是不可能的啊。因为，未婚而见，是当时婚姻中的大忌。女孩，无论你有多么担心自己的未来，只有在结婚的当天，才能见到自己的丈夫。这些，对于现在的我们难以理解，然而在那个恪守礼节的时代里，爱情却是在结婚后产生的。这自然比现代的爱情多了些许惊喜，当然，也多了更多的悲剧。

此时，天色已经快亮了。看热闹的邻居和亲人早已经围在女孩的门口等着看新郎了。他们在贴满红色对联的门口，等着那个佩戴红花、骑着骏马的小伙子。看看这家的女孩，有没有那样的福气，能找到一个好丈夫。当然，最着急、最担心的仍然是那个在床上端坐、不能随便走动的新娘。

在一片锣鼓声中，新郎的人马到了。大老远，人群就发出了啧啧的称赞声，那个戴着红花、装束一新、骑着白马的人果然一下子就吸引了众人的目光。他气宇轩昂、文质彬彬，是一个贵族家的公子，他风流儒雅、很有教养。在众人的簇拥下，他步履轻盈地走到了大门和屏风的中间。新娘子听到众人的哄叫声就知道新郎来了。她的眼光此时迅速地扫视着那个身披大红的男子。

果然，隔着屏风，她隐隐约约看到了他的身影：一个身材修长，面目清秀的男人。他头戴高冠，银白色的丝绦从耳边垂下，丝绦上缀着晶莹剔透玉瑱，映衬出了一张清秀俊朗的脸。他眉清目秀，而不失英武之气，风流儒雅而又谦逊可亲。果然是一个有教养的公子。隔着屏风，那个在大厅里正襟危坐的女孩，缓缓地松了一口气。心中竟然生出一股柔情蜜意来，原来自见到他的那一刻，她便爱上这个风流俊俏的公子了，担心和忧愁已经换做了心底的无限爱怜和浓情蜜意。

此刻，她想，她注定是一个会幸福的女人。

这一刻，时间仿佛在瞬间静止了，她偷偷地从红盖头中不停地偷看那个缓缓向她走来的公子，心又一次开始不规则地跳动起来。这次，不是担心和忧愁，而是害羞和无尽的幸福感。那位公子在众人的引导下，慢慢地走过屏风，站在了天井中间，此时，他的面部轮廓更加分明了，果真如她无数次在梦境中所想象的那样，她的丈夫一定是一个文质彬彬、潇洒英俊的男人。那位公子耳边垂下来的宝玉的颜色，使他的脸庞像是一轮明月一样，光洁、俊俏、明朗。

不错，这个英俊的男人正向她走来。一会就会牵着她手里握着的红绸带，往外走，在众人的祝福中，跟着他上花车，在他的护卫下，一起走向那个只属于他们的爱巢。这一刻，她幻想了无数次，也准备了无数次，没想到，在到来之前，她还是很紧张。手心开始渗出细密的汗珠，手里的红绸带却不敢放下。这连接着她和他的丝带，恰恰就是他们幸福的象征。执子之手，与子偕老。或许就从这根丝带开始吧，跟着他，她会走向不一样的春天。

时间，在此刻变得有点缓慢起来，她除了幻想就是紧张。当众人把这个英俊的小伙子推到自己眼前时，她感觉仿佛已经过去了一个世纪一般漫长，脑袋里是一片空白，心，紧张得几乎要从胸口蹦出来。在红色的盖头下，她看不到新郎的面目了，但是她心里反而更踏实了，因为以前的种种幻想，此时终于成真了！

后来，在众仆人的侍奉下，她缓缓地站了起来，由新郎牵引着那根红丝绦，缓慢地走出了大厅，穿过屏风，走出大门，慢慢地走上花车。在这个晴朗朗的早晨，出发了。爱情在此刻刚刚生根、发芽，诺言便已经固若磐石。

此刻，全诗戛然而止，但是这份甜蜜的爱意，却始终不能褪去，尽管它已经超越了千年的时光。

《召南·何彼秾矣》：开到荼蘼的旷世婚礼

何彼秾（nónɡ）矣，唐棣之华。
曷不肃雍，王姬之车。
何彼秾矣，华如桃李。
平王之孙，齐侯之子。
其钓维何？维丝伊缗（mín）。
齐侯之子，平王之孙。

他是齐僖公最小的儿子，是齐国的公子。他自幼便在宫廷的政治倾轧中坚强生存。襄公时期，朝纲失常、政局混乱，齐襄公更是荒淫无度，乱杀无辜，作为齐襄公的弟弟，他和公子纠，为了逃避灾难，各自逃亡到了莒地和鲁国，开始了各自的流亡生涯。直到襄公二十年（公元前686年），公孙无知杀掉齐襄公，他在鲍叔牙的帮助下久经磨难，终于打败和他争夺帝位的纠，顺利登上齐国帝位。他大力改革政治、励精图治，自此，齐国进入了大国的时代，春秋历史也因为他进入了一个新纪元。他就是春秋五霸之首——齐桓公。

或许每一场血腥的政治风云过后，总有一个新的帝王登基，这都少不了一场浩大的婚礼来平衡政治势力，齐桓公也不例外。春秋时期，周王室的实力衰弱，王权下移。各诸侯常年混战，老百姓生活在水深火热之中。为了称霸诸侯，齐桓公打出了“尊王攘夷”的口号，为此他迎娶了周王室的公主。这样的政治利益的交换成就了这场旷世的奢侈婚礼。

这场婚礼的女主角便是周王室的公主——王姬，一个是名扬天下的春秋霸主，一个是既尊又贵的王族公主。这样的迎亲场面和婚礼排场注定要成为世人眼中的视觉盛宴。

什么花开得这样花团锦簇、美艳无比？当然是那浓艳的棠棣之花。试问世上还能有哪一辆婚车，像眼前的婚车这样庄严、肃穆、雍容华贵吗？大概也只有王室公主的车能如此的华贵奢侈了。这世界上还有什么花能艳过桃李之艳吗？大概是没有的了，因为这艳若美人的桃李注定象征了春天的无限生机和活力啊，这如眼前的新郎一样。谁能像他这样神武，能安抚天下？谁又能像他这样尊贵，左右整个世界？他就是威武盖世的齐桓公啊。她和他的婚姻就像是恰当地缠绕在一起的钓鱼丝线那样紧密与和谐，还谁能有能像他们这样美满、幸福的婚姻呢？

那如牡丹般富贵、如棠棣般娇艳的婚车在众位侍女和侍卫的簇拥之下，像是一片花的海洋一般，浩浩荡荡地从周王朝驶向齐国。齐国城内更是像过年一样，焕然一新。据说当时的婚礼仪式是由齐国大夫高傒亲自主持的。整个临淄城被布置得花团锦簇，仿佛披上了节日的盛装。在齐桓公的宫殿之内，到处都悬挂着大红色的锦幛，贴着大红色的喜字。黄昏时刻开始举行婚庆仪式，新娘像是从天而降的女神一样，缓缓地进入人们的视线，在齐国的太庙和列祖列宗面前，她让所有人见证了自己的美丽、高贵和优雅，她端庄、貌美、知书达理，的确是上天赐给齐国的好夫人啊。这好像是天公作美的美妙婚姻。

此时，婚庆的音乐缓缓奏起，他们在为这对高贵的新人庆祝、祈福。黄昏时的齐国王宫之内，到处挂着大红的灯笼和鲜红的帷幕。新人一身水红，娇艳如花，在齐桓公的牵引之下缓缓进入后宫。人们仿佛置身于一片火红色的、花的海洋之中，而不太相信眼前的一切是真实的。这样盛大的婚礼就像是开到荼蘼的蔷薇花一样，在一个特定的时节，它们仿佛相约一样一起

绽放，那种澎湃的气势总让人产生一种悲壮的感觉。恰如这绝世的盛大婚礼一样，在外人的眼中，它是那样的奢侈、华贵，世上能有几个女人有这样的荣幸，享受这样的恩宠？这或许只有国君的女人、王室的公主，才会有如此的礼遇吧。

宝马香车、雕栏玉砌、万千恩宠，这或许是每一个女人心中永远不灭的梦吧。每一个女孩在情窦初开的季节，都希望自己遇到一个英俊潇洒的白马王子、能有一个浪漫华丽的婚礼。然而，现实中，灰姑娘总是占了大多数，但是每一个灰姑娘心中都有一个穿上水晶鞋的梦想，以至于王子与公主的故事俗套的不能再俗套，但是仍然会成为少女们不厌其烦憧憬的幻境。但是，真正的公主，或许并不像我们想象的那样幸福。因为，上帝在分配给每一个人幸福和苦难时，是很少打盹的。他一定会平均地给予每一个人应有的幸福和苦难，如果上帝让我们用一场豪华的婚礼来换取下半生的幸福，那么，女孩，你愿意交换吗？

王姬，这个齐桓公的女人，便是一个上帝只给予了她豪华婚礼，而被夺去下半生幸福的女人。虽然她出身王族，血统高贵，虽然她相貌端庄，知书达理，但是侯门深似海，一旦进入与世隔绝的王宫便如同进入了笼中的金丝雀一样，虽然锦衣玉食，但毫无自由和幸福可言。出嫁时的风光很快褪去，在后宫佳丽的争宠斗狠中，这个贵族小姐很快败下阵来。据记载，齐桓公好色，王姬只是其三个夫人中的一个，而被另外作为夫人的还有六位，其他宫娥彩女更是不计其数，王姬在这种情况下失宠或许是一种必然。并且王姬始终也没为齐桓公生下一个儿子，这在当时的后宫之内，无疑等于判了一个女人的死刑。

她不是嫁给了一个普通的农夫，可以一直受到的丈夫的爱护，她嫁的是一个身边可以有无数美貌女子的王侯贵族。这注定了，她只能拥有一个豪华的婚礼，除此之外，再无他物。哪怕她是周王室的公主，仍然不能改变什么。她，一个衰败王室的公主，嫁给实力强大的春秋霸主，无疑是一种政治交换，周王室把自己的未来寄托在一个软弱的女子身上，那一场盛大的婚礼仿佛是女孩永远不能平息、耿耿于怀的一个梦。自此之后，便永远不能回头了。和亲、政治联姻，这对于她，既不是第一个也不是最后一个。这是所有王室女孩的命运。这些如花朵一般的女孩的命运，和政治紧紧地联系在了一起，那盛大的婚礼，仿佛是为爱情举行的盛大祭祀。她们的青春，就这样在这场奢侈至极的婚礼中戛然而止，等待她们的或许是无尽的深渊和哀怨。

天尽头，何处是香丘？天尽头，何处是香丘？黛玉的呼唤不是追问，而是控诉。是的，那一个无处安放的青春，在命运的轮回里堕落，那一缕哀怨至死的香魂，何时才能找到能安放她们的香丘？那一个孤寂的心，何时才能停下苦苦寻觅的脚步？这些如花一般的女孩们啊，被现实的风雨蹂躏得凋零、衰败。

当昭君抱着琵琶半掩娇颜，慢慢消失在玉门关外的时候，历史的轮回已经不知转了多少圈。但女孩们的一滴清泪，一世哀怨，却永远改变不了历史的轮回。她们如同那些凄美的花儿，在阳光灿烂的春天，开到荼蘼，然后很快地凋零，逝去，留下无尽的叹息。

《齐风·载驱》：亲爱的，好好保护爱情之花吧

载驱薄薄，簟茀朱鞹（kuò）。
鲁道有荡，齐子发夕。
四骊济济，垂辔沵沵。
鲁道有荡，齐子岂弟。
汶水汤汤，行人彭彭。
鲁道有荡，齐子翱翔。
汶水滔滔，行人儦（biāo）儦。
鲁道有荡，齐子游遨。

中国古代的男权社会，让婚姻变得很有趣。正房的夫人不仅不能阻挡丈夫再娶，而且还得帮着丈夫物色贤惠的小妾。这就是作为妻子的责任和妇道，同时很多女人也因为这点而永无出头之日。古来争风吃醋的女人很多，但是仿佛她们都没有得到历史学家的肯定。妲己、褒姒、赵飞燕姐妹、武则天、杨贵妃……这些曾经让君王们神魂颠倒的女人都在一时内得到了男人的专宠，但是她们无一例外地被史学家们给否定了，加在她们身上的是狐狸精和红颜祸水的骂名。这在古代似乎早已经成为了一个不争的事实。作为一个女人，任凭你怎么争夺，换来的不是一个生前的悲剧，就是一个身后的骂名。

齐国，春秋时期的超级大国之一。这个时代，除了它的君主受到举世瞩目外，它国内的女子更是成为了其外交战略的一颗颗棋子。在政治的明争暗斗中、在战争实力的斡旋中，这些如花似玉的女子，像是战争中的一朵朵娇艳玫瑰。她们在为自己争取一个女人的地位，她们在为自己的生存努力挣扎，她们也在政治的倾轧中血染历史的画廊。

而她恰好是齐国众多女子中的一个，联姻是她作为皇家女的政治代价，也是她们的一个不可逃脱的宿命。但是她偏偏是想为自己争取权利的一个。为了要求自己得到鲁庄公的专宠，她拖延婚期，甚至伤害了一个大国国君的尊严。一个女子，要求自己的丈夫对自己专一，这在现代看来是多么正常的一件事，但是在当时却引起了轩然大波。

鲁国，鲁庄公二十四年，夏天。全国上下在准备一场盛大的婚礼，鲁庄公要娶的正是齐国的公主哀姜。齐鲁作为中原的两个大国，联姻算的上是最好的外交形式。然而这个公主似乎并没有大家想象的那么“贤惠”，面对一国之君的亲迎，她并没有给面子。鲁庄公夏天就去齐国迎亲了，但是哀姜并没有跟着庄公回到鲁国，让鲁庄公悻悻而归。在这一年的秋季，她才浩浩荡荡地嫁了过来。出嫁的阵势也是浩大无比，不知是这个弱女子要给强大的君王一个下马威，还是要为彰显齐国的强大国力。但现实是，这场婚礼确实值得让人玩味，一个女人微妙的心理被表露得无疑。

盛大的送亲队伍，浩浩荡荡，像是一条长龙一般，向鲁国方向开来。新娘乘坐的马车，用大红色的兽皮遮盖着，婚车内铺着方方正正的竹席，这在当时无疑是诸侯的待遇。齐国通往鲁国的大路这么坦荡，为什么齐国这支送亲队伍在路上行进的这样慢呢？原来哀姜一直在为自己争取专宠的权利，她和鲁庄公像是展开了一场无形的拉锯战，在奢华婚礼的外表下，要求对方为自己做出让步。齐国送亲的骏马是这样强壮，但是却迟迟不肯向前。这支像是一道玫瑰一样的送亲队伍在通往鲁国的道路上给鲁庄公打起了太极，他们一路走走停停，仿佛在游山玩水一样。这让鲁国的男女老幼恨透了这个不讲妇道的女人。

但是鲁庄公似乎很重视这个女人。面对好不容易到了鲁国的哀姜，鲁庄公做了在当时看来两件大逆不道的事情：第一是为了迎娶哀姜的到来，他把父亲鲁桓公的太庙的柱子全部用金漆刷了一遍，这点让大夫们觉得鲁庄公太奢侈，违背了祖宗节俭的遗训。第二是，让同姓大夫的夫人觐见哀姜时以玉帛做见面礼，这在当时也是不符合礼节的。因为，玉帛是觐见男人时的礼节，而并不是觐见女人时的礼节。对于这点，大夫御孙提出了强烈的抗议，但是鲁庄公并没有接受。这对于哀姜以及一同嫁过来的妹妹叔姜或许是最大的礼遇了吧，鲁庄公是这么重视这对齐国的姐妹。哀姜的争宠举动一开始起到了作用，但是也给自己埋下了很大的隐患。因为嫉妒可以使人失去理性，也可以使人毁灭自我。

其实，在哀姜之前，鲁庄公是有喜欢的女人的。早在庄公三年，庄公春游郎台，于台上窥见大夫党氏之女孟任容色姝丽，当面求婚并许诺立为夫人。或许每一个被宠爱的女人都是任性的。孟任见庄公如此喜欢自己，于是灵机一动，与庄公割臂为盟，希望庄公能给自己夫人的地位。但是这并没有得到庄公母亲文姜的应允，因为，身为齐国的公主，文姜当然希望齐国的公主们能世代称霸鲁国的后宫，孟任的夫人美梦就这样被毁灭掉了。文姜以另娶他姓江山不稳为借口，指示庄公娶哀姜为夫人。于是就有了这场姗姗来迟的婚礼。

但是庄公的心始终在这几个女人之间飘摇。对于孟任的清丽和小家碧玉的气质，他始终不能忘怀。在大婚不久，他又投入了旧爱的怀抱当中。不久，孟任为庄公生下了他们的大公子斑，哀姜的地位受到了严重的挑战。得不到君王的专宠和婚后无子对于哀姜来说，无疑是个双重性的打击。因为，没有儿子，在后宫就少了一颗极为重要的立足的棋子。于是这个女人为了保住自己的地位而丧失了理智。

在后宫，她让自己陪嫁过来的妹妹向庄公投怀送抱，希望能生下一男半女，来继承王位，在朝内她则勾结庄公的弟弟庆父来支持自己。这个女人的安排似乎滴水不漏，用心险恶。《红楼梦》中贾宝玉的一句话至今记忆犹新：第七十七回在抄检大观园时，迎春的大丫鬟司棋出了事，周瑞家的一干婆子媳妇要把司棋带走，司棋哭着向宝玉求情，却遭到周瑞家的等人训斥，不由分说硬把司棋带走。无可奈何的宝玉十分气愤，说道："奇怪，奇怪，怎么这些人只一嫁了汉子，染了男人的气味，就这样混账起来，比男人更可杀了。"按照宝玉的观点，确实哀姜也在"可杀"之列，出嫁前的那股清秀还在记忆里萦绕，出嫁后政治以及利益关系的复杂和险恶，让这个曾经天真烂漫的女孩变得那样险恶和可怕。

庄公死后，哀姜伙同庆父杀死了被立为新君主的公子斑，扶她妹妹叔姜的儿子开继位，这个女人自此抓住了鲁国的政治大权，控制了弱小的君主。但是为了进一步控制鲁国的大权，坐上鲁国真正的皇后，她又一次和庆父杀死妹妹的儿子——闵公。哀姜和庆父的残忍举动，让鲁国上下大惊。全国陷入混乱的局面当中，他们终于激起了民愤，在内外局势的压力之下，庆父逃亡到了莒国最后被迫自缢身亡，而她——哀姜这个当时不可一世的大国公主逃到了邾地，终因败坏了名声、祸国殃民，而被齐桓公从邾地接到齐国后杀死。

这个女人在出嫁时争宠的那一刻就已经被刻在了历史的耻辱柱上，她以后的刁蛮任性、险恶凶残，无不让人想到了外表漂亮内心险恶的蛇蝎美人。她曾经是皇宫深处的一朵娇艳的花朵，她曾经是一个青春似水的女孩，她曾经对爱情抱有一个美妙的幻想。但这一切都结束了，自从她出嫁的那一刻悲剧就开始了。面对险恶的现实，她需要挣扎，在混乱险恶的政治环境中求得一席之地，她选择了铤而走险，她选择了利欲熏心和垂死挣扎。但是，她仿佛是被历史的大网暂时放养的一条鱼一样，无论她怎么挣扎都没有逃过身败名裂的恶果。这是一个女人为爱争宠的后果，也是她欲望无限膨胀的悲剧。

哀姜是可悲的。同时也向我们证明爱情是娇弱的，是不堪一击的。在现实的环境里，如果，我们想要好好地去爱，认真去爱，那就请我们珍惜我们平凡的地位吧，因为，这些简单的东西，能让我们更加认真地去爱，更加

单纯地去爱。

没有了名利的阻挠，在爱情中，让我们好好保护好它的花朵，让它不受任何人的污染。

《唐风·绸缪》：有你，此生足矣！

绸缪束薪，三星在天。
今夕何夕，见此良人？
子兮子兮，如此良人何？
绸缪束刍，三星在隅。
今夕何夕，见此邂逅？
子兮子兮，如此邂逅何？
绸缪束楚，三星在户。
今夕何夕，见此粲者？
子兮子兮，如此粲者何？

诗圣杜甫在他的《四喜诗》这样描述人生的四大喜事：“久旱逢甘霖，他乡遇故知，洞房花烛夜，金榜题名时。”在清代的文人逸事中也提到过这几句诗。相传乾隆在和纪晓岚与和珅的谈话中提到了这四件美事，和珅见乾隆兴致很好，便又说道：“皇上这一句改得虽然很好，不过依奴才之见，这首诗每句前面如果再各添两个字，就更是四件大快人心之事了。”

乾隆便问每句诗都加哪两个字，为什么要加这两个字。和珅道：“第一句‘久旱’二字不明确。仨月不下雨可以是‘久旱’，三年五年不下雨也可以说是‘久旱’。所以奴才觉得此句前加上‘十年’为好。同理，第二句

可改为‘万里他乡遇故知’，第三句改为‘古稀洞房花烛夜’，第四句改为‘监生金榜题名时’。这样，不但形象具体，而且更有刺激，能给读者打下很深的烙印。”

乾隆听后虽觉得和珅之言有些强词夺理，故问纪晓岚的意见。纪晓岚是何等聪明，他见乾隆并不欣赏和珅的看法，于是说道：“圣上的改诗已经改得非常之好，而和大人的诗，臣觉得颇有狗尾续貂之嫌。”和珅一听便火了，责问纪晓岚为何贬低他，而乾隆则表示赞同。

纪晓岚见乾隆同意自己的意见，便大胆地说道：“和大人的改诗如果每句再加四个字，它不但不再是什么‘四喜诗’，‘四大快意诗’，而且马上就成了‘四悲诗’，‘四大悲伤之事诗’。”和珅一听就更加不服了，便问纪晓岚添什么字能把他的诗变成“四悲诗”。

乾隆见有“热闹”可看，便命和珅一句一句地念自己的改诗，命纪晓岚一句句添字，看是否真能让它成为“四悲诗”。

和珅和纪晓岚见乾隆已有旨令，便一句一句地联起诗来。

和珅道：“十年久旱逢甘霖。”

纪晓岚道：“一滴。”

和珅道：“万里他乡遇故知。”

纪晓岚道：“债主！”

和珅道：“古稀洞房花烛夜。”

纪晓岚道：“隔壁！”

和珅道：“监生金榜题名时。”

纪晓岚道：“他人。”

纪晓岚巧妙地加上了几个字使人生的四大快事变成了四大悲事，可见其才思之敏捷。但从三人的插科打诨中也看出了，这四件事对古人的影响之大。

自古至今，金榜题名和洞房花烛这两件事总是分不开，而且也成为人生的两大理想。如果是金榜题名是每一个男儿的愿望，那么洞房花烛则是每一个女孩苦苦守候的花期。那远在四方求取功名的士子，那高中的捷报似乎永远和待字闺中的女人们分不开。于是金榜题名和洞房花烛这两个联系紧密的美事似乎成了所有古代人的人生最好价值的呈现。

西楚霸王项羽在攻下咸阳后宁愿放弃到手的大好江山，也要执意回到他的故乡。面对范曾的劝告，他说，“富贵不归故乡，如衣锦夜行，谁知之者。”一句话道破了所有男儿的功成名就后的骄傲心理。这与其说是一种肤浅的炫耀，不如说是一个男人急于展现自我价值的迫切心理。因为，这两件事或许是中国古代所有男人和女人们的最高愿望。光耀门楣、传宗接代，中国人最古老的人生观念和种族梦想。

在先秦的时代，人们虽然没有后人把婚姻和功名联系地那么紧密，但是那种热闹的场面，那种真挚的祝福，还有那种俏皮的闹洞房场景，无不在是为先民最纯洁的感情奏起热闹宏大的婚礼进行曲。

当夕阳的最后一抹余晖消失在西边的天际，男孩家的院子里已经亮起了红红的灯火。只见大红的喜字端端正正地贴在墙中央，大红的帷幕像是两道红色的彩虹把新人的洞房衬托的喜气洋洋。庭院内人行如织，大家在为即将进行的婚礼紧张地布置着。新郎喂完肥壮的马儿便和迎亲的众人出发了。迎娶新娘子，一路上的喜悦自不必说，迎亲队伍像是生了风一样，很快就到了新娘的门前。此时的新娘早已梳洗完毕，等着新郎的到来。隔着盖头，新娘好奇地看着，希望能看到新郎的面容。第一次相见，这是女孩第一次看到新郎的面孔。新娘的心像是被一颗石子击中的湖水一样，慢慢地荡开了涟漪。她悬着的一颗心沉了下来，但旋即又嗵嗵地跳得更厉害了。静下心来是因为嫁一个如意郎君，这是所有女人的愿望，她的愿望竟然此时实现了！心狂跳得厉害，是因为见到这样的男人第一刻她便爱上他了。今天究竟是什么日子，竟然让自己遇到了这样一个良人？新娘像是在梦中一样呓语，她，这个如初春的桃花一样的女孩，似乎被突如其来的幸福冲昏了头。

新人一下轿，早围在家门口的人就开始啧啧称赞了。今天究竟是什么日子啊，竟然成就了这样美妙的姻缘？众人怀着祝福的心理揶揄这对因为羞涩而难以启齿的新人，他们簇拥着新人进入庭院当中，鼓手们把乐器打的热火朝天，爆竹声欢快地响了起来……新人拜完天地，众人哄笑着为新人准备好大红的丝带，让新郎牵着新娘进入那个红烛闪闪、喜气洋洋的洞房。此时，那颗最明的星星已经逐渐沉到西方的天际了。夜渐渐深了，众人带着未尽的祝福逐渐走了，屋子里只剩下新郎新娘两个人。至此，新郎才有机会掀开新娘子的红盖头，与新娘看到他的那一刻感觉相同，他像是遇到天人般的惊鸿一瞥，或许他真的是上辈子修了什么福吧，竟然让他娶到这样漂亮的娘子。今天究竟是什么日子啊，让我见到这样美丽的女子？这对新人同时被幸福冲昏了头，一种突如其来的幸福小宇宙慢慢地在二人中间开始无限地膨胀、爆炸。

至此，这首热闹的新婚之诗戛然而止，让我们永远停留在了对新婚的无限遐想和美好憧憬当中。古人是聪明的，他们明白什么事恰如其分的美好，正如这作诗的人一样。他把我们安排在月明星稀的傍晚，带我们走进灯火通明的婚礼现场，让我们领略欢歌笑语的洞房之乐，他又让我们在新郎新娘对灯相视的时候，让我们离开婚礼现场。让那对新人独自享受新婚的美好和幸福，同时又给我们美好的希望，憧憬自己爱情的美好果实。

在《倾城之恋》剧中有一段精彩的对白：

范柳源：“今夕何夕见此良人？”

白流苏：“子兮子兮，如此良人何也？”

白流苏抢白道：“其实这个意思是，美呀美呀，这个女子真的有这么美吗？”

范柳源反唇道：“美呀美呀，拿这样一个美丽女子我该怎么办？”

很明显，白流苏在掩饰自己喜欢范柳源的爱意，而这个花花公子却一针见血地指出的诗的原意，白流苏此刻的心情是有点激动的。试想一个相互试探了那么久的恋人，终于明白了对方的心理，她有一点激动，有一点羞涩。虽然他们已经不再是单纯的少男少女，但是被翻译出来的赤裸裸的表白，让这个交际场上八面玲珑的女人也难免露出小女人的娇羞和憨态来。尽管他们的结合或多或少夹杂着战争和人事的无奈，夹杂着人生的苍凉和孤独。但那句简单的诗，仿佛让这对在爱情世界里颠簸很久的人看到了幸福一样，激动和羞涩。这或许就是人性中永远不能泯灭的对美好爱情的渴望和憧憬吧。

爱情，是美好的。无论你怎么看，它都像是七彩的梦一样，由你去尽情编织。在茫茫人海中遇到那么一个让你心动的人，他说一句简单的话，你已经泪流满面，心痛不已。无论相信与否，这个人就是你爱情的宿命。你将会因为他而不同往昔，因为在红尘滚滚的尘世间，每一个人卑微的像是一粒尘土，但是爱情使每一个人在爱人的眼中高大完美起来，因为相对于爱人，你是整个世界最美的风景。

期待一场美好的邂逅，把爱人拥入怀中，静静品味生命的美好和平凡。有一个人如此珍惜你，此生已然足矣。

《召南·鹊巢》：今世的相濡以沫是天堂

维鹊有巢，维鸠居之；

之子于归，百两御之。

维鹊有巢，维鸠方之；

之子于归，百两将之。

维鹊有巢，维鸠盈之；

之子于归，百两成之。

喜鹊，这个给人带来幸福吉祥的鸟儿自古至今都是有情人心目中幸福和爱情的图腾。这大概起源于牛郎织女鹊桥相会的美丽传说。“纤云弄巧，飞星传恨，银汉迢迢暗度。金风玉露一相逢，便胜却人间无数。柔情似水，佳期如梦，忍顾鹊桥归路。两情若是久长时，又岂在朝朝暮暮。”夜色如水的七夕，牛郎和织女这两个星座在深蓝色的天空中像是相互吸引一样，逐渐接近。夜色静得出奇，但又像有什么事情发生。坐在清新扑鼻的葡萄架下，仿佛听到了喜鹊唧唧喳喳的叫声，那欢快的叫声大概是为有情人的相会而鸣叫吧。在无际的夜幕中，那条泛着银光的银河把深蓝色的夜空分割的清楚而明朗，在银河两边的牛郎星和织女星，在慢慢地向河边靠近、相互吸引。此时，喜鹊们仿佛约好似的，朝银河飞来，它们衔着七彩的树枝、花朵，为这对苦命的爱人架起一座相会的桥梁，一切的甜蜜在此刻开始……

在这情人相聚的七夕之夜，这个宋代的才子，正深受贬谪之苦，更加让他痛苦的不是朝中政治的倾轧和壮志难酬之悲，而是与爱人两地的分离和相思之苦。

秦观，一个名副其实的大才子，宋代的大文豪苏东坡因为爱惜他的才华，而把他纳为门下之士，他与黄庭坚、晁补之和张耒并称为苏门四学士。在当时是何其荣耀和自豪！看上他的才华的不仅是苏轼，还有他的妹妹苏小妹，自古才子爱佳人，更何况二人都是才高八斗、诗思敏捷的人中龙凤。新婚的浓情蜜意还余味缭绕，他们便已经两地分离了。此景此情怎能不让秦观这个多情种触目怀人呢？因为分离和相会遥遥无期，所以人们有了鹊桥相会的美好愿望，有了温馨而又始终怀抱希望的美好爱情。喜鹊这种给人们带来吉祥和希望的鸟儿，自然成为了人们对美好爱情的一点期盼和怀想。

因为喜鹊确实是与爱情和相聚联系在一起的，所以人们用它来象征幸福和吉祥。在结婚的时候，不忘让这只鸟坐上爱情的枝头。人，就如同单纯无比的大自然一样，春生夏长，秋收冬藏。女孩就如春生的玫瑰一样，在合适的季节总会开花，然后等着心爱的男人来把他娶回家。男女的爱情像是花儿一样在春天生长开花，在夏天萌生果实，在秋天成熟收割，在冬天细细珍藏。当我们看到一对老人在夕阳下牵手慢慢走过，我们一定不会怀疑，他们的爱情曾经像是玫瑰一样在人生的四季里开花、结果、成熟、珍惜。因为那像是山花一样烂漫的盛大婚礼，那一场隆重的迎亲，早已经刻画在他们最深的记忆里。

他，那个英勇、聪明的小伙子，他或许是哪个贵族的后裔，或许是风流倜傥的王孙公子，他有才有德，是一个温润如玉的君子。他早就搭建好了爱巢，等着迎娶那位美丽的女孩。而那个美丽的女孩就像是一只边翱翔天际边欢快鸣叫的雎鸠一样。它或轻快地划过蔚蓝的天际，或漫步银白色的沙洲，或驻足翠绿的枝头。它欢快地鸣叫，急速地飞翔，直到遇到喜欢的人，这只专一、吉祥的鸟儿才会为爱人停住飞翔的翅膀。或许早已经有无数的提亲者踏破了她家的门槛，早有无数的小伙子对他暗送秋波。而她明白，她只为一个人而生，那个人，就是能拨响她心中的琴弦的人。他们是幸运的，没有父母的横加阻拦、没有相见后的不如意、没有身份的天地悬殊。一句“之子于归，百两御之。”突出了这个女孩家庭的显赫和富贵。她或许是诸侯的女儿，或者是一国之君的公主。自幼生长在深宫，受到了很好的教养，像珍珠一样被父兄母亲捧在手心，诗书礼乐无所不通。她雍容华贵、知书达理。更可喜的是，她没有遭遇到齐国女儿那样的政治联姻的宿命，她只是一个富贵人家的女孩。很幸运的是，她遇到了一个身份和她相似的贵族公子，他一样德才兼备，智慧过人。两个人的结合少了后来的许多愁苦和悲哀，他们的结合像是大自然一样和谐、美好而又宁静，在岁月的流水中静静地生长着，幸福、安详。

自古红颜多薄命，有情总被无情伤。这在古代的历史长廊里仿佛成了一个颠扑不破的爱情真理，也正是因为爱情的凄惨和悲凉，才让人觉得爱情这么容易破碎，红颜这么容易消逝。霸王别姬的苍凉和悲壮还萦绕在耳边，昭君出塞的声声胡笳又让人无比哀伤和欷歔。高贵如唐明皇一样，也会夜听梧桐为已然消逝的杨玉环深寄哀思，贫贱如孟姜女，用哀恸天地的哭声来呼唤死去的丈夫。

寻寻觅觅，历史的芳影萍踪，那悲悲戚戚的哭声早把廖若晨星的幸福湮没了。我们没来得及看到曾经的在爱情里甜蜜幸福的情侣，就已经被身单影只、茕茕孑立的悲戚所取代了。

巴尔扎克说过，“爱情是个宗教”，这个信仰的代价或许比人生其他的代价高的多，但是一旦进入这座神圣的殿堂，我们的人生就被打上烙印，即使回头转身，那个感情的烙印绝对不会再消逝。因此，在巴黎圣母院内，美丽的吉普赛女郎艾丝美拉达永远不会注意到那个又丑又聋但很善良的畸形人卡西莫多。在爱情中，他们就像是平行的两条直线一样，永远不可能相遇。但是，这个驼背的敲钟人，在见到这个流浪的吉普赛女郎后就在心里打上了她的烙印，自此再也没有出来过。正是因为信仰，他才会为了这个女人而冒犯自己的主人，才会因为爱情而在人性中觉醒，才会为了这个女人而跳下钟楼粉身碎骨。这与其说是雨果浪漫主义创作风格的理想再现，不如说是对爱情信仰纯粹的勇敢诠释。

这是一个悲剧，也是一个理想，因为在爱情的宗教中不只有殉道者，还有因此而升上天堂的人。这些人，就是爱情的天使，他们像是受到了某种力量的庇护一样，在这世界上，你不得不相信，真有一见钟情和郎才女貌、天作之合这样的爱情现实。虽然很少，但他们确实存在。在那个民风淳朴的上古时代，那些单纯如水的小儿女们，就像是一对对活泼天真的小鸟一样，风和日丽，他们站在高高的枝头，相亲相爱、鸣声啼啭，共浴爱河。

爱情，单单的两个字，却包含了所有的爱恨情仇和悲欢离合。对于不幸的爱情，有一万种理由，但对于幸福的爱情，我们似乎理屈词穷，因为，悲情的海水淹没了这股幸福的涓涓细流。

但用一个幸福来概括爱情，已经足矣。

因为，今世的相濡以沫便是天堂。

《郑风·女曰鸡鸣》：愿爱情幸福，岁月静好

女曰鸡鸣，士曰昧旦。
子兴视夜，明星有烂。
将翱将翔，弋凫与雁。
弋言加之，与子宜之。
宜言饮酒，与子偕老。
琴瑟在御，莫不静好。
知子之来之，杂佩以赠之。
知子之顺之，杂佩以问之。
知子之好之，杂佩以报之。

田园，这个伴随着平淡和美好的词汇曾经让无数风流士子为其折腰。男耕女织，日出而做，日落而息，牛羊成群，炊烟袅袅。这些简单平凡的画面构成了另一个世界里的桃源生活。虽然平淡，但是却离我们渐行渐远，以至于我们只能在古人的诗歌里来重温这温馨美好的场景了。而其中平凡小儿女们的感情就像是清晨的露水那样普通而又干净、美好，简单得没有任何杂质，单纯得如清凉的风。这平淡的美好、普通的宁静，让我们为之陶醉和沉迷。所有人类栖息的心灵净土，也不过如此！

俄国伟大的诗人普希金可以说是生活的轰轰烈烈。他出生于贵族之家，他激烈地反抗沙皇政府，为此他遭到迫害，被流亡，为了心爱的女人与人决斗，并被杀死。他的一生仿佛从来和平淡这个词搭不上边，但是在这个火一样的男人的心里，也竟然有这样一方田园的净土。他在自己的诗歌《乡村》中这样写道：

我向你致敬，你这偏僻荒凉的一角，
恬静、劳动和灵感就在你这里栖息，
在这里，忘情地沉湎于幸福的怀抱，
我如水的年华悄悄地流淌而去。
我属于你：我抛弃了妖冶女色的迷宫，
我抛弃了奢华的宴饮和虚妄的欢娱，
倾心于林中平静的絮语和野外的安宁，
倾心于那自由的逸乐和沉思的伴侣。

我属于你——我爱这清幽的花园，
花园中盛开的鲜花和习习的凉意，
我爱这一片装点着清香的禾堆的草地，
灌木丛中一条条清澈的小溪流水潺潺。
在我的眼前到处都是活起来的彩图：
彩图中我看到两片明镜般蔚蓝的湖，
一叶渔夫的船帆闪映着明灭的湖光，
湖对岸是连绵的丘冈和迤逦的农田，
远处有疏落的房舍，农家小院，
湿润的湖岸上是一群群觅食的牛羊，
烘房冒着轻烟，磨坊的风车在旋转；
到处呈现着富足和劳动的景象……

这样一幅平静和谐的乡村田园，一个充满了诗情画意的清幽梦境，一个充满生机的普通人的天堂。或许这是在人生中疲惫不堪的人所向往的唯一生活吧，滤去一切人生的铅华和浮躁后，所追寻的一种平淡、宁静和美好。

黎明将至，全村一片安静。人们仍在酣然而睡，而东方已经泛出了鱼肚白。这对新婚的夫妇和普通人一样，即将开始他们一天的劳作和安排。勤劳的妻子此时早已经开始打算一天的作息安排了，她推推还在沉睡中的丈夫说：公鸡已经打鸣了。潜台词就是：天亮了，该起床干活了。但是，后面的话她没有说，一来是怕惹丈夫不高兴，二来则暗含了对丈夫浓浓的爱怜和不舍之意。这不仅让我想起了黄蓉，这个聪明绝顶的女孩，当憨厚老实的郭靖惹她生气时，她便让老顽童打郭靖给她出气，但老顽童还没有打两下，她就开始打老顽童了。原来所有的恨都是因为深深的爱怜和不舍！一个活脱脱机智俏皮的形象跃然纸上。这个刚刚新婚不久的女孩也是如此，既不舍得丈夫早起，又得安排一天的作息，一个温柔懂事、勤俭持家的主妇形象，就这样在我们面前定格。

而在酣睡中的丈夫显然沉湎于被衾之暖，不想早起。因此，他大条地说：天还没亮呢。想转头又睡，但是又怕辜负了妻子的好意，于是他睡眼蒙眬、像模像样地推开窗户，指着天上明亮的星星对妻子说：你看，外面的星星还那么亮呢。言下之意就是说现在繁星点点，证明天还没有亮，再睡会儿吧。于是就又倒头睡过去了。妻子面对丈夫的贪睡和懒惰又气又笑，但她始终不忍心发脾气。于是，她像哄小孩似的，告诉丈夫说：你看，外面的大雁和野鸭都开始起飞，出去觅食了，你也该起床出去打猎了。你出去后，必定能够射中很多野鸭和大雁，等你拿回来，我给你做出美味佳肴，再给你斟上美酒，让你好好地享受一下。过着这样幸福美满的生活，我们一定会白头偕老的。

不得不说这个女孩很有谋略，她先是让丈夫起床，接着又用美酒佳肴来诱惑丈夫，最后又和丈夫一同展望美好的未来。在这样的劝说和诱惑之下，丈夫当然睡不着了。

于是，这个有点憨厚的男人起床开始收拾打猎的行装，他为妻子的勤劳而感动，也为妻子对自己的一片痴情而欣慰。于是，他解下随身佩戴的玉佩，给妻子说：我明白你对我的真情，明白你的勤劳、温柔和善良，那么就让我这块玉佩时时刻刻跟随你吧。像是定情一样，男人被女人的真挚所打动，投之以桃，报之以李。夫妻间的感情像是酒一样甘醇、浓烈。花前月下，她轻抚琴弦，他优雅鼓瑟，举案齐眉的感情大抵如此吧。于是丈夫背着弓箭出去打猎了，妻子回味着丈夫的甜蜜情话，开始一天的劳作。她采桑养蚕，绩麻织布。把庭院打扫的干净整洁，等着劳作一天的丈夫归来……

农夫和农妇的生活就这样简单而又平凡地向前过着。当历史的年轮旋转不停，那最初的爱怜和定情的场景反而越来越明显，因为任岁月再怎么尖利，它始终磨不掉人生中最真实的东西。这是平凡人的平淡生活，简单而又真实。没有荣华富贵的奢侈生活，没有王公贵族的豪华气派，但是遇上一个平凡普通的真爱已经足够，因为，我们今生的相遇便是最大的幸福，金钱买不到真爱，权位也换不来一份美好的感情。

平淡的生活，平凡的幸福，这样简单的生活和感情，像是淡淡的清酒一样，虽然普通，但是甘醇幽香。这个世界上或许没有几个人愿意过平凡普通的生活，人们被功利蒙住了眼睛，在尔虞我诈的环境里激烈地角逐。你死我活的是空洞的野心和梦想，而那份真挚的感情却距离我们越来越远。平淡并不是平庸，而是一种看透世事的平静和豁达，我们像是天地间的一颗种子，唯有在真实的阳光和空气里才能健康地发芽、成长。

一树一菩提，每一个人只要认真、真实地生活，都能找到今生的真爱和现世的幸福。在滚滚红尘的纷繁困扰中，让我们用心去感受平淡的生活，感受爱情的真谛：你，不是因为爱情而幸福，而是爱情由你而精彩。这是这首诗给我们的礼物，平凡、简单而又真实。

在时光的无情流逝中，我们期待岁月静好，人生幸福。

第三章

佳期幽会篇

《召南·野有死麕》：穿过历史的丛林，感受那股清新

野有死麕（jūn），白茅包之；有女怀春，吉士诱之。
林有朴樕，野有死鹿；白茅纯束，有女如玉。
舒而脱脱兮，无感我帨兮，无使尨（máng）也吠。

孔子曾经用一句“思无邪”来概括诗经的整体美学风格，我想这一句话还是比较中肯的。因为无论里面写约会还是写表白，都是简单而透明的，完全没有后代诗词里面的香艳和媚俗。这大概是先秦时代的民风淳朴，人类一切正常的情感活动都被视为是正常的。没有了卫道士出来横加批判，那一份美好的感情就这样真实地展现在我们面前了。可以打一个通俗比方，来解释诗经中这类幽会的诗歌：它就如一个赤裸身体的小孩，在它的意识里面没有所谓的道德约束，也避免了矫情、香艳的流俗。我们只须在看到婴儿那单纯的眼光的时候，静静欣赏它的美妙就可以了。所谓的赤子之心，大抵如此，单纯而美好、干净而幸福。

时间，应该是在仲春时节。万物从初春的乍暖还寒的气氛中复苏起来，在仲春温暖湿润的空气中茂盛地生长着。茂密的大森林郁郁葱葱，里面的一切都恢复了生机，小动物们欢快地在树林里穿梭，鸟儿在枝头快乐地鸣叫，野兽在紧张地觅食……各种各样的树木已经绿叶成荫，挡住了正午时分的温暖阳光，在树林下投下点点的亮光来。一切的一切都在春天这个明媚的季节苏醒了，当然还包括青春期的小儿女们。他们像是逐渐成熟等待绽放的花朵一般，在那个简单的时代里，尽情地展现自己的美妙多姿，怀想着各自的梦中情人。

那个男孩是个绝好的猎人，他长相英俊，雄姿勃发。像是在森林里一头苏醒的野兽一样，他箭无虚发，每次都能打到肥美、丰盛的猎物。而在树林不远处的一片桑树林里，女孩子们已经开始了繁忙的采桑劳作。她们像是一群艳丽的蝴蝶，说着、笑着，绽放在碧绿色的桑树林里。她们或者议论着自己今天的衣服，或者议论着各自的心上人。女孩子之间的秘密大概也是各自的外貌和感情吧。说到这里，我们万万不可认为感情和外表是肤浅的东西，因为正是这些男人们看起来比较虚的东西，才使女人成为女人。女人可以有才，但是女人更要漂亮。张爱玲有才，但是她仍然会穿最时尚的旗袍，在去送稿子时仍然会穿上奇装异服来哗众取宠。因美貌得到别人的认同，这大概是每一个女人的梦想吧，才女也不例外。东施之所以效颦，无非是为了让自己看起来动人漂亮，虽然效果适得其反，但是如果我们能明白她那一颗渴望因为外表得到认同的苦心，或许我们就不会这么肆意地嘲笑那些苦心经营自己的外表，而又不太漂亮的女孩子了。

这些女孩子也一样，在花一样的年龄怎么能离开美貌和爱情这个话题呢？于是她们成为了小伙子们追逐的对象，尤其是漂亮的女孩，她们更是成为男孩们关注的焦点。在王维的一首诗里这样描写夕阳还家的年轻女孩们："竹喧归浣女，莲动下渔舟。随意春芳歇，王孙自可留。"在郁郁葱葱的竹林深处，夕阳的余光像是轻纱一样洒在这个静谧的世界之上，突然安静的竹林似乎灵动起来，刮起了一阵轻飘的风。原来是从山坡上走下来了一群浣纱的二八少女。她们莺声啼啭，像是撒在林间的一串串银铃一般，扰乱每一个年轻男孩的心绪。让所有人不由得为她们的美丽青春而驻足。

果然，在那个暮色渐下的午后，那个打猎的小伙子，终于邂逅了那个他注意了很久的女孩。一切都来得很自然，男孩把狩猎得到的獐子，用白茅包起来送给眼前的女孩。丰美的猎物，洁白的茅草，看起来那样鲜明。彼此没有多说什么，男孩只是用自己的劳动成果来向自己心爱的女孩表白。另外值得一说的是，古代的男孩表白爱情用鹿或者类似鹿一样的动物作为见面之礼，这点，女孩当然是懂得的。看到眼前这个男孩把象征着示爱的猎物送给自己，她的心不由得噴怦怦乱跳起来。少女的心被这个英俊的男孩给扰乱了，虽然口中不言，但她已经芳心暗许。这是每一个女孩都会有的内敛和羞涩吧，到了青春的美妙年华，自然渴望爱情的到来，渴望遇到一个自己喜欢的白马王子。但是女孩所有的一切小心思都成为了爱情的潜台词，在秋波暗送的一刹那，一切已经不言自明。这个女孩已经心甘情愿地中了男孩的诡计！

于是，在这片树林的某个时间，有了他们的约会。万籁俱寂的夜晚，他们相约来到这个熟悉的地点，男孩把砍好的灌木连同当天猎到的小鹿送给女孩。这应该是他们感情发展的第二个阶段了吧。因为，古代的结婚仪式在黄昏时候举行，所以人们会点火把来照明。这个男孩砍一些朴樕的树枝来做礼物，很明显是有求婚的意思。而作为猎物的小鹿也比刚开始见面时候的獐子正式了不少。这简单的举动表明了男孩的一颗真心，请求你嫁给我吧，心爱的女孩！那个像美玉一样温润的女孩就是我今生的最爱，她像是一朵百合一样干净纯洁，像是一阵细雨一样温柔多情，像是一抹清风一样随时在我心间吹过！遇到这样的女孩何尝不是自己前世修来的美好姻缘，何尝不是今世上帝赐予的美好福祉！

或许是他们私定终身，或许已经有了媒妁之言。但是他们仍然一如既往地相约幽会。他们的感情已经由前两次的相互试探、表明真心到了这次的相亲相爱。那个强壮的男孩想把女孩拥抱在怀，想轻轻低闻她的发香，感受她的气息，想在她的耳边轻轻诉说甜蜜的情话。但是女孩还是因为娇羞而不由自主地对男孩的求爱半推半就，她害怕被人发现，出自本能的羞涩心理，她害怕他们惊动了自家里的长毛狗，而引起别人的注意，打扰了他们美好的幽会。一种少女的羞怯和渴望爱情的心理刻画的生动活现。

这种行为，在现代也许应该叫做偷情。但是在古代却没有这种观念。春秋多战乱，年轻人更是统治者重视的特殊战略物资。为了繁衍人口着想，这些适龄的男孩女孩们可以在仲春之月，自行相聚、同居。这些在当时不仅是人类正常感情的需要，而且也是延续生命的一种可靠方式。在《周礼》里面就记载了此事："仲春之月，令会男女之无夫家者。"这样一种特殊的结合方式，在现代看来似乎不可思议，因此，我们常常会以偷情来定义这首诗。认为被儒家奉为经典的诗，竟然也有这种淫诗存在，但我们都大错特错了。

或许当现在的我们有了道德的约束，有了偷情的观念，才会给那些简单纯洁的诗扣上我们现代人的道德观念，从而蒙蔽了它原来的面目。古代有一个烹调观念叫做"大羹不和"，讲的是夏商周时期的人做肉羹，从来不加任何调料，全靠自然的味道。这种作为古代人主要食物的肉羹，看似无味却包含了万种味道，这也是古代人无为而无不为的绝顶智慧，即自然的做事方式。每一种文化都有其丰厚的历史和文化意义，我们只有看透了历史的真谛，才能明白承载历史文化的诗经。

自然即万物，古代人保持了一颗自然之心，才能让现代人不齿的幽会变得这么具有诗情画意，变得这么清新脱俗。或许，保持本性，回归自然，我们才能穿过历史的丛林，去感受远古的森林里那一股股清新自然而又各具特色的风。

《郑风·山有扶苏》：单纯如斯，与你相约

山有扶苏，隰有荷华。不见子都，乃见狂且。
山有乔松，隰有游龙。不见子充，乃见狡童。

在电影《倩女幽魂》中有这样一个镜头：女鬼聂小倩因为谋害宁采臣不成，而彼此相识后，两人各自在心中对对方产生了好感。宁采臣被聂小倩的美貌所吸引，而聂小倩也爱惜多情、善良儒雅的宁采臣，而愈加不忍心将其谋害。月高风黑，随着一缕清幽的琴声，宁采臣终于循着琴声在水上的一处楼台上见到了身着流纨素，长发飘飘的聂小倩。洁白的长袂随着缥缈的琴声在水波之上飘若惊鸿，悠扬、跌宕的女声在夜空中回荡，此曲只应天上有，人间哪得几回闻。这摄人心魄的琴声，在空空的深夜里回荡，宁采臣感觉自己仿佛进入了仙境一般。

见此美景美人，恐怕很少有男人不动心。于是宁采臣缓缓地向抚琴低唱的聂小倩走去。二人抬头对视的那一刻空气中突然弥漫了浓浓的爱意，这深夜的幽会显得那么神秘和悠长。王祖贤娇媚的容貌、哀怨的眼神真是把那个深陷魔掌当中的女鬼诠释得真真切切，而张国荣俊美的外表、硬朗儒雅的气质，也深深地迷倒了不少观众。这二人真真是把才子佳人的美妙幽会演绎得淋漓尽致。

虽说是人鬼之恋，但那场幽会不知迷倒了多少观众。一个是生性耿直、善良的风流才子；一个是貌美如花，身世神秘的多情女子，这样的幽会不仅美丽，而且神秘，给那漆黑的夜晚蒙上了一层温暖、甜蜜的面纱。因为如此神秘的幽会，后面发生的一切都有了存在的理由。

大多数男人大概都喜欢矜持娇羞的女孩，她们如清风拂面一样的温柔，像是深夜细雨一样的内敛。因为，所有男人都有一个小女人的梦想，而所有的女人大概都有一个大男人的梦想吧。男人希望自己的女人小鸟依人，让自己永远捧在掌心，充当保护者的完美角色。但看惯了淑女，乍一看到泼辣的女孩，反而感觉别有一番风味。泼辣的女孩像是一杯烈酒，虽然辛辣无比，但是甘醇浓烈。诗中的女孩就像是一朵多刺的玫瑰，娇艳、泼辣。她面如春花，娇艳无比，全身上下透露出万种风情和千般娇媚来。在万籁俱寂的夜晚，女孩独自在树林的深处等着，等着那个让她等得有点着急的男孩来到这里。她不时回忆与男孩初相遇时的种种情景，不时地想着男孩此时还没到来的原因。一般的幽会都是男孩等女孩的情况居多，但现在让一个貌美如花的女孩来等男孩确实是一大怪事。所以我们不由得对这位女孩产生怜香惜玉的情愫来。

但是这个女孩似乎也不是那么好惹的。当看到那个男孩不好意思地走过来时，她就开始打趣那个男孩。她对那个男孩俏皮地说：高大的扶苏长在高高的山上，而漂亮的荷花则长在低矮的池塘里面，像我这样的美人也应该找一个像子都一样的美男子啊。子都，在当时是美男子的象征，孟子曾经说过：至于子都，天下莫不知其娇也，不知子都之娇也，无目者也。意思说的是，子都是全天下人尽皆知的美男子，如果不知道子都的帅气和英俊的人一定是有眼无珠。据说子都是春秋时期郑国的将军，大名叫做公孙阏，子都乃是其字。其人不仅相貌生的美，还有一身的好武艺，能征善战，年纪轻轻便做了郑庄公的大夫。可见此人是年少有为的美少年的代表，是当时所有年轻女孩心目中的白马王子。

所以这个幽会的女孩，提起他，以此来说明自己美貌足可以和子都这样的帅哥匹配，也借此嘲笑自己的男朋友粗鲁无礼，不像子都那样风度翩翩。言辞中充满对眼前这个有点憨厚男孩的调笑和讥诮。暗含半点微酸，但

是却又透露出无限的爱意来。因为恋人之间只有熟悉到一定程度才能放开初恋时的矜持，彼此相互开玩笑、打闹。看到心爱的姑娘这样取笑自己，男孩肯定做出了回应，但是诗中用留白的形式把男孩的行为省略去了，给我们留下了想象的空间。下面又让女子说道：高高的松树应该长在高高的山岭上，枝叶舒展的红草应该长在潮湿的低地，像我这样贤惠温柔的女孩怎么就没有遇到像子充一样善良、绅士的男孩呢。子充的具体身份不明，应该是当时温润君子的代称，言辞间暗含说这个男孩阴险狡诈，经常对自己施小计谋，女孩可能经常中男孩的小诡计，所以对这个坏坏的男孩既爱又恨。简简单单的打情骂俏，竟然如在眼前一样逼真，虽然没有美如子都的男子，却有彬彬有礼的子充，女孩虽然口头说自己的男朋友没他们好，但是她却对这个男孩充满了深深的爱意。

在爱情中有这样一个真理，如果你知道了一个人所有的缺点后，你仍然爱他，那就说明你是真的爱上这个人了，我想此时女子的心里也是这样吧。虽然对自己男朋友百般刁难、埋怨，但是其中却不乏浓浓的爱意。让这爱情在一时间变得浓厚、丰富、栩栩如生起来。这也许就是爱吧。

试着想象这样一幅画面，暮春时间，绿肥红瘦，杂花生树，草长莺飞。在芳香四溢的花园里，一对正值青春年华的花季男女，在万花丛中热闹地笑着，跑着。像是两只嬉戏的蝴蝶一样，整个春天因为有了他们的嬉笑和打闹而意趣盎然起来。“绿杨烟外晓寒轻，红杏枝头春意闹。浮生长恨欢娱少，肯爱千金轻一笑。”正是有了金黄色的蜜蜂乱舞枝头，才使得安静的杏林一下子热闹起来，人生苦短，醉酒当歌，此时美人的一个笑靥足以抵得万两黄金。当每一个人明白青春年华如同白驹过隙一般的倏忽苦短，我们一定要更加珍惜青春年少的美好时光。生活在滚滚红尘的人们如果在青春年少的时刻，明白那如花一样的岁月如此美妙和短暂，那我们一定会倍加珍惜那景、那人。因为，爱情这部电影，永远是留在我们心里最后的经典。

诗的可贵之处就在于，它为我们呈现了恋爱中小儿女的各种情态，就像是一幅幅美妙的爱情拼图一样，从初识，到相知，到相恋，到熟悉，让我们见证了爱情中小儿女们的痴情、打闹和玩耍。像是一部长长的电影，让我们在其中见到那青春岁月里的美好时光，和那时青涩、单纯的自己。

纯净如我，单纯如你，我们相约，在那个幽幽的午后体味爱情的愉快旅行。

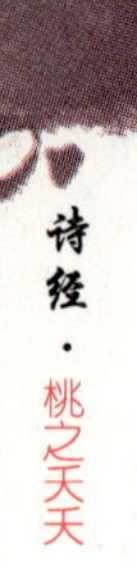

《郑风·溱洧》：邂逅记忆深处的园游会

溱（zhēn）与洧（wěi），方涣涣兮。士与女，方秉蕑（jiān）兮。女曰观乎？士曰既且。且往观乎？洧之外，洵訏且乐。维士与女，伊其相谑，赠之以勺药。

溱与洧，浏其清矣。士与女，殷其盈矣。女曰观乎？士曰既且。且往观乎？洧之外，洵訏且乐。维士与女，伊其将谑，赠之以勺药。

杜甫在其著名的《丽人行》里写道："三月三日天气新，长安水边多丽人。"三月天气，万象更新，阳光明媚，花草繁盛，整个世界焕然一新。那出落得如芙蓉、牡丹一般的丽人们，相约出行，徜徉河畔，临水照花。美人如画，景色宜人，惹得路人皆为其驻足争相观看。试想，如果在这样美好的春天里少了这些二八妙龄的女孩，那春天也将失去了它原有的浪漫和美好的意义。

古人有春游除灾的传统，《论语》里有"暮春者，春服既成。童子五六人，冠者六七人，浴乎沂，风乎舞雩，咏而归。"的记载，让我们体会到了孔夫子儒雅风流的一面。另外流传千古的《兰亭集序》也记载了在三月三这天，文人雅士们相约诗酒风流的文学集会。"是日也，天朗气清，惠风和畅。仰观宇宙之大，俯察品类之盛，所以游目骋怀，足以极视听之娱，信可乐也。”然而，没有了女人的参与，这场盛会只能变成文学上的事件，而与爱情和浪漫似乎有点远了。

仲春时节，冰河融化，那一股股顺着山涧哗哗流下的清泉仿佛在召唤着每一个还在沉睡的人们，它把这些青春期的小儿女们从寒冬的沉睡中叫醒。提醒他们，相约的日子来了。农历三月上旬的巳日，即三月初六这一天，那些打扮一新的女孩男孩们，相约来到溱水和洧水的河边。那些女孩穿得花红柳绿，像是一朵朵争芳吐艳的牡丹一样，而男孩们也都把头上高高的发髻挽起，身上的服饰得体而又帅气，各自佩戴兰草，准备送给心上人。这一天是一年一度的祛除灾难、男女相会的节日，为自己和心爱的人祈福，邂逅美好的爱情。这些少男少女们在这场盛大的聚会里说笑、打闹。

大家来自四面八方，对彼此都不太熟悉。但是每年的相见，让这些男孩、女孩都会对某些人有一定的印象。在这花团锦簇的人群里，她一直注意着那个男孩。认识他已经很久了。但碍于情面，这个姑娘一直没有勇气开口。他是那样的英俊帅气啊，他光洁的额头闪烁着无比的聪明和智慧，他那晶莹有神的双目像是启明星一样扰乱她的心绪。真的是一个面如朗月一样的男孩，站在一群男孩中间，他像是一只高傲的白鹤那样，飘飘然的，一副儒雅文人的风流气质，让远在人群中注意他的女孩这样沉迷和痴醉。当然，这样优秀的男孩也会引起其他女孩的注意，她看到有好几个女孩朝这个男孩张望，并且窃窃私语地聊起与这个男孩有关的东西。

爱情是一场没有硝烟的战争，这点说得一点没错。一旦被别人抢占了先机，那么就很可能因此失去心爱的人。对于这点，姑娘怎会不知道呢？于是，她使出了平生所有的勇气，走到那个男孩跟前，注视着他那明亮的眼睛说：我们去河边看看吧，那里有好玩的歌舞。没想到这个男孩彬彬有礼地说道：不好意思，我已经去看过了。好容易鼓起的勇气顿时像是遭遇了倾盆大雨一样，女孩被打败了。她有很强的失败感，难道是自己长得不好看配不上他吗？还是因为他嫌自己家境没他好而拒绝自己？失望，慢慢地弥漫了她的心间。但是，她不想放弃，因为一旦放弃，这个她注目了很久的男孩就会消

失在茫茫的人群中了，或许这辈子，她都不能再遇见他，或者和他拥有单独相处的机会了。

张爱玲说过：喜欢一个人，会卑微到尘埃里，然后开出花来。但这绝不是真正的自我卑微，而是甘愿为爱人牺牲一切的伟大精神。刚才的羞怯在女孩心中产生的受挫，和争取爱情相比，女孩仍然选择了坚持。于是她轻启朱唇，略带羞涩地跟眼前那个耀眼得让自己眩晕的男孩说：公子还是去看看吧，洧水之外的草地宽敞、碧绿，而且有很多人在跳舞，唱歌，一定很好玩！男孩看着眼前这个有点羞涩的女孩，像一朵将开未开的百合一样，骨子里透出一股清新和娇艳来。

当女孩抬头的那一刻，男孩在她的眼睛里分明看到一种不一样的东西——深深的爱怜。或许是这爱怜和仰慕让这女孩周身散发出一种属于自己的气息吧，男孩被眼前的女孩给打动了。他或许以前见过她，但是从来没有看到这个女孩竟然有这样一种光彩照人的神态。因为注意，所以才会喜欢吧。女孩对他是如此，而这个男孩此时无疑被女孩的清新气质给吸引了。他微微地笑着，仿佛看懂了女孩的心事似的，那明亮的眸子仿佛一时间充满了无限的浓情爱意，让眼前的这个女孩一时受宠若惊。此时暗恋像是一颗被关在寒冷冬天的种子，遇到了春天这大好的时光，在见到阳光的那一刻突然眩晕一样。暗恋的苦行终于重见了阳光，这个女孩的心里此时五味杂陈，一时有点不知所措。

当这个男孩深情地看着女孩，解下身上佩戴的兰草，轻轻地接过女孩的手，放在她有点冰凉的手心时，女孩才从刚才不真实的幻想中明白过来。女孩也有点紧张地解下自己佩戴的兰草放到男孩温热的手掌中，这一刻仿佛一世一生。人群一直在喧哗着，但是此时此刻，对于他们两个人来说，世界却是这样安宁，是因为彼此找到了爱情的归宿吧。他们像是在海上迷茫呼救的溺水者一样，忽然看到了一个目标，便觉得心里有了无限的希望，再不用茫然无措地到处呼救了。

人群中，两个青春的身影慢慢地并在了一起，他们拉着手，说笑着，走向了更远的地方。在那里，他们将不再是陌生的男女关系，而是一对已经相识的男女朋友，他们有了相互的信物，可以成为爱情信物的东西。这一切让这个园游会充满了多少意义！

还记得周杰伦的《园游会》吗？“摊位上一朵艳阳，我悄悄出现你身旁。你慌乱的模样我微笑安静欣赏。我顶着大太阳，只想为你撑伞，你靠在我肩膀深呼吸怕遗忘。因为捞鱼的蠢游戏我们开始交谈，多希望话题不断，园游会永不打烊。”那初恋的美好仿佛是像是女孩头上的蝴蝶结一样，甜美、纯真而又浪漫。拨动男孩心中的琴弦，随风飘动，没有任何杂质，纯净如水，没有任何功利，只爱眼前人。

这样的纯爱，这样的欢会，让人如此向往和沉醉。或许我们每一个人在情窦初开的花季年龄都有一个美好的愿望，希望自己在某次聚会上邂逅自己喜欢的男孩或者女孩。人类的感情是多么的相似，早在上古那个淳朴的时代，先民们就有这样一个浪漫的幻想，并且付诸实践，让那个时代的小儿女们，相遇每一个浪漫的春天。

李后主，这个浪漫多情的君主在其《望江南·多少恨》中写道：“还似旧时游上苑。车如流水马如龙；花月正春风！”春游、邂逅，多么美好的青春故事！沧海桑田、人事变迁，那曾经的青葱岁月是每一个人心中永远的回忆。那抹青春的底色，是我们一生中最美的风景。爱了，不爱了，这有什么？最重要的是，我们曾经为某个人而心动，为某个人而美好。

如果你是一个深陷暗恋中的男孩或者女孩，那么如果有合适的机会，就请勇敢地表白吧。因为，说出来有可能是另一番天地，就如同那个女孩一样。

《陈风·东门之枌》：让爱幸福缭绕

东门之枌，宛丘之栩。
子仲之子，婆娑其下。
穀旦于差，南方之原。
不绩其麻，市也婆娑。
穀旦于逝，越以鬷（zōng）迈。
视尔如荍，贻我握椒。

看到这首诗，让我想起了敖包相会，这个饱含无数浪漫爱情故事的美好节日。建敖包的地方多选择明快、雄伟且水草丰美的高山丘陵。这些卧在平坦的草原上的敖包均有名称，或以山为名或以地为名。用白色石头或者褐色土堆起来的敖包一般是圆形，顶端围有柳条圈。在蒙古人的心目中，它象征着山神，保护着人民。因此，外出远行，人们遇敖包必下马参拜，祈祷平安，并随手拣石添上。一个个矮矮的敖包，却寄托了人们无限的希望。

每年农历五月，绿草遍野、燕子北归、阳光和煦、马儿欢快地奔跑在绿色的大草原。在一个风和日丽的日子。牧民从四面八方云集于敖包下，用松柏、红柳、五彩花卉将敖包装饰起来，在敖包前摆设奶食品、“阿木苏”、糕点等供品。此时，漫山遍野前来祭祀的人们跪伏于地，三拜九叩，默祷“山神保佑风调雨顺、五畜兴旺、无灾无病、万事吉利”。祭奠仪式完毕，主持人将供品分送大家享用。同时开始游戏、赛马、射箭、摔跤，还有唱歌、跳舞等娱乐活动。姑娘和小伙子则借此机会躲进草丛里，谈情说爱，互诉衷情。敖包相会始于祭祀的初衷，但是有了青年男女的参与，自然少不了谈情说爱这个在所有青年人心中的重要节目。电影《草原上的人们》中插曲《敖包相会》，那朴实优美的歌词，一时间传遍了大江南北。让所有的男女知道了这个远古而又美妙的节日。

（男）十五的月亮升上了天空哟，为什么旁边没有云彩，我等待着美丽的姑娘呀，你为什么还不到来哟嗬。（女）如果没有天上的雨水呀，海棠花儿不会自己开。只要哥哥你耐心地等待哟，你心上的人儿就会跑过来哟嗬。

悠扬苍凉的马头琴缓缓响起，憨厚老实的小伙在引吭高歌，呼唤还没有到来的女孩，而女孩则用美丽的声音作答，让心中的情哥哥不要着急，耐心等待自己。一问一答，让人了解到大草原上这一美好浪漫的传统，是多么地让人心向往之。没有礼教和门第的约束，只有最真挚的感情来向喜欢的人畅所欲言地表达自己的爱慕之情。这种自由而活泼的谈情说爱，或许只有在民风淳朴的上古时代才有。

陈国，一个可以自由恋爱的国度。城门外的白榆树蔚然成林，而宛丘上的柞树也是绿叶成荫。春风和煦的美好艳阳天，子仲家的女儿在树下欢快地跳着舞，她优美地旋转，宽大的裙裾像是一朵在瞬间绽放的巨型牡丹花一样，妖娆、艳丽。林间吹来清新的风，扰乱了我的视线，她是那样一个美人哦。她一双大眼睛像是熟透的黑葡萄那样饱满有神，而弯曲浓密的睫毛，更是衬托她那双摄人魂魄的眼睛。她身材高挑，体型匀称，跳起舞来就像一只舞动的黑天鹅一样，高贵、骄傲而魅惑。她的出现成为了所有目光聚集的地方。她是那样的受人欢迎啊，多少小伙子为她倾倒，宁愿拜倒在她的石榴裙下。

与她结缘是在春季的欢歌会上。每年的春季，那些青春期的男女都会选择一个风和日丽的好天气，在城南面的一块高地上举行歌舞会。那一对对男女相互牵着手，跳着舞，放开嘹亮的歌喉，尽情地对歌、欢唱。她就是子仲家里那个调皮可爱的女孩，为了和众姐妹玩耍、她偷偷地扔掉家里正在绩的麻，跟着姐妹们一道跑了出来，来参加这属于男孩女孩的青春盛会。很快，她优美的舞姿和美丽的容颜便吸引了很多男孩子争相观看。他们纷纷向这个如玫瑰花一样娇艳的女孩抛出了求爱的目光，而我也是他们当中的一分子。自从见到她的第一眼我就喜欢上这个活泼开朗的女孩了，她就像是溪水里一条活蹦乱跳的小鱼一样、淘气可爱，让人忍不住去喜欢她。

她确实是个淘气、贪玩的女孩啊。她丢下手里的活，偷偷溜出来，跑到宛丘的集市上去跳舞。她是喜欢热闹，喜欢人们的赞美和艳羡的女孩。喜欢她，或许是喜欢她的至情至性吧，没有一点富家小姐的矫揉造作，没有任何的清高矜持，就像一个单纯的孩子一样，让人忍不住去喜欢她。每当有她出现的地方，我都像是一阵风一样及时出现，因为我喜欢她，她的每一次出现，对于我来说都是石破天惊的一刻。追随她的影子和声音是从初相识的的那一次开始的，自此，我便深深地陷入她的美貌和舞姿当中了。

我是幸运的，因为在众多追求者当中，她首肯了我。当她第一次用正视的眼光来看我，我感觉这个世界顿时变得空荡荡的，眼前只有她那明亮如水的眼眸，和足以把我掩埋的深情。不得不说这是上天对我的眷顾吧，让我这份真情被她所发现，所感受。那一刻竟然来得那么突然，尽管等这一刻，我仿佛已经等了千年，但是当她突如其来地看着我时，我还是深深地感到迷茫，进而是深深的狂喜，还有深深的感动。这个女孩，终于变成了我生命中的人，一个至死都不会放弃，至死都会深深怜惜的女孩。

相恋的日子过得很快，自从有了她，我感觉每一天都像是过节，每一天都在过一个盛大的节日。她采桑时，我都会在附近的地方耕种，抬头看看她感觉这个世界竟然是如此美妙，上天创造了人，让人以劳动为生，相亲相爱。而亚当和夏娃的罪孽仿佛不止是原罪，而是幸运地遭到了上帝的放逐，一个可以为了相爱的人而受苦、甜蜜的伟大放逐！我和她经常相约跑到宛丘的集市上去游逛，她则在树林的深处为我唱歌跳舞，一个人的视觉盛宴！这是我一生最大的荣幸！她就像是一颗红荆葵那样艳丽、单纯，时时把爱的阳光照进我的心里。她赠我香料，让她的气味随时留在我身边，让爱情甜甜缭绕。这个单纯的女孩竟然是这么细心，让我感受到了现世的甜蜜和幸福。

人说，恋爱中的人们是最敏感的，哪怕是最简单单纯的孩子，一旦他们有了爱怜的对象，便迅速成熟起来。因为，懂得了爱，便意味着关心、关爱。像是在心里有了一个强大的目标一样，你的一举一动都只能对这个目标有益，为了这个伟大的目标而去努力。所以，当我看到那个曾经疯疯癫癫的女孩开始变得温柔、细腻，开始变得羞涩而严肃，那么她一定是爱上某个男孩了。当黄蓉从一个小叫花子变成一个窈窕淑女，看到她那美丽的容颜，发呆的不仅是郭靖，她也因为一个男孩的喜欢，而真正地意识到自己是一个完美漂亮的女孩，而变得羞涩和矜持起来。

这就是爱情吧，一种让男女深刻意识到自己性别的东西，让人沉浸其中，从此便不想再逃离出来的美好感情。

《陈风·东门之池》：人美如诗，情淡如水

东门之池，可以沤麻。彼美淑姬，可与晤歌。
东门之池，可以沤纻（zhù）。彼美淑姬，可与晤语。
东门之池，可以沤菅。彼美淑姬，可与晤言。

陈国城外，一条碧绿色的护城河绕城而流，仿佛是一道缠绕在城墙周围的碧玉带一样。暮春时节，和风习习，河两岸的垂柳像是女孩的衣袖一样长袂飘飘，几只衔泥的春燕在碧蓝的天空急速地飞过，留下一道道音符一样的呢喃。春天的这个时节，因为这生机勃勃的一切变得热闹而生动。护城河上的吊桥随着清晨第一缕阳光慢慢放下，城里的人们开始一天的辛勤作息。城门内外，游人如织，大家纷纷地开始忙自己的活计。在初夏的阳光里，全城陷入一派繁忙的景象当中。

暮春时节，已经是绿肥红瘦了。桥下的河水里面不时流过飘落的点点残红，而头上的绿荫已经开始越来越细密了。此时，他，那个砍柴的小伙子也和大多数人一样，开始了忙碌的一天。但是，他走到桥头却左顾右盼，仿佛在等人似的。如果猜的不错的话，他一定是在等待前两天刚认识的那个女孩。女孩在家里排行老三，是城内一户人家的三姑娘，这个姑娘像是一朵白色的山茶花那样迷人，长得清纯脱俗，浑身上下散发出阵阵的幽香。还记得前几天的一场对歌中，这个漂亮的姑娘歌声嘹亮，像是枝头啼声婉转的杜鹃一样，惊呆了所有路过的人们。她不仅歌喉嘹亮，而且对歌的功夫也无人能及，在场的几个小伙子都败在她面前。试想，和风习习，一群花红柳绿的男女，站在河的两岸，热闹地对歌，取笑。这个场景不知引起了多少人对青春岁月的回忆和向往。人们对对歌的了解可能源于电影《刘三姐》吧，她那嘹亮的歌喉，聪慧的头脑，歌词出口成章，让刁难她的人一波一波败下阵来。而关于对歌的传说也和浪漫的爱情故事相关。她自幼聪颖过人，被视为“神女”。十二岁能通经传，指物索歌，开口立就。自编自唱，歌如泉涌，优美动人，不失音律，故有“歌仙”之誉。而她因为对歌而产生的一段姻缘则更有传奇色彩。相传，她在贵县的西山与白鹤少年对歌七日化而为石。也有传说说他们因对歌而互生爱慕而私奔，不知情者因两人突然失踪，以为双双飞升成仙。因此，广西壮族现在仍然把三月三这一天当做对歌日，来纪念刘三姐这位美丽有才的女子，而这一天更成为青年男女对歌结缘的一个美好节日。

这个女孩，当真也是歌仙一般的人物。很明显，此时人们已经沉醉于她的美貌和歌喉当中去了。他们相见就是始于此，在数十个男孩当中，只有他对上了她的歌，从此他们在彼此心中都留下了美好的印象。天下的人数千万，而能找到一位知己真是万分荣幸。他们就是这样的一对知己吧，从一开始的惺惺相惜，到后来的逐渐熟悉。再后来，他们发现彼此竟然是这么相像，原来缘分这一说，有时真的让人这么感动，当遇到真爱时，我们相信了缘分这个美好的传说。

而东门城外的那条河，就是他们相识的见证。站在河的两头，一个是貌美如花的妙龄女郎，一个是长相俊朗、歌声浑厚的年轻樵夫。普普通通的两个人，在这样的情境下相见，真是羡煞旁人。依稀记得在电影《大话西游》里面，潇洒英气为爱走天涯的紫霞仙子，面对二郎神等众神的苦苦相逼，她以“只羡鸳鸯不羡仙”来形容自己对爱情的诠释。为此，她逃离仙界，至死都在寻找自己的真爱。在电影的结尾，夕阳下，那两个人站在城头，在众目睽睽之下，紫霞大胆地表白，男人终于勇敢地走向她。二人在大漠的阵阵黄风中热烈相拥，显得那个斜阳竟是那么温馨，那么浪漫。至此，至尊宝从人群中默默地离去，远去西天的取经之路，留下那对相拥的恋人和看热闹的人群……这一切，让这段爱情看起来无比沧桑、感人。在真爱和缘分之间的矛盾中，我们看到了无边的苍凉和落寞。

或许只有遇到真爱，我们才会如此轻易地抛弃过去的自己，甘愿为眼前人做她喜欢的一切。四目对视的时刻，这个眼前如此真实的女孩，让这个阳光、俊朗的男孩看到了那个爱情中的自己。这一池的春水就是我们爱情的见证啊，你在池边沤麻，我在河的那一边与你相和对歌，声声歌中充满了我们彼此的了解和爱恋。爱情的种子，在歌声里慢慢生根，发芽。到了盛夏，我已经穿了你给我做好的麻衣。时间就在这种爱情浪漫的日子里慢慢过去，他和她的感情也像河边的树荫一样慢慢茂密起来。他还是一如既往地砍柴，而她已经开始沤纻了，不知不觉，他们已经相爱很久了。从开始的对歌相识到现在的甜言蜜语，再到逐渐了解各自的生活。

从初恋的矜持和美好，发展到深恋的熟悉和相知。这个美人就像是河边的一道风景一样，当他从山上砍柴回来，总能看到那个辛勤沤纻的女孩向他微笑。生而为人，得一知己和真正的爱人夫复何求？单纯如斯，纯净如斯。他们的感情像是一幅国画一样，那淡淡的水墨、淡淡的幽香，还有那清淡如山茶花一样的女孩。在那个时代，曾经有一段清淡如水的爱情，没有轰轰烈烈的誓言，没有盛大排场的求亲仪式，只有平淡的相约和美好。一句话，一个眼神已经是平凡而又浪漫的一生。

爱情，或许不止是让两个人走到一起，更重要的是让两个人因为相爱而相知，在那份淡淡的相亲相爱中，慢慢依偎，直到白头。执子之手，与子偕老，在牵你手的那一刻，已经注定了一生一世。此诗没有平整的音律，没有华丽的辞藻，没有惊天动地的感情，就如同它所讲述的那段简单、纯洁的爱情。只是滚滚红尘中两个普通的男孩女孩，它甚至没有故事，只是截取了生活中的几个场景，几个平常人生活中的常见场景，男耕女织，琴瑟和鸣。人类历史，不正是在这些最简单的生活场景中一页页向前翻动的吗？

“不见五陵豪杰墓，无花无酒锄作田。”这份潇洒和淡然，或许只有唐寅这样的人才能看透世事的功名利禄，所以才会抛弃一切去追寻自己的真爱。这是看透世事后的一种宁静和淡然吧，功名利禄、金银珠宝，这一切终究会随着生命的逝去而变得毫无意义。只有那份在精神不能磨灭的真爱，才能让生命变得美好而真实。

一种平淡的真实和幸福，现世中的我们，如果能够看透红尘中的一切障碍，去好好珍惜自己的真爱和幸福，相信，你将是最幸福的一个。

《陈风·东门之杨》：亲爱的，我再也回不到终点

东门之杨，其叶牂（zāng）牂。昏以为期，明星煌煌。

东门之杨，其叶肺肺。昏以为期，明星晢晢。

“问世间情为何物，直教人生死相许。”等待，让爱情变得凝重而悲戚，那远去的爱人和那遥遥无期的相遇，总会让那些痴男怨女深深受了爱情的伤。即使看透一切，但终究逃不过那突然逝去的人和风景，总让人感到现世的生命和安稳受到重大的创伤。相忘于江湖的逍遥终究抵不过相濡以沫的耳鬓厮磨。

“去年元夜时，花市灯如昼。月上柳梢头，人约黄昏后。今年元夜时，月与灯依旧。不见去年人，泪湿春衫袖。”花市如火，游人如织。在茫茫人海中，我茫然无际穿梭，只是为了与你相遇，总希望在灯火阑珊处，暮然回首，发现你的惊鸿一瞥。然而这些都在漫长的等待中越来越淡了，那一缕思念的幽深，随着清风越来越远。

东门，那个曾经相遇的地方，如今变得这么冷清。依稀记得初相见时的美好和甜蜜，那高高的水杨，像是高耸出来想当众炫耀我们的爱情誓言一样，那么笔挺、明亮、茂密。初夏的夜晚，黄昏像是一个羞涩的女孩一样姗姗来迟，一如初见时的你。

等待与你相约的这一天，竟然是这样的漫长。初夏的时光顿时像是被寒冬给冻结了一样，凝滞不前。与你相会的心情一如正午的太阳，炙热、匆忙而焦急。黄昏时候的约会，让我变得这么毛毛草草，心情急躁。像是找不到方向的蝴蝶一样，心情惊慌地四处乱撞。夏风，像是一股温暖的河流，使整个城看起来轻飘飘的，温暖而又暧昧。那带着湿气的初夏的风，竟然是这样美好，像是七彩的糖果一样，散发出各种夏花的幽香和河流的清新。夕阳下，一切都因为即将到来的黄昏而变得无比贴心、美好。

想着马上就要见到心目中的爱人，我，像是一个捡到糖果的孩子一样，心中充满无限的甜蜜和欢喜，只希望和她一个人分享。我站在高大的水杨树下，傍晚的风温暖地拂面而过，桥上和城里的一切像是一条无声的河流，在我头顶静静地流淌。我静静地躺在温暖的河床上，期待你的到来。如果知道结果，或许我那时的心情不会那么欣然，而我的心也因为慢慢地等待，逐渐枯萎了。

周围的一切像是电影里的蒙太奇一样，一个个场面：游人熙攘、吆喝声声、像是花朵一般撑船而过的女孩、醉酒声声叫人陶醉……这些场景，像是电影画面一样，在我眼中慢慢地放着，直到桥头人烟稀少，灯火渐熄，只剩下水杨树的叶子，单调地哗哗作响，而我的心也逐渐像是温热的沸水一样，慢慢地因为等待而变得冰凉。那佳期约会的甜蜜声还在耳边声声环绕，这一切已经注定了悲剧收场，今夜再也没有看到那个让我魂牵梦绕的身影。

夜变得如同城门下的河水一样——沉默不语。西天上的几颗星星反而有点刺人眼睛，这寥寥的几颗星，衬托得无垠的夜空更加空旷而寂寞。或许是因为少了月亮的出现吧，而我就如那几颗星辰一样，因为你的失约，而变得悲戚而寂寥。只有深谙相思苦的人，才明白等待的苦楚和辛酸，像是为守候一座孤城一样，滚滚红尘中，只为等待你，而变得苍老而憔悴。爱上一个人便注定了被关进爱情的监狱，任你是再逍遥的人，都不能免俗。张爱玲，这个灿烂得像是一轮明月的才情女子，她虽冰雪聪明，但始终逃不过那个爱情的魔咒。因为爱，而不顾世俗与背负汉奸和卖国贼罪名的胡兰成相爱，他们神仙眷侣一般的生活，没有柴米油盐的世俗，没有儿女哭啼的烦扰。她用汉乐府中的一句诗来形容他们当时的生活："来日大难，口燥唇干，今日相乐，皆当喜欢。"一个聪明女子在爱情中的聪慧和豁达，不知羞煞多少七尺痴情男儿。

虽然，世俗没有裹住她，然而曾经的豁达还是在分别中落荒而逃，爱情还是羁绊住了她的脚步。看着那个逐渐消失在江中的胡兰成，她涕如雨下。等待里的每一天，他都是不言而喻的主角。"那天船将开时，你回岸上去了，我一人在雨中撑伞在船舷边，对着滔滔黄浪，伫立涕泣久之。"当初的及时行乐，在苦苦守候的爱情中败下阵来，她只不过是个女人，一个沉溺在爱情中的世俗女人。"我从诸暨丽水来，路上想着这是你走过的路，及在船上望得见温州城了，想着你就在那里，这温州城就像含有宝珠在放光。我离你近了吗？"像是一个如梦一般的痴情少女一般，沉溺在爱情中而喃喃自语，向来的聪慧和豁达下降到了人生的最低点。

然而苦苦的守候终换来噩梦一场，天若有情天易老，那样分明的痛感，要如何隐忍成一片荒原？温州之旅成了她的逆旅之殇，胡兰成另娶他人，她怅然而归。满心的欢喜换来的是一生的枯萎："兰成，你到底是不肯。我想过，我倘使不得不离开你，亦不致寻短见，亦不能够再爱别人，我，将只是萎谢了。"至死，他们没有再相见。随着爱情的消亡，她在创作上也走向陌路黄昏，客死他乡。惘然异乡的追忆，杜鹃啼血，挫骨扬灰，当初的轰轰烈烈只不过是春梦一场。

是的，我将只是枯萎了。因为曾经的相信而美好，因为现在的背叛而枯萎。在爱情中，任何人都是傻子或疯子。为了那个誓约，而苦苦守候，宁愿把自己关进爱情的深牢大狱，而打开牢门的钥匙却交给了自己深爱的那个人。凄风苦雨，成为了等待的最美交响曲。深夜，依旧是我无声的等待，虽然不知道结果，也不想知道结果，只是在等待，为了那个有希望的等待而等待着。在我们爱情的电影中，至此再也没有了下面的情节，一个人深夜，永久的等待，就这样成为永久的桥段。等待、失约，是电影的主题，而爱你，则是一切的起因和终结。

"栀子花，白花瓣，落在我蓝色百褶裙上……后来，我总算学会了如何去爱，可惜你早已远去消失在人海。后来，终于在眼泪中明白，有些人，一旦错过就不再。"那青春的感情像是单纯的花瓣一样，还没有初吻它的花香，便已经香消玉殒，带着深深的遗憾，无处追踪芳魂。我为你等待了四季更替、斗转星移，但是却换来了永远的遗憾和别离。岁月，这一曲爱情的离歌，是你专门为我而唱的吗？而我却傻傻地以为是初恋的甜蜜，在这个虚幻的梦里面逐渐沉沦……

"楼外垂杨千万缕，欲系青春，少住春还去。"你终究像是一缕轻飘的夏风，在我耳畔飞过就消逝了，而我一直在为你留下的余温而苦苦守候，直到下一个世纪！或许，那个逐渐枯萎的我已经死去了。因为，相对于爱情誓约的死亡，对爱情的背叛更像是一场疯狂的屠杀一样，这一切让对你满怀希望的我，无法承受。

因为，亲爱的，在我知道爱情死亡的结果时，我已经被你的无情利刃屠杀得血迹斑斑，再也无法走向爱情的终点。

《陈风·防有鹊巢》：为爱唱一曲离歌

防有鹊巢，邛有旨苕。
谁侜（zhōu）予美？心焉忉忉。
中唐有甓（pì），邛有旨鹝。
谁侜予美？心焉惕惕。

堤坝怎会有鹊巢？
土丘怎会长美苕？
是谁离间我爱人？
使我心忧添烦恼。
庭中怎会用房瓦？
土丘怎会长美绶？
是谁离间我爱人？
使我心忧添烦恼。

人说恋爱中的人是最傻的，但是恋爱中的人又是最精明的。因为他们把所有的精力都完全放在了情人身上，所以，做其他事情时，他们看起来特别傻。但是深陷感情中的人又是这么精明，因为，他们的直觉足以感知到他们感情世界里的每一点小风小浪，感情的触角足以伸到情人的心里，去感知情人的每一点爱意或恨意。这就是所谓的第六感吧，不仅女人的第六感很强，就是深陷感情中的男人也是如此。因为，爱情的排他性，让深陷其中的人，想尽一切办法，让其他爱慕者远离自己的目标。从古至今，一切生物，莫不如此，坚守爱情的笃定后，所产生的一种敏感心理。

关于嫉妒，这点女人应该是最擅长的。因为，对爱情的专一，让这些如玫瑰一样的女孩，除了刺伤自己的恋人，更是会用其锋利的刺来保护自己的爱情。再聪明的人，一旦中了爱情的毒，也很难逃脱嫉妒和怀疑的魔咒。这大概就是由爱生恨吧。黄蓉在没有遇到郭靖之前是一个像黄药师一样喜怒无常、任性而为的人，若没有爱情，她逍遥江湖或者隐居世外，当真是天下最得意的事情。但是，一旦遇到的郭靖，她便开始变得世俗了，变得开始为了儿女私情而纠结。以前的冰雪聪明此刻变成了锋利的尖刀，决意要除掉一切对自己不利的情敌。所以，她一而再再而三地怀疑郭靖对她的忠心，总是苦苦相逼，让人有时候觉得这个女孩确实顽固不化，而且蛮不讲理。这都是别人讨厌她的原因吧，但是她的目的只有一个，那就是爱郭靖，不惜一切地要把自己的爱人留在自己身边。

这大概是所有爱情中的小儿女的常态吧，也是每一个有情人的点滴苦心。

就如那远古时代的人一样，他们是普通的两个民间男女，因为相遇而相爱、相知。但是他们的结合还是引起了别人的注意。“窈窕淑女，君子好逑”，这一句诗，成为了所有情变的借口。但是如果好几个君子来追求一个淑女的话，那么结局一定会比较惨，因为除了胜利者，受伤的是大多数。其中的猜忌和怨恨自不必说，你知道不？我就是其中的一位啊，也许是你太耀眼了，你就像是降落在人间的天使一样，无论怎样，你的出现，都能引起别人的注意。虽然，我们早已定情，但是，试问我怎么才能消除那时刻准备离间我们的第三者？

本应该在树上的鹊巢却会搭在堤坝上，生长在湿地的紫云英会长在山丘上。这些明明白白的谎言，你怎么就分不清楚呢？亲爱的，究竟是谁在离间我们的爱情？让我受到了人生中最大的危机。你可知道，没有你的每一天都犹如生活在黑暗的地狱。屋内的庭中怎么会有砖瓦？干燥的土丘怎会长满密密麻麻的铺地锦？这些最明白的道理，难道你真的分不清吗？是什么迷失了你的双眼，让你认不清那个曾经你深爱的我。你可知道，解铃还须系铃人，为了你，我已经憔悴不堪。“衣带渐宽终不悔，为伊消得人憔悴。”我为你容颜尽消，肝肠寸断，这些你会不知道吗？得到你的惊喜还没来得及仔细品尝，我就已经深深陷入失去你的哀伤里面了。我们的爱情就如同一道脆弱的篱笆一样，如果光靠我自己来守护，那么亲爱的，我们什么时候才能守得云开见月明呢？

这些为你的忧伤和担忧，或许你都不知道吧。如果你能感觉到，你还怎么会和新认识的人一起调笑呢？心悦君兮君不知，你是真不知道还是假不知道，我们的爱情眼看就要开花结果时，你却远远地离去了，留下了一个凄凉绝情的背影，还有心力交瘁的我。这些，难道就是爱情留给我的全部吗？而我，已经在爱情中痛苦挣扎，眼看就要见到希望的我，怎么会善罢甘休。然而，这一切，都像是万箭穿心一样，让我痛苦不堪。

如果抛开所有的道德和伦理，大概，有些夺人所爱的事情，真的可以谅解。但是，爱情像是一束带刺的玫瑰一样，在给了我们甜蜜和芳香的时候，也深深地刺伤了很多人。而在爱情中受伤的那一个永远是最不幸的一个，因为他们就如同一个个被上帝抛弃了的孩子一样，感情的翅膀被折断了，就再也跳不出最美的舞步。

所以，才有了那么多的痴男怨女，才有了那么的多的爱恨情仇。这一切，都是由爱而生的吧。当李莫愁，提着寒光闪闪的长剑，抛出闪着毒光的银针，去杀天下人时，她的心中只有一个愿望，就是杀了和情人一切有关系的人。“问世间，情是何物，直教生死相许。天南地北双飞客，老翅几回寒暑？欢乐趣，离别苦，就中更有痴儿女，君应有语，渺万里层云，千山暮雪，只影向谁去？”元好问这首《迈陂塘》贯穿了李莫愁的一生，她踏诗而变得心如蛇蝎。

金庸并没有对陆展元和李莫愁做正面描写，只是说他们一见钟情，彼此两情相依。李莫愁本就是个十分美丽的女子，当时情窦初开，竟爱得如爱情，你会赢得所有人。但是不能使人停止对你的追求，那既然这样，就请让我在爱人离开之前，为他唱一曲离歌。

防有鹊巢，邛有旨苕。谁侜予美？心焉忉忉。

中唐有甓，邛有旨鹝。谁侜予美？心焉惕惕。

——《陈风·防有鹊巢》

此之深，不惜为了爱情违抗师命，只希望能和所爱之人相守相依。红花绿叶锦帕，是当年李莫愁赠给陆展元的定情之物。红花是大理国最著名的曼陀罗花，李莫愁比作自己，“绿”“陆”音同，绿叶就是比作她心爱的陆郎了，取义于“红花绿叶，相偎相倚”。但陆展元却负了她，离开她之后爱上了另外一个女人——何沅君。她的一切都因为另外一个女人的出现而结束了。

一个弱小女子，怎么敌得过陆展元和何沅君身后的众多武林高手？但是，她不甘心，她要带陆展元走，但是高手云集，初出江湖的她怎是对手，结果败于大理天龙寺一高僧手下，被逼立誓十年之内不得靠近陆氏夫妇。李莫愁含泪而去，“陆郎，十年之后我会再来。”然而陆展元等不到十年便去世了，留下这一切给他的后人承担。十年之期一过，李莫愁如期而至，但现如今的她却已经不再是当年那个痴情的女子，而是江湖中令人闻风丧胆的赤练仙子。十年的仇恨，彻底地改变了一个人。李莫愁十年的等待和千里寻爱，终不过是噩梦一场。但当这一切真实地呈现在她面前的时候，她漠然了。问世间，情是何物？也许，她到死都没有明白这个问题的答案，但是，她已经为爱情付出了太多。那个纯真漂亮的小女孩已经早在与情人断绝的那一天就已经死了。

由爱生恨，而恨就像是一朵罂粟一样，让多少人饮恨九泉。那一滴滴鲜活的血，终究无法滋润那朵已经枯萎的曼陀罗花。李莫愁用太多的血，来祭奠自己已经死去的爱情。但是，那堆死亡的黄土却把自己埋的越来越深。终于，在流完最后一滴血后，让自己在这个冰凉的世界消失。原来，在心灰意冷的那一刻，就决定了这一场悲剧。

人海茫茫，红尘滚滚，试问情场中，有几个人能逃脱了爱情施加给我们的魔咒，它让我们为之疯狂，为之心碎。但是，这一切的鲜血似乎都像是没有流干一样，前仆后继。在爱情的道路上，似乎永远都有人在走这条不归之路。因为，所有人大概都明白，如果没有了这些爱恨情仇，那爱情便如同路边的一棵小草一样普通，没人理睬。但是爱情始终是那骄人的玫瑰，让人忍不住去碰的时候，已经血流满地。

爱情，你会赢得所有人。但是不能使人停止对你的追求，那既然这样，就请让我在爱人离开之前，为他唱一曲离歌。

以纪念，在他的世界，我曾经来过。

《召南·摽有梅》：花开堪折直须折，莫待无花空折枝

摽（biāo）有梅，其实七兮。求我庶士，迨其吉兮。

摽有梅，其实三兮。求我庶士，迨其今兮。

摽有梅，顷筐塈之。求我庶士，迨其谓之。

暮春时节，残红点点，零星如雨，随波而逝。不管是落花有情随流水，还是流水无意恋落花，一切终将会消逝。那像是点点离人泪的星星残红，终究会不可避免地摇落一地，像是骤然间下了一阵花雨一般，惊落了一地的凄美和惊艳。“不恨此花飞尽，恨西园、落红难缀。晓来雨过，遗踪何，一池萍碎。春色三分，二分尘土，一分流水。细看来，不是杨花，点点是离人泪。”是的啊，暮春时节的人们永远是敏感的，那满园的绯红在一夜间全部凋零，摇落满地，枝头的一时风光刹那间随风而逝。它们随着美妙韶华的失去，或随波逐流，或碾为尘土。而和这些飞花一起消逝的还有那深闺中的花朵一般的女子。

看着那些曾经明亮灿烂的花朵，像是一场春梦一样凋零，她们内心深处那根敏感的神经像是被针扎了一下，深深地被触痛了。“唯草木之零落兮，恐美人之迟暮。”美人迟暮，一个多么惊艳而又无奈的词汇！道尽了所有女人的悲哀和幽怨。这些如花一般的女孩何尝不像那些绚烂一时，而又在刹那间零落如雨的落英。那些开到荼靡的花儿们，一时间碾为红泥，其中的哀怨和忧愁，只有她们和凋零的花儿能理解。

“原来姹紫嫣红开遍，似这般都付与断井颓垣，良辰美景奈何天，赏心乐事谁家院？朝飞暮卷，云霞翠轩，雨丝风片，烟波画船，锦屏人忒看的这韶光贱。则为你如花美眷，似水流年，是答儿闲寻遍，在幽闺自怜。”在如花一样的美妙年龄，自己却无缘得遇一份美好的爱情，只能独自凭栏，望尽江山。自己就像是这满园的春光一样，虽然惊艳一世，却无人能见。一份难遇知己的哀怨和悲愤，让这个天真烂漫的女孩第一次觉醒了。“怎使这三春好景无人见”这是她对自己的人生第一次发出疑问，为什么自己在这么美妙的年龄，花朵一般的自己，却没有人看到，而只能独守深闺，独自哀怜呢？这一句惊世之问，竟然点透了天下所有女孩的心事。

只不过上古没有那么华丽的辞藻来修饰自己迟暮的心情，那个纯真善良的女孩，只是用最简单的话，在呼唤那个自己心中的良人。那美妙的女孩，江南花树下如画一般的女孩，焦急地在人海中寻觅。或许，她的追求者千千万，但是她只希望那个她喜欢的人来亲口告诉她，他对自己的爱怜和他们的幸福。那纷纷而落的青梅像是一场春雨洒落了一地，留在树上的还有一大部分诱人的果子。有心求我的小伙子啊，请你不要耽误良辰。或许再等一段时间，梅子就会更多地落下来，枝头只剩三成，越来越少。有心求我的小伙子，到今儿切莫再等。你，如果真的爱我，就开口吧，因为我就如同那纷纷落地的梅子一般，不会在枝头永远地等待你。这么直接有力的表白，或许只有在上古才能出现吧，却不知羡煞多少痴情人。

那份单纯的焦急和直接，那种对爱情的赤裸裸的呼唤，不知让多少后世的女孩子汗颜和艳羡。上古那股清新的风，促成了一对对的恋人。当黛玉背着花锄葬花归来时，听到院内的戏子在唱《牡丹亭》里的“良辰美景奈何天，赏心悦事谁家院”，她只有形单影只地独自哀悼，陪伴她的只是那红雨一般的落英，还有那让无数人唏嘘的《葬花吟》：

“桃李明年能再发，明年闺中知有谁？三月香巢已垒成，梁间燕子太无情。明年花发虽可啄，却不道人去梁空巢也倾。一年三百六十日，风刀霜剑严相逼；明媚鲜妍能几时，一朝漂泊难寻觅。花开易见落难寻，阶前愁杀葬花人……”

那荡气回肠的凄美之音，在不停地时光循环中，不知不觉已经葬送了整个春天和她凄苦的一生。待到明年桃花发芽，柳树吐翠时，深闺中的那个美妙女郎还在吗？春天像是一个个人生的循环一样，当一个个春光在记忆的年轮里渐行渐远，自己的人生早已经物是人非。大观园的春光依旧，但是那些像是风筝一样的女孩子，一个个被放逐到人生的天空当中去，再也回不到人生的美好年华。春光依旧，只是人去楼空。

那种对自身青春逝去的担忧和焦急，或许只有黛玉才会这么无奈吧。青春的焦虑和无奈，让这个如花一样的神仙姐姐终于逃不过时光的碾压，一缕香魂，归天际。满带着对人生的无限期待和怨恨，还有无能为力的叹息！又一个让青春谋害致死的女孩，情绝、思绝，千古一人。

但是上古的那个女孩要比黛玉幸运得多，因为她是没有被太多的束缚所压抑。所以她可以自由地发出自己的心声，不得不说这是对人性自由权利的一种膜拜。古代有着“暮春之日，奔者不禁”的习俗。到了这个季节，所有单身男女都可以自由恋爱、结合，甚至政府会惩罚没有男朋友或者女朋友的单身男女。这在现在看来几乎是天方夜谭！但确实存在。不管是为了繁育人口的目的还是应对战争的需要，我只说这是一种对人性的极大尊重和崇拜。

我们试着想象，有这样一处伊甸园一样的地方。那里民风淳朴，景色宜人。在春光灿烂的日子里，那些单纯如水的小儿女呼朋引伴，寻找自己的美妙伴侣。像是抛绣球一样，没有了一切的阻挠，他们大胆地把绣球抛给自己喜欢的人。然后，单纯地谈情说爱，自由地过自己想要的生活。没有了世俗的干扰，竟然让那份平淡的感情看起来那样纯真和古朴；没有了伦理的左右，竟然使那份感情看起来这样纯洁和真诚。

试问，人世间最重要的是什么？答案可能有无数个，但是有谁能想到无数答案后面的真诚二字。感情中的那一份平淡和真诚，就如同那明珠的闪亮光泽一样，没有了它，一切又将成为什么？我们赞叹那个纯真的年代，可以因为少了这么多的约束，去享受爱情这颗甜美的果实；我们哀叹那些葬身爱情中的花季女孩，她们用血一样的浓情去祭奠自己的青春，终究不能为自己争取一个正常而美妙的爱情。她们心里的苦苦哀怨只能以黄土做冢、忧愁为棺，去亲手埋葬自己的美好青春。

时光不再，韶华易逝。所以，亲爱的你，每一个春季，或许我们都在苦苦寻觅自己的爱人和青春，那么请不要停下追逐的脚步，请让爱人听见你的心声吧。因为，一旦失去的将终究不会归来，而我们又有多少的锦瑟年华，供自己无度地挥霍？“花开堪折直须折，莫待无花空折枝”，心存真爱，热烈追求吧，这是青春赋予我们每一个人的权利。撷取一枝春花，斜插鬓间，让现世幸福、岁月静好。即使鬓白如霜，又有何妨？因为，那一曲青春的歌，你我曾经唱响。

《唐风·有杕之杜》：让我遇见你，在最美的时刻

有杕（dì）之杜，生于道左。彼君子兮，
噬肯适我？中心好之，曷饮食之？
有杕之杜，生于道周。彼君子兮，
噬肯来游？中心好之，曷饮食之？

青春像是一泓清清的浅水一样，虽然纯洁无比，但早已有了春的思绪，唤醒了春天的气息。暗恋，犹如那泛舟水面的女孩、男孩一样，他们拿起各自的小榔头，轻轻敲击对方的心门，细细聆听对方的心声，希望看到对方的心迹，希望在对方的眼底发现自己的影子。或许正是因为那份青春的羞涩和单纯才使得暗恋、表白都这么富有诗情画意。而在爱情中冰雪聪明的女孩，面对憨厚朴实的男孩，她们面带羞涩，含蓄地表达自己的爱慕，就像是一曲委婉曲折的歌，希望眼前那个傻乎乎的男孩能够会意。那份略带惆怅的孤独和甜蜜，还有心中形成的千千结，都让我们不禁莞尔。因为，青春是每个人都走过的七彩情路。

关于离别和表白，或许梁祝是一个绝妙的版本。一个是聪慧貌美的千金小姐，一个是潇洒的谦谦君子。二人同窗三年，憨厚的梁山伯竟然不知道祝英台是女儿之身。眼看分别在即，离愁别绪萦绕心头。那份忧伤和悲情，让祝英台痛苦不堪。临别之前，她想尽各种办法来向梁山伯表明心迹。“十八相送”，是梁祝爱情中最辉煌又最富喜剧色彩的篇章，也是故事中的最后一个喜剧场景。祝英台虽然可以掩盖自己的女儿之身，但是却无法掩盖自己的女儿之心，对梁山伯的爱慕，让她既焦急又一时间难以启齿。这一切，让这个矜持、聪慧的女孩，不得不在关键时刻表白心迹。

“走一洼，又一洼，
洼洼里头好庄稼。
高的是秫秫，
低的是棉花。
不高不低是芝麻，
芝麻地里带打瓜。
有心摘个尝尝吧，
又怕摸着连根拔。”

（秫秫、打瓜等是汝南方言，秫秫即高粱，打瓜即小西瓜。）

祝英台暗示和焦急的心迹，表露无疑，既想证明自己的女儿之身，又怕自己底细被所有人知道，那种焦急犹如热锅上的蚂蚁一般，让她备受煎熬。但是她并没有甘心，走了一段路，她又说道：

“走一庄，又一庄，
庄庄黄狗叫汪汪。
前面男子大汉你不咬，
专咬后面女娥皇。”

处在爱情中的人是有预感的，而女人绝对是敏感的动物。十里长亭，祝英台或许已经预感到他们情路不顺，未来的一切不可得知，她只想在分别之前确定自己的爱情。于是，她遇景设喻，希望那个傻乎乎的男孩能够明白自己的一片真情。她一会把自己比作女娥皇，一会把两人比作鸳鸯，用一个又一个机趣生动的比喻，向山伯委婉表达着自己的爱慕之情。但憨厚质朴的山伯却怎么也不懂英台的意思。让英台又气又急；这也许是他们第一次出现的不和谐，直气得英台骂他是“桑树勾担榆木桶，千提万提提不醒”。英台无奈，只得谎称自己家中有个九妹，品貌与己酷似，愿替山伯作媒，希望他能按时提亲。可是梁山伯家贫，未能如期而至，待山伯去祝家求婚时，岂知祝父已将英台许配给太守之子马文才。美满姻缘，已成沧影。二人楼台相会，泪眼相向，凄然而别。临别时，立下誓言：生不能同衾，死也要同穴！一段美妙的感情到此戛然而止，剩下无限悲伤和断肠！

那一段送别和表白，那样俏皮有趣，只可惜终究是一场悲剧，情人的倒影还在水中荡漾，爱情的丧钟都已经奏响。殊不知二人即将分割两界，再也回不到那远去的同窗时光。

诗中所描写的女孩，也是这样一种心情。面对自己喜欢的男孩，她不敢直接开口表达自己的心意，而只能化为浅斟低唱，希望那个心仪的男孩能觉察到自己的一番心意。她轻轻地低吟：那棵高耸的堂梨树，孤独地生长在道路的左边。那心中的人啊，什么时候才能看到我。我愿将这美好的相遇，与情人一起浅斟低唱。那颗高大的堂梨树，生长在道路的右边，而那温柔的美男子，什么时候才能与我共同游历人间。心中是如此地爱慕他呀，真希望能和他一起轻歌美酒、共浴爱河。像是一个无言的誓言一样，默默等待，守候你的归来，只为与你相遇。

如何让我遇见你，在我最美丽的时刻。为这，我已在佛前求了五百年，求它让我们结一段尘缘。佛于是把我化作一棵树，长在你必经的路旁。阳光下慎重地开满了花，朵朵都是我前世的盼望。当你走近，请你细听。那颤抖的叶是我等待的热情，而当你终于无视地走过，在你身后落了一地的，朋友啊，那不是花瓣，是我凋零的心。

今生今世，又见炊烟！前世的期盼和愿望，只希望你能看见、听见。转头给我一个深情的注视和回眸。传说，每一个人都是一个残缺的半圆，在有限的人生里，我们都要寻找到人生的另一个半圆，生命才会完满。于是，茫茫人海中，只有你的那份惺惺相惜让我感动，只有你的方向，才能让我苦苦追寻、情不自禁。世界上最遥远的距离不是生与死，而是我就站在你面前，你却不知道我爱你。多么凄惨的现实！感情中最痛苦的事情也莫过于此吧，对爱情的漠视和冷淡，让那颗炽热的心逐渐变凉，心灰意冷，即使是春暖花开，也竟然飘起漫天的雪花！

在那个慵懒的午后，那个骑着单车一路飞奔的男孩，在我的脑海里划过了一道优美的弧线。他那被风鼓起的突突的白衬衫，还有那随风舞动的头发，让那个春天的下午显得格外温暖而甜蜜，看着他远去的身影，她怅然若失。于是，她会经常出现在男孩放学后的路上、教室门口、图书馆、篮球场，一切有男孩出现的地方，都是她出现的借口和理由。没有早一步，也不能晚一步，女孩的不懈坚持，只是为了能和那个男孩邂逅，让男孩在多次的邂逅中注意到自己，与自己结一段缘分……

暗恋的故事在心中慢慢地酝酿和构造，期待在无数次的相遇中，能与你塑造一段美好的爱情。得不到的永远是最好的，在我们暗恋的同时，其实，我们也在无数次地美化恋人在自己心中的形象。情人眼里出西施，那份因为不甚了解的暗恋像是镜花水月一般，那么缥缈、美轮美奂，而又遥不可及，让人无限幻想的同时又怅然若失。就像那抓不到的恋情一般，它像是一片远逝的羽毛，触不可及。但对它的渴望之情反而会越来越浓，即使花开花落，云淡风轻，容颜凋谢，岁月流逝，但是埋在心底的那份暗恋，却无法从心底消除。

或许，多年以后，当你真正了解了暗恋的人，你可能发现，那个人并非你的真爱，那个人或许一无是处，完全没有了当年的那份美好，但是最初的那份悸动和爱恋仍然会在心底挥之不去。这与其说是幼稚的暗恋，倒不如说是对爱情的一个美好渴望和幻想吧。这让痴男怨女，在苦苦寻觅的一生中，至死都逃不出那份单纯的感情。

青春，暗恋，爱情，这些美好的字眼，就恰如那一季季随风而过的春华秋实，虽然年年相似，但是岁岁不同。在人类的历史长河中，多少的爱恨情仇，离情别绪，相同的主题，不同的主人翁，像是一个相同主题的电影一样，虽然知道它的主题是爱情，但总是忍不住去看，去幻想。

只是因为，爱情是隐藏在所有人心中的一个梦，一旦有了适当的温度，它便会生根发芽，在心里长成一株美妙的植物。

《邶风·匏有苦叶》：愿一路洒满情花，今生得以与你相伴

匏有苦叶，济有深涉。深则厉，浅则揭。

有瀰（mí）济盈。有鷕（yǎo）雉鸣。济盈不濡轨，雉鸣求其牡。

雍（yōng）雍鸣雁，旭日始旦。士如归妻，迨冰未泮。

招招舟子，人涉卬否。人涉卬否，卬须我友。

深秋，一个白露为霜、万物萧瑟的季节。济水岸边，烟雾迷茫，人迹稀少。岸边的灰白色芦苇点缀了霜天一色，默默的流水，缓缓地流走了一个季节的期盼。站在岸边的她显得那样落寞而孤单，像是一棵孤独的芦苇一样，那样坚定、孤独地对水独立，仿佛一座坚定而苍凉的望夫石。

金风飘过，葫芦的叶子早已经变成金黄色，并且随着北风慢慢凋零，露出那一个个结实而饱满的葫芦，像是藏在茂密树叶后面的肥嫩婴儿一般让这个萧瑟的秋天吉祥而幸福。突然显露庐山真面目的葫芦金晃晃的，调皮而饱满。葫芦已经成熟，而你什么时候才能乘着由葫芦做的小舟渡过济水迎娶我呢？那济水的渡口已经开始涨水，逐渐变深。水那么深，是需要连衣渡水才能到水对面来呀，如果水浅该多好，那你就能提起衣服，来到我身边啊。

那深秋的济水，像是我对你的思念一样，慢慢地涨满一池秋水。金色羽毛的雌雉鸟，欢快地叫着，深切地呼唤自己的伴侣，而你听到我对你的呼唤了吗？而那济水，并没有那么深啊，你为什么此时还没有来迎娶我呢？

当相和而鸣的大雁飞过空旷的天际，留下一串串甜蜜的叫声，你可知晓，它们唤醒了我对你的思念。看着那南归的大雁，你什么时候才能拿着大雁当做聘礼渡过那浅浅的小河来迎娶我呢？天色蒙蒙地刚亮，而我仿佛已经等你很久，望穿秋水地焦急和渴盼，让我心急如焚、坐卧不安。我的白马良人，趁着河水还没有结冰，你为什么不驾着大红的马车来迎娶我呢？

远处的一叶扁舟，在远远地向我招手，问我可否渡河。我轻轻摇头，说在等待自己的未婚夫。那小船像是树叶一样，在深秋的早晨，慢慢地消失在茫茫天际，而载不走我，因为我在苦苦等待自己的未婚夫……

等待永远是让人备受煎熬的事情，因为不确定，所以那么地担心，但往往在一切幸福即将来临的时候突然化为泡影。希望幸福完美到达的焦虑，这应该是在未完全得到幸福前的一种极度不安和焦躁吧。就如那瞒着自己已婚身份而着急与简·爱结婚的罗切斯特先生一样。影片中的音乐在这个情节中陡然加快了节奏，教堂里异常地安静，还有那阴暗处出现的身影，让这突如其来的幸福蒙上了一层阴影。每当看到这里，观众的心都会提到嗓子眼，希望在这关键的时候不要出什么差错。

距离幸福只差一步，在被宣誓成为夫妻的那一刻，他们受到了横加阻止，一个不能重娶的理由毁坏了即将到来的幸福。于是，辛苦建立起来的爱情大厦在瞬间倾倒、塌陷。一切都得回到原点，重新开始。就如同《大话西游》中，即使神奇的月光宝盒也不能保证每次都能准确地送至尊宝回到过去想要的生活当中一样。于是，那个“再来一次”的场景不停地重演，一样的人物，一样的场景，不停地重复，为的只是得到自己想要的幸福生活。

无厘头式的滑稽，却隐含了多少人生的辛酸和无奈。或许每一个人都有一个美妙的爱情幻想，但是越美好的东西越让人无限焦虑和惦记。因为太想得到，所以如此渴盼、焦急。这是爱情中典型的患得患失的心理吧。如果黛玉能够放下心中那份对爱情的执著或许也不会死得那么早，“一个是阆苑仙葩，一个是美玉无瑕。若说没奇缘，今生偏又遇着他；若说有奇缘，如何心事终虚化？一个枉自嗟呀，一个空劳牵挂。一个是水中月，一个是镜中

花。想眼中能有多少泪珠儿，怎经得秋流到冬，春流到夏！”对爱情中忧虑心理的绝妙阐释！正是那份对爱情的过于执著和患得患失才让黛玉时而喜怒无常，时而刻薄含酸。

这些苦心，或许只有明白她心迹的宝玉才能理解吧。如果不是自幼的青梅竹马和当初的那份悸动，又怎么会让自己的人生变得这么惨烈？若不是遇到了那个注定的冤家，她也不会过早的魂归天国、芳魂早逝。到死，她都在等宝玉的到来，等待家长的那一句话。但是，至死，她始终没有等到想要的一切，像是那守候在爱情河畔的苦情女子一样，等待的人没有来，而自己已经容颜尽失，再也回不到过去的青春年华。但黛玉又是幸运的啊，因为，在最美的时候逝去，给我们留下的永远是那个如娇花照水、弱柳扶风一样绝世风流的林妹妹，把最美的一面留给了世人。

而得到宝玉的宝钗，即使得到了宝玉又能怎样？家道的中落，让这个金枝玉叶一样的女孩子，过着村妇不如的生活。牢狱之灾、流离之苦、思夫之痛，让这个女子过早、过多地承受了人生的所有痛苦。她苦苦地等待，苦苦地守候，希望得到暴风雨后的平静和幸福。但等到的却是依然看透红尘的宝二爷，一世的苦等瞬间化为泡影。有谁能说，她是真正得到了爱情。或许现世的煎熬，远比消逝的灵魂更加难以安息吧。

每一个风雨交加的不眠之夜，每一场花雨零落的暮春，每一个万物凋零的深秋，都引起了我深深的哀思。“去年今日此门中，人面桃花相映红。人面不知何处去，桃花依旧笑春风。”桃花依旧，风光依旧，只是再也见不到那个桃花一样艳丽的人。那份阳光下的凄凉，让失落的心绪暴露得更加彻底和惨烈。岁月依旧，只是佳人不再，而失去了恋人的我，此时再去哪里寻回那段美妙的爱情？

等待的焦急和等待成空后的失落，应该是爱情加在所有人身上的不幸和悲剧吧。热恋的甜蜜还没有细细品尝，却已经面对分别、乱离之苦。无常的人生，让每一个人都显得那么渺小和无力。亲爱的你，经过了沧桑岁月，我们是否还有缘重新相聚，我们是否还能找到当初的热恋和甜蜜？这一切的未知和变数时时刻刻都在煎熬着每一个遭受别离之苦的恋人。

十六年后，绝情谷与君相见。这一句简单的誓言，消磨掉了多少如花容颜，消逝了多少人世的沧桑。再相见已然不是当初的青春少年和如花女郎，而是被岁月消磨得沧桑满面的苦情男女。但是，杨过和小龙女又是多么地幸福啊，虽然遭遇了长时间的别离和众多的变数、灾难，但是命运仍然没有让这两个有情人分开，而是经历了人生的各种苦难之后，又坚定地走在了一起。

于是，他们隐没了世间的一切红尘，悄然远走，隐居在一个不会再分开二人的地方。那苍凉的背影让多少人为之动容！或许，那份重逢后的欣喜和担忧，让他们再也不敢相忘于江湖，而是到一个所有人找不到的地方，享受最简单的爱情的圆满，让岁月静静流逝。

人生无涯，真情无限。我愿为了亲爱的你而等待一世苍凉。但是我更希望自己的一颗真心，有所归依，在爱情的尽头，愿一路洒满爱情的花朵，今生得以与你相伴。

《齐风·东方之日》：你我的爱，日月作证

东方之日兮，彼姝者子，在我室兮。在我室兮，履我即兮。东方之月兮，彼姝者子，在我闼兮。在我闼兮，履我发兮。

东方太阳照亮的时候，美丽的姑娘啊，
你走到我的堂前
在我的屋里，你轻轻地依偎在我身边。
东方月亮升起的时候，美丽的姑娘啊，
你来到我的小屋
在我的房中，你轻轻地随着我的脚步……

日出东方，一抹鱼肚白像是她那白色的纱衣一般，温情而又迷离，随着早上的阳光，慢慢变得温暖祥和。她就像早起的第一缕阳光那样温柔、健康、美丽，悄悄地走进我的屋子，让我在每一个醒来的早晨都对生命充满了无限的憧憬和猜想，期待她给我带来的不一样的风景。她像只调皮的小鹿一样，时而欢快地雀跃，不时地踩到我的脚，故意惹我生气；时而像是沉静的湖水一样，临水照花，娴静无比，让我对她怜惜不已。和她在一起的日子，恍如仙境一般，时光虚幻而又急速，时间就像是过山车一样，倏忽而逝。在我眼中，她是伴随日月一样的女神一般，她像是太阳初生一样的温馨无比，她像是那中天的一轮圆月一样，那么洁白透明、纯洁无暇。那温润的月光多么像是她脸上肌肤柔嫩的光泽。她像是深夜里暗自绽放、吐芳的百合一样，让人在蓦然发现的同时，无比暗叹和惊喜！

如果我是那伫立在地面上的一座高楼，你就是我的窗前明月光。每一个温馨的夜晚，你都照临我的身边，像是一个身穿白衣的女神一样，缓缓地向我漫步走来。你那温润的手臂、朱红的嘴唇、纤细的腰肢、轻盈的身段都让我无比惊喜，像是第一次遇见时那样感动。虽然认识良久，但是你的每一次出现都让我感到惊艳，你像是突然见到的白鹤一样，那样晃眼，那样骄傲的美，让我无地自容。室内，温馨如兰，而你的容颜和芳香则让我彻底沉醉。像是那翩翩的芙蓉一样，在眼波流转里，你轻轻地触碰我的身体，充满芳香地斜倚在我的怀抱，那种醉人的芳香让我感受到了人间最美的感觉。幽会中的二人世界这样让人内心充满惊喜，为庆幸别人不知道的幸福，而窃喜。

喜欢电视剧《射雕英雄传》（83版）里杨康的人，不仅是因为他那潇洒英俊的外表，机智的头脑，更因为他对一个女人的钟情和痴心。虽然这个人坏事做尽，但是仍然会让穆念慈对其痴心不改。讨厌一个人可以有一万个理由，但喜欢一个人一个理由已经足够。杨康的帅气、风流和玉树临风，让单纯的穆念慈一见倾心。初见时，他的甜言蜜语、紧追不舍让这个单纯的姑娘无法招架，比武招亲时他的精彩亮相，以及他脱下穆念慈的绣花鞋，深情而又略带挑逗的目光看着她时，都让这个姑娘记住了他，从此再也没有忘记。感情中的人从来都是不理智的，认定了一个人，便没有所谓的邪恶好坏之分。虽然他对别人心狠手辣，但是对穆念慈却始终下不去手。他一生最大的幸运就是遇到了穆念慈这样一位美丽、善良、温柔的姑娘。她屡次救他于危险当中，甚至不顾自己的生命去推宫换血，救深中剧毒的他。这个温柔的女孩，既不想让他做坏事，又不想和他分开，虽然深爱，但已经意识到悲剧的结局，或许一开始就是个错误，但错误已经成定局，便再也无法扭转。为此，她愿意跑到一个他找不到的地方终身不嫁，去守候心里的那份感情。

每当分别在即，相会无望，悲情泛滥的时刻。二人曾经在一起的镜头便不时涌上心头。月圆之夜，夜色如水。她夜入王府，与其说是为了偷取情

报或者阻止杨康害人，还不如说是见一下自己的如意郎君。穆念慈心里的那份矛盾和痴情只有杨康能体会到吧，所以他从来不担心她除了感情上对他做任何不利的事情，他们四目相对，把酒言欢，直到醉意微醺，美人美酒，忘记一切现实中的不快，而只享受眼前的美好时光。她感觉眼前的一切都开始迷离起来，那个心中帅气英俊的男人像是一个梦一样，抓不到，又放不掉。多次的分分离离，让这个如水一般的女子，终于感动了这个心肠狠毒、人人唾骂的男人。最难忘记的应该是两人的新婚之夜吧，穆念慈像在梦中一样，被杨康连哄带骗架上了花轿，一路吹吹打打，进了洞房。原以为不可能发生的事情竟然发生了，虽然她始终放不下对杨康的怀疑和顾虑，但是心中对他的那份痴情，早已经让自己失去理智，甘愿投入他的怀抱，像是饮鸩止渴一般的爱情，让这个女孩不禁飞蛾扑火。为了此刻的美好，甘愿承受以后的一切不幸和悲剧。有情人的幽会竟是那样的让人沉醉其中，甚至甘愿为了以后的一切不幸付出代价。

情人间的幽会永远那么让人感到神秘和甜美，像是偷偷开在夜间的夜来香一样，虽然美妙的容颜和清幽的芬芳无人得见，但是，那一份痴情和爱意，那一个人知晓已经足矣。“惊起却回头，有恨无人省。拣尽寒枝不肯栖，寂寞沙洲冷。”正是因为喜欢，我才会像一只孤独的鸟儿一样，甘愿在深夜徘徊在高高的夜空，而只肯栖息在你的枝头。漫长的等待只为与你共度那片刻的美丽时光。虽然虚幻得像是一场梦一样，但希望梦里有你的出现。夜月一帘幽梦，春风十里柔情。幽会的旖旎和美好或许只有情人间彼此才能体会，相爱的人的一颦一笑，一个眼神和动作都会成为对方眼中的最美风景，正是因为相爱，才会让各自为了赴一个短暂的约会为压上一生的赌注，成为对方心中的焦点。

郎骑竹马来，绕床弄青梅。儿时的两小无猜，像是一根丝绦一样，把两个人的心紧紧地系在了一起，那份最初的默契和喜欢，让他们从此再也没有分开的念头，只为彼此而生。诗中两句简单的描写突出了两人的亲密无间，女孩调皮地踩到男孩的脚，或者蹭下他的衣服。像是并肩站在花枝的小鸟一样，相亲相爱，引颈求欢。这种耳鬓厮磨的关系，只有那种相当亲密的人才会有吧。彼此在自己心中既是恋人又是自己的影子，情人的一个眼神都能分辨对方的用意。这种相濡以沫的感情，让这一切都显得那么自然、美好。

诗中幽会的画面像是一个简洁的电影镜头一样，没有其他的故事和情节描写，而是用两个画面表达出了两人之间的亲密感情。诗中对于女孩的描写也传神之极，在一蹴一蹑间，突出了女孩的活泼调皮。“不着一字，而尽得风流”的美妙，于此全部流出，画龙点睛的传神效果，大概也来源于此吧。诗人只是截取了一个平常的生活场景，却给我们留下了无数的遐想空间。他们像是一对小鹿一样嬉戏调笑、追逐。于是，一切美好的场景和幻想都在我们的脑海中浮现了。生活不是因为美好而幸福，而是因为幸福而美好。

愿那对亲密无间、欢快调笑的小儿女，能有情人终成眷属。让他们的爱情在幽会中甜美地进行、生根、发芽，更希望他们的爱情能取得正果，终有成为如花美眷的那一天。让爱情结出一个美妙的果实！

《鄘风·柏舟》：爱，不是用来放弃

泛彼柏舟，在彼中河。
髧（dàn）彼两髦，实维我仪。
之死矢靡它。母也天只，不谅人只！
泛被柏舟，在彼河侧。
髧彼两髦，实维我特。
之死矢靡慝。母也天只，不谅人只！

秋风飘落的清晨，她泛舟河上，隔河观望那对岸的恋人。然而有情人惺惺相惜的爱怜终究抵不过父母的横加阻拦。当长久的爱情眼看就要开花结果时，一切的美梦都被专制的父母给打破了。她哭诉，哀号，像只失去了伴侣的孤雁一样，发出凄厉的呼喊。她向父母苦苦哀求："那个男孩确实是我喜欢的对象啊，誓死我也不会嫁给他人！父母啊，怎么能这样不体谅我的一片痴心呢？"他们的爱情就像是风雨飘摇的一叶扁舟，在河面上无助地打转，终究也到不了爱人所在的河畔。"那个在对岸苦苦等待的人，确实是我的挚爱，我誓死都不会嫁给别人！父母啊，怎么能这样不通人情？"

每当看到这首诗，都让我想起《孔雀东南飞》里的故事，一样的痴情男女，一样的蛮横父母，一样的坚贞誓言。"鸡鸣外欲曙，新妇起严妆。著我绣夹裙，事事四五通。足下蹑丝履，头上玳瑁光。腰若流纨素，耳著明月珰。指如削葱根，口如含朱丹。纤纤作细步，精妙世无双。”刘兰芝诀别前的精心打扮和惊艳亮相，让人不仅为她的美貌惊叹，更为她的那份明知诀别在即，而以最美的姿态离开的坚贞和不屈唏嘘，以新妇的妆容与君别离，让人更是无比的痛惜和悲伤。不在憎恶的人面前失去尊严，体面的离开，这是在感情被拆散后，这个弱小的女子唯一能做的反抗吧。因为，未来是不能控制的结局，那就尽量做无言的反抗吧。

府吏马在前，新妇车在后。隐隐何甸甸，俱会大道口。下马入车中，低头共耳语："誓不相隔卿，且暂还家去；吾今且赴府，不久当还归。誓天不相负！"新妇谓府吏："感君区区怀！君既若见录，不久望君来。君当作磐石，妾当作蒲苇，蒲苇纫如丝，磐石无转移。我有亲父兄，性行暴如雷，恐不任我意，逆以煎我怀。"举手长劳劳，二情同依依。

离别的道路是那么漫长，仿佛过了一个世纪一样，分别时的诺言和珍重，像是生死别离的诀别，仿佛永不相见，让彼此痛心不已。然而悲剧还是很快就来了，想拆散他们的决心，仿佛比他们的爱情还要坚决。当一切已成定局，他们只有誓死去捍卫自己的爱情誓言。一个举身赴清池，一个自挂东南枝，终于做了一对亡命夫妻。生不能同室，而愿死能同穴。一切都在无限的唏嘘和哀悼中逝去。只是那坚贞的爱，还在持续，前有古人，后也有来者。

虽然诗经的年代相对比较开放，自由恋爱是存在的，但是总有不幸的人会遇到父母或者其他阻力的阻拦。诗中的女孩便是其中一个，最好的结局也许将会是私奔吧。全诗只是女孩的誓言，并没有后面的结局。但隐约让我们看到一个女孩在父母面前的苦苦哀求和以死相逼时的痛苦模样。那个如花一样美丽的女孩和那个青发飘飘的男孩青梅竹马，自幼相识。儿时的耳鬓厮磨，青春期的情窦初开，致使二人的爱情像是一株美丽的植物一样自然地生长开花。依稀记得二人泛舟河上、踏春赏花，一路追逐的调笑和嬉戏，让人

忘记了一切烦恼。真希望时间永远停留在那个美好温暖的时刻，没有风雨、没有噩耗，只有恋人间的相亲相依。

但这一切都在现实中可怕地被扼杀了。父母的反对，无疑是少男少女爱情的死期。从古至今，好像受了父母诅咒的爱情，大多遭遇到了不好的结局。所以，这个女孩担心害怕，她苦口婆心地劝解父母，自己对男孩的痴心一片，非他不嫁。然而父母并没有被他们的爱情所感动，为此，她只有为自己的爱情做奋力一搏了。在爱情中被困的男女也大概只有使用誓死相逼这最无奈的一招吧。

那些年少的山盟海誓和美好誓言，还有那个花儿一般的日子终于要用死亡来祭奠了。虽说誓死不离，但是亲爱的，如果死了，我们还真的会相遇吗？我们留在世间未完的爱情该怎么样收场呢？现世的爱情无助地夭折，像是那被风雨打落的梨花一般，在最美好的时刻香消玉殒了。没有结出丰满的果实，就这样任凭风吹雨打，一缕香魂，远逝今生了。如果这是上天早已经安排好的一个苦命缘分，那么我愿意接受，或者，哪怕是反抗，只要能让我得到一个完满的结局，和你，那么，我宁愿承受现实的一切不幸和痛苦的袭击。

虽然不知道死后的一切，但是既然现世无望得到我们的爱情，那就干脆把希望寄托在无望的未来吧，不管以后如何，但愿你的一缕芳魂能够永远引导我，找到你在的方向，从此，再也不分离。

上邪！我欲与君相知，长命无绝衰。山无陵，江水为竭，冬雷震震，夏雨雪，天地合，乃敢与君绝！

这首词，应该是坚贞爱情的最好见证吧。无论你下辈子是谁，我都要找到你，延续今生今世无法继续的爱情。因为，对你的誓言，永远不敢改变。就像是《天下无双》里面的公主与小霸王的爱情，如果真正的爱情真的能被分开，他们为什么被分开后那么郁郁寡欢，一个失去了自我，一个变得疯疯癫癫呢？或许，对爱情誓言的背叛，本来就是一个不会成功的尝试吧。

分离的痛苦简直是生不如死！或许只有分开后才明白，原来自己的生活已经离不开那个人了，以前的一切誓言终将成真，那把爱情的炉火，也只有你我的爱情能经受得住吧。

于是，对爱情的誓言，让小霸王终于从犹豫和自卑中醒悟：今生不能没有她！哪怕是死，也要誓死一搏。于是，成就了一段姻缘。桃花树下与君再次相遇，而他遇到的是一个已经神志不清的女孩，他无限感叹："我终于明白，静花水月是什么意思，其实情之所至，应该你中有我，我中有你，谁是男谁是女，又有什么关系，两个人在一起开心不就行了，今天她是小霸王，可能明天又会轮到我了。原来尘世间有很多烦恼是很容易解决的，有些事只要你肯反过来看，你会有另外一番光景。"爱情不正是你中有我，我中有你的事情吗？既然你我已经融为一体，区区的身份转换又算得了什么？还有什么比能够在一起更重要的呢？于是，风雪天里，桃花树下，一个疯癫的公主，一个喜极而泣的男子，欢快地追逐，嬉戏，仿佛回到了少年时光……

如果爱情真的像是戏中那个枯死的桃树，有重开的一天，该有多好！

剧情的虚构，寄托了多少痴男怨女的美好幻想。希望阻挡我们爱情的一切力量，能够网开一面，让我们在爱情的道路上一往无前。现实的噩梦，幻想的美好，这两者之间的矛盾像是一个不可调和的矛盾，冥冥中，注定的事情只有在幻想中才能得到解脱。而那在爱情中被流亡的男男女女，看到此景此情，让他们孤独受伤的心，情何以堪？

为此，我们仿佛只有为了自己的爱情祈福之外，别无他法。鱼死网破的决裂，竟然是这样让我们心痛和难舍。因为，此时，我们已经伤痕累累，不知道还能不能走到你在的地方。古今多少痴男怨女，爱情悲剧，犹如那奔腾不息的河水，没有止息。他们都在为自己的爱情、自由、幸福而挣扎着，没有头一个，也没有最后一个。因为，爱情本来就是一场战争，打败一切的阻挡，才有可能换来爱情的一世幸福。只希望，有了真爱的小儿女，不要轻易放弃，因为一旦放弃自己的真爱，丢失了不仅是自己的爱人，还有已经远随他们而去的自己的灵魂。

《邶风·静女》：拂墙花影动，疑是玉人来

静女其姝，俟我于城隅。爱而不见，搔首踟蹰。静女其娈，贻我彤管。彤管有炜，说怿女（汝）美。自牧归荑，洵美且异。匪女（汝）之为美，美人之贻。

约会，是一个多么美好、激动和令人向往的事情。见到恋人时的激动和亲昵让人沉溺在爱的甜蜜里面，爱情也正是因为约会而逐渐地成长而美好着。但是，不管是潇洒英俊的公子还是机智俏皮的小姐，或许，都有心和自己的心上人调笑一番，或许是试一下他们的真心，或许是看他们出丑的样子。为自己的爱情加点调味剂，这大概是所有热恋中的男女都会经历的事情吧。说到要弄人，黄蓉应该是高手，而说到挠头做痴呆状，郭靖也是专家。一个冰雪聪明，一个痴呆愚笨，上天让他们两个人遇见，难免不会闹出糗事来。

在83版的《射雕》中，有这样一段情节：为了让郭靖来见自己，黄蓉借助师姐梅超风的力量，打伤江南七怪，让郭靖向自己求助时来见自己。等郭靖出现在自己身边，她却又装作不想见他的样子，赌气使坏。使出把戏，让这个傻乎乎的小伙子，被高高吊起，而自己则盘膝而卧，轻抚琴弦，只等到郭靖告饶认输才肯罢休。她的任性和淘气，真正是正如其父黄药师所言“正中带有七分邪，邪中含有三分正”。这个淘气的女孩经常为了郭靖不懂自己对他的感情，而让他吃尽苦头。那种对爱的呵护和酸酸的嫉妒，让这个冰雪聪明的女孩更加惹人疼爱，而爱情中的磕磕碰碰，谁又能说得清楚呢?

诗中的女孩大概也是如此吧，她像是在和男孩捉迷藏一样。明明说好了，在城头下相见的，当男孩已经到了约会的地点，还是看不见她。原来这样一个看似娴静如水的女孩子也会故意要一下那个痴心而傻傻的男孩。等男孩按时到来时，女孩又故意藏在什么地方而不出来见男孩，让男孩像是热锅上的蚂蚁一样，挠头、着急地走来走去，而别无他法。但是那个女孩是多么美丽啊，像是春天里的桃花一样，粉嫩的肌肤，丰腴的身材，朱红的双唇，每当看到她时都让男孩心狂跳不已。而且女孩情意绵绵地赠给他红色的玉箫，玉箫发出红亮的光泽，像是女孩笑起来绯红的双颊一样。她送给自己的东西真是像她本人一样，这么美妙无双啊。依稀记得，她漫步郊外，踏青而归，像是一个踩着春天步伐的花仙子一样轻盈、美丽。她从郊外采来柔嫩的茅草嫩芽，赠给自己，女孩含羞娇憨的样子真是让男孩沉醉。乳白色的嫩芽啊，并不是因为你的美而喜欢你啊，而是因为你是女孩赠给我的东西而无比喜欢你。

那个男孩傻傻地等待、徘徊的身影和焦急而无奈的神情，让人忍俊不禁。他手拿着女孩赠给他的东西不停地来回走动，思考着女孩此时还不到来的原因，又或许有其他的顾虑而不能亲自去姑娘家里去找，自己无奈地一个人在那里着急。因为爱屋及乌吧，姑娘送给他的一些东西，他都看得无比珍重、喜爱，仔细地把玩，在无聊的等候中，借以打发等待的漫长时光。心里着急，而又不甘心离开，怕女孩会突然出现，自己错过了约会，见不到女孩。

情人约会，大概都会遇到这种情况吧。女孩子往往因为矜持或者害羞都会晚一会才到达约会的地点，一来显示自己的矜持，二来也可以测试一下男孩的忠诚和耐心。而男生在等待的时间里则会焦躁不安，怕女孩不来，尤其是刚刚认识的女孩，很可能因为不太喜欢自己而不来赴约，于是相对于等待的焦躁来说更多的是担心吧。怕空等一场，见不到心爱的女孩，更害怕感情无疾而终。

很多时候，爱一个人爱得太深，人会醉。当张生见到莺莺容貌俊俏，赞叹道："十年不识君王面，始信婵娟解误人。"莺莺的一个回眸让张生的魂魄随之而去，再也不能忘怀。为能多见上几面，便想尽各种办法来接近莺莺。夜深人静，月朗风清，僧众都睡着了，张生来到后花园内，偷看小姐烧香，随即吟诗一首："月色溶溶夜，花阴寂寂春；如何临皓魄，不见月中人？"莺莺也随即和了一首："兰闺久寂寞，无事度芳春；料得行吟者，应怜长叹人。"张生夜夜苦读，感动了小姐崔莺莺，她对张生即生爱慕之情。当张生煞费苦心地弄明白崔莺莺心意属于他时，还是不可避免地把约会的地点给弄错了。一首："待月西厢下，迎风尘户开。拂墙花影动，疑是玉人来"让情急中想见莺莺的张生会错了意，放着半开的门不进而翻墙而过，被当做非奸即盗痛骂一番，幽会不成，反而受了红娘的一顿奚落。这个痴呆的有情郎又急又傻的样子，真是可爱至极，让那个娇滴滴的小姐在咬牙切齿的同时而又不禁心生爱意。

文绉绉的风流公子能够做出狗急跳墙的事情，大概也只有为崔莺莺这样的二八佳人才值得做出吧。因为很多时候，处在爱情当中的人神志都不是太清楚，更何况又是在偷偷约会而不敢惊动他人的情况之下呢？情急之下产生的误会，这大概算是最美好而幽默的吧，虽然约会不成，但也没有造成什么不好的结果。经过千辛万苦，最后终于有情人终成眷属，不知羡煞天下多少苦情人。

诗中的那个女孩或许没有崔莺莺一样的高贵身份，男孩也不像张生那样有才。二人只是邻家男女一样的妙龄青年，他们或许背着家长偷偷约会，私定终身。甜蜜的绵绵情意，羡煞旁人。最绝妙的是对男孩女孩心理和性格的刻画，一句"爱而不见"显示了少女活泼的娇憨之态，以及故意捉弄男孩的淘气心理。而"搔首踟蹰"则是典型的傻男孩的形象，把男孩见不到女孩而心急如焚的心态描写的活灵活现。短短的几句话，却道尽了天下所有有情人的心态，把有情人之间的爱屋及乌和绵绵情意，表现得传神活现。

像是一股幽深的风一样，上古的爱情竟然是如此多姿多彩，那幽会中的活泼、落寞、哀伤，像是一幅幅画面，随着那一页页典雅的书香，在我们面前慢慢翻过，让我们无限赞叹如花年龄的小儿女在爱情的美好情态，他们的一颦一笑，打打闹闹，让我们记起，在那个远古的时代，依然有一个爱情的桃花源，承载了千古人类的伟大爱情，让每一个人因为这份美好而感动。

那一朵朵迎风绽放的爱情之花，是每一对男女的爱情姿态，活泼可爱，而又凝聚了那么单纯和美好的青春爱语。

《鄘风·桑中》：爱你就像爱自己

爰采唐矣？沬之乡矣。云谁之思？美孟姜矣。期我乎桑中，要我乎上宫，送我乎淇之上矣。

爰采麦矣？沬之北矣。云谁之思？美孟弋矣。期我乎桑中，要我乎上宫，送我乎淇之上矣。

爰采葑矣？沬之东矣。云谁之思？美孟庸矣。期我乎桑中，要我乎上宫，送我乎淇之上矣。

幽暗的黄昏，我一个人在深深的幽谷里驻足，期待见到她，那个美丽的姑娘。与她第一次相见，正是在这深深的幽谷里。那时，一汪泉水淅淅沥沥顺着山势静静倾泻，夕阳暧昧得一塌糊涂，林间蒙上一层无声的金黄。我背着满筐的女萝，站在回家的路，开始发呆，因为遇到了这个幽兰一样的女孩。她静静的眼神像是一池秋水，装满了深深的痴情，慢慢地把我淹没。爱情的河水开始慢慢泛滥，而变得一发不可收拾。每天，我都会像往常一样，去朝歌城外去采集女罗，那青青的、细长的藤蔓，就像是我的情思一样，纤细而又坚定，慢慢地爬向她在的每一个角落，牵绊着我绵绵的情思。

她是那样的柔美、多情，真是花瓣一般的女孩啊，她洁白的皮肤像是白兰花的花瓣一样，细腻、娇嫩、幽香。纤细的腰肢如同花儿的细茎一般，柔美，袅娜。一头青丝像是山涧的瀑布，乌黑油亮，倾斜而下，几乎遮住了她多情的眼神。那大大的眼睛、弯弯的睫毛淘气地翘起，让整个人因此灵动起来。感情是能让人熟悉起来的美酒，或许有时在相见的那一刻已经注定后面的一切故事。当四目相对的时刻，我就已经认定这个女孩是我一生中爱情的不二人选。虽然没有过多的言语，只是心里已经全然明白。

她约我在桑中相见，我们共度爱情的每一个时刻。爱情在二人心中慢慢地生根、发芽。我们在高高的楼台相会，亭台楼阁、流水行云，这一切都是美好爱情的见证。站在高高的楼台，放眼城里的一草一木，竟然是这样温馨，原来只是因为身边有这样一位美人陪伴。她的嘴唇紧闭，仿佛是一颗幽静的兰花一样，没有过多的修饰，没有过多的甜言蜜语，只是用无辜的清澈的大眼睛，不时地盯着我看，眼波流转中，透出那一股让我无限感动和爱恋的爱意来。爱你，就像爱自己。

滚滚红尘中，有这样一个红颜知己，夫复何求。她的美丽，让人沉醉，她的善解人意，让人感动。或许是上天对自己的眷顾，让我在青春年少时遇到这样美妙而聪慧的女孩。约会时的美好，相约的默契，让我感受到她的爱就像是无声的细雨一样，慢慢地滋润了我的心田。她就像是我的影子一样，我的每一个眼神她都能会意。然而约会的时光总是那样短暂，每到惜别的时刻，她都会默默地陪着我，走到那淇水边的渡口，亲自为我解开缆绳，用她那温软的小手，把粗糙的缆绳递给我，温润的眼神格外明亮。望着她瘦弱的身影，我不禁泪流满面。

亲爱的姑娘啊，你亲手递给我的竹竿，让我怎样撑起那只小船，离你渐行渐远。而此时又是在此时此地，我们相遇的地方，让我怎能不想念你呢？每次相约，都是你在深深的幽谷等待着我。在约会的地方，一起在沉默里消融聚在两人心上浓如蜜的欢喜，一起说笑、一起采摘枝头花朵、一起看清风细雨、一起踏绵绵青色、一起沾秋霜晨露，一起面对一切生活中的伤悲，一起感受春草初上花色萦绕的甜蜜和幸福……明明你回头看我的样子还在脑海中徘徊，此时已经看不到你的身影。你这样温柔可人的女孩怎么能不让人心疼和爱恋。如果思念是一首歌，我只希望思念是一首快快结束的歌，

我希望你能尽快出现。让我忐忑的心，就此享受到你春光般的沐浴。

俗话说，一个善解人意的女人顶得上一百个天仙美女。虽然美貌更加容易吸引人的眼光，但一旦找到一个惺惺相惜的红颜知己，便深深地锁住了一个男人的心。正如同黄药师的妻子冯衡一样，除了临水照花一般的美貌，她更是聪慧过人，她过目不忘，善解人意。深知丈夫黄药师迷恋武功，为了得到九阴真经，她不顾自己有孕在身，而辛苦地为丈夫默写经文，等到经文被徒弟梅超风偷走，她又一次不辞辛苦地第二次默写经文，以安慰着急忧虑的丈夫。为此她也终因劳累过度，难产而死。对丈夫的那份痴情，让这个花朵一般的女孩竟然送命，其中的情意可见一斑。而她的死，也是黄药师一生最大的遗憾。妻子亡故，让他恋恋不忘，十几年中，夜夜在妻子墓旁吹箫相伴，墓中供着的是他亲笔所绘的小像及最精巧的珍玩。他研究各种奇门遁术，炼制神丹妙药，采来各样神奇妙药，为的都是能让妻子起死回生。

救妻子的计划失败后，他做了花船，想带着妻子的玉棺，月夜出航，让海浪打碎船身，与她一同葬身大海。已然鬓发苍苍的他，抱着花容犹在的妻子，一路桃花纷飞，花童开路，这是何等的痴情，又是何等的浪漫。这份痴情和浪漫，让无数男女羡慕、叹息。人生中遇到这样一个女子夫复何求，而作为一个女人，遇到这样一个潇洒、浪漫的男子也不枉此生了吧。

爱情中最难得的是理解，最珍贵的是惺惺相惜。正是有了那份理解，才让有情人更加深刻地贴近彼此的内心。在相遇后，因为相知而更加相爱，在风雨飘摇的一生中，正是有了爱情的陪伴和恋人的支持，才能让人生走得更加坚定而成功。爱，不是简单的占有，而是相互成全。爱情中的两个人，只有相互成全对方，才能使爱情的大厦更加坚实，才能为对方插上梦想的翅膀，让二人比翼双飞。

何当共剪西窗烛，却话巴山夜雨时。那份心有灵犀的浓情蜜意，让人无限怀念。无论生死，无论天涯，你的柔情，都让那个远在天边的人念念不忘。因为，天下之大，唯此一人能够知道我的心意。留恋的不仅是你的美貌，更是你的聪慧和善良，还有对我的无限痴情。人海茫茫中，我无限奔跑，只为了寻找你的存在。亲爱的，无论你身在何地，我都会追寻而去，因为，我知道，你一直在等我。

因为，那个心中永远不能磨灭的约会，在你我的心里一样的坚韧而真实。

《卫风·木瓜》：只此一念，不负如来不负卿

投我以木瓜，报之以琼琚。匪报也，永以为好也！投我以木桃，报之以琼瑶。匪报也，永以为好也！投我以木李，报之以琼玖。匪报也，永以为好也！

从古至今，结婚大都经过父母之命、媒妁之言，然后像所有人一样，走过世俗中结婚的每一个过场。但这些似乎都不足以证明男女心中的真情吧，唯有那一个个被隐藏起来的小信物，凝聚了多少男女私下的心愿和真情。那些青春期的少男少女们，在花一样的年龄，偷情密约时的山盟海誓，还有那证明爱情的信物，总让人想起那一个个痴心的有情人，还有那一个个爱情信物后面的或美丽动人或凄惨悲哀的爱情故事。

中国历史上第一位女皇武则天，算是胜过多少男儿的女强人了，但这样一位胜似男人的女子心中也藏有无限的柔情蜜意，她曾作诗《如意曲》："看朱成碧思纷纷，憔悴支离为忆君。不信比来长下泪，开箱验取石榴裙。"其中的悲怆和哀思可见一斑。且不论这首诗她是为谁而写，其中的柔弱气质完全不似一个凌驾万人之上的盛气凌人的女皇。武后在她的盘龙卧凤的朱漆箱里放着一件定情物：一条石榴裙。关于这条石榴裙的故事我们不得而知，但这份柔情的故事就像是最柔软、最不能触碰的心事一样，埋葬在这个强势的女子心底。每一个月光如水的夜晚，看到月光里的桂树，夜色微凉，睹物思人，这个称霸一时的女人看到这件小小的信物，难免暗自落泪，感怀故人，即使是一代女皇，又能怎样？她仍然逃不过那初恋时的最初感动，和对情人的绵长思念。

那一对玉人一样的情侣，在石榴树下，互赠信物，表达真情。那个美丽的姑娘送给男孩一个熟透了的金黄色的木瓜，深情款款的眼神暗含了自己已经像是木瓜一样成熟，公子可以及时采摘。“何以结恩情？美玉缀罗缨”，男孩解下随身佩戴的玉佩放在姑娘柔软的手心，系在姑娘腰间的五彩丝绦上面。玉石的洁白、剔透和坚韧，正是象征了他们那美好纯洁的感情啊。这小小的信物，并不是为了报答你的赠物，而是证明我们永世不变的真情！二人十指相扣，漫步在花前月下，这暗自的定情，才是他们内心真正对感情的期盼啊，无论以后发生什么变化，他们的感情都会以信物为准，再也容不下其他人的进入。

专一和凭证，这大概是爱情中信物所代表的最重要的精神吧。所以那一件小小的信物才会有了这么重要的意义，一生一世像是那永久不变的真情一样，始终伴随着一个人，作为将来相见的凭证，直到老死也不会改变。溪边流水清莹，照出女孩花朵一样的容颜，女孩的纤纤素手，舞动着那洁白的纱衣。“鸟惊入松萝，鱼畏沉荷花”，这是对她美貌的赞叹，鸟儿因为她的美而惊慌地藏于松萝当中，鱼儿因为她的美貌而羞愧地沉到荷花下面。她那缕缕青丝垂下，挽住了一个男人的心，她就是惊艳绝世的西施，而他就是越国大夫范蠡。他儒雅风流、足智多谋，但仍逃不过西施那清澈透明的眼神，这个志在天下的男人照样被这个柔弱如水的女子给降服了，而西施也深深地被眼前这个文质彬彬的男人打动。这大概就是一见钟情吧，他们完全被对方的眼神给淹没了。

夜晚，月色如水，二人对月盟誓，定下百年之好。但国事家事总不能两全，范蠡因为国事在身，而不能久留，西施便在当夜用浣纱江边田畴中的麦草编成扇子，用苎萝山上的翠竹制成扇柄，用浣纱江里浣洗的彩丝，将自己姣美的容貌绣在扇芯中，制成一把精致的麦草扇，送赠范郎，以此为定情凭证，期待与君再次相见。但这把扇子后来被越王勾践发现，勾践对扇中的

西施深为惊诧，不相信世间竟然有这样美丽的女子，于是到处寻访，终于找到了西施。吴越争战，国色天香的西施终成离间吴王的牺牲品。吴越争霸，吴国战败，而作为牺牲品的西施，何去何从，再见范郎还能否重温旧梦？沧海桑田之后，那颗心，还在吗？

有传说，勾践大败吴国后，勾践的夫人怕西施太美丽，而又得到勾践的宠爱，以影响自己的地位，所以让人在西施身上绑上石头，沉入海底了。也有传说，越国胜利后，范蠡怕得到像文种一样，“狡兔死，走狗烹”的结局，所以他偷偷地救出战乱中失散多年的西施，二人泛舟五湖，隐居世外了。对于这两种结局，大部分人都应该喜欢第二种结局吧。范蠡是个有情郎，虽然西施被当做牺牲的工具送给了吴王，几经辗转后，或许早已经不是当初溪边那个清纯的女孩，而被战争和阴谋折磨的血迹斑斑。然而这些，都没有磨灭二人心中对爱情的笃定和誓言，无论岁月怎么变化，容颜怎么苍老，人事怎么无情，这一切都不能磨灭真情在二人心中的分量。

“死生契阔，与子相悦，执子之手，与子偕老是一首最悲哀的诗……生与死与离别，都是大事，不由我们支配的。比起外界的力量，我们人是多么小，多么小！可是我们偏要说：‘我永远和你在一起，我们一生一世都别离开’。——好象我们自己做得了主似的。”这是张爱玲对爱情的一句经典概括，的确，爱情最害怕的就是岁月的打磨和人事的无情。最初的感动，或许终究抵抗不了岁月的变迁和人生的打磨。她与胡兰成的爱情不是最好的见证吗？一切的一切都体现了这个柔弱的女子在岁月面前的失败和无奈，还没有尝试着与岁月妥协，就已经被岁月打得落花流水，从此对爱情失去信心。

在张爱玲的笔下，春天的晚上，站在桃树下的女孩和对门住的年轻小伙子，羞答答，情依依，唯有送上一个信物，表明自己终身不移的坚定。这份最好的单纯和青涩，在此刻定下来，等待着以后岁月的考验和折磨。那份最初的坚贞和单纯，不知道能否坚韧如斯。她说过“短的是生命，长的是折磨”，或许只有经历岁月的打磨才会对爱情、人生有这么深的体会吧。但是她始终是理想的，对爱情始终抱有一个坚定不移的想法：“我要你知道，在这个世界上总有一个人是等着你的，不管在什么时候，不管在什么地方，反正你知道，总有这么一个人。”

生命、爱情、人生，不正是这样吗？我们对它始终抱有一个完美而单纯的梦，在以后的人生道路上很可能遭遇风吹雨打，把最初的誓言打的粉身碎骨，但是，一旦我们妥协，失去的不仅是那个最美的誓言，还有对自身的怀疑。或许，所有的有情人，都不可能做到西施和范蠡那样，几经人生的乱离，还能破镜重圆，继续完成当初的誓言。

因为，生而为世俗中的每一个人，我们允许叛变、分离，因为爱情虽然坚韧，但是绝不是可以勉强得来的，既然已经恩断情绝，还不如早点结束，因为遭受叛变的爱情已经毫无意义，早点结束反而更好。但如若能坚守最初的誓言，虽然被打得支离破碎，但只要有那份坚韧的心依旧存在，即使回不到从前，那颗心也像是磐石一样，依旧坚韧如初，不会改变。“曾虑多情损梵行，入山又恐别倾城。世间安得双全法，不负如来不负卿。”或许仓央嘉措的这几句诗，可以当做人世中关于爱情和人生两难的最好诠释吧。

因为，人生不只是生存下来，还需要给自己找一个生存的借口，而对爱情的笃定和坚守，算是最可信的一个吧。

《王风·大车》：祭奠那一段挥之不去的爱情

大车槛槛，毳衣如菼（tǎn）。
岂不尔思？畏子不敢。
大车啍啍，毳衣如璊（mén）。
岂不尔思？畏子不奔。
谷则异室，死则同穴。
谓予不信，有如皦日。

恋爱中，曾经的山盟海誓，让人无限赞叹，又让人无限唏嘘。因为爱情誓言固然坚贞美丽，但试想，能守住这份誓言的古往今来到底能有几个人？我们听的更多的是痴心女子负心郎的悲情故事。如若堂堂的七尺男儿能够在爱情面前多一点血性，少一点自私，那么那啼血落泪的女孩恐怕再也不会在历史的回声中悲戚地寻找那曾经的美好誓言了吧，那股到底意难平的悔恨，终究成为她们永远的一个心结，难以消融。

据说这首诗和春秋时期的息夫人有关。她出生在陈国，自幼生得美丽无双，清新脱俗。公元前684年，息妫出嫁路过蔡国，即她姐姐的夫家。蔡侯献舞，以其与自己的夫人是姊妹，迎至宫中款待。款待时蔡侯见息妫貌美，便行为轻佻，侮辱息妫。息侯知道此事后大怒，设计报复。派使者往楚国，怂恿楚文王出兵假攻息国，息再向蔡国求救，诱其出兵。没想到鹬蚌相争渔翁得利，九月，楚兵大败蔡国，俘虏蔡侯。蔡侯亦设计报复息侯，向楚王称赞息妫容貌极美，想让息国永无宁日。楚王思蔡侯之言，欲得息妫，假以巡方为名来至息国。息侯款待至朝堂，楚王见息妫美色果然天上徒闻，人间罕见而夜不能寐。次日设宴答谢息侯，乘机以武力俘虏息侯，二人皆为楚王所俘虏。这首诗便是息妫向丈夫表明心迹的。

你乘坐的大车隆隆作响，身上穿着我为你织就的兽毛披风，那犹如芦苇一样的青白色披风此时显得那么单薄。与君的相识是臣妾今生最大的荣幸，我怎么能不思念你呢？只是担心你不敢与我一起逃跑。宛如出嫁时的车声，此时却成了你我分别的时刻，心里始终惦念着你啊，只是怕你不敢与我一起私奔。虽然活着的时候不能同住一间房屋，但是死后，我希望与你同埋一个坟墓。我知道，你可能不相信我说的话，但是，对你的衷心日月可见，现在就让这正当空的太阳来做见证我的誓言！

多么刚烈的女人，为了感情宁愿冒着被杀死的危险和丈夫一起私奔、逃跑。但是，任凭这个女子怎么样拼搏、挣扎，她那懦弱而多疑的丈夫始终都没有说一句话。这一切，让这个多情而坚贞的女子情何以堪？她或许并没有死，当看到逃跑不成时，她希望投井而死。但却被楚王的属下抢前一步牵住衣裙曰：夫人不欲存息侯之命乎？一句话，让这个女人瘫倒在地，为了存活那个懦弱的丈夫，她妥协了，进入楚国的后宫，当了楚王的夫人。入楚宫三年，为楚王生了两个儿子，即堵敖和成王。但是，她始终不愿说话。楚王问她是什么缘故，她回答说："我一个女人，伺候两个丈夫，即使不能死掉，又有什么话可说的？"一语道破自己内心纠结的情事。

关于这段历史和诗是否属实，不是本书所考究的一个问题。在这里，我只想透露一个信息，为什么那个毅然刚烈的女子总被懦弱的男人所伤？她不是第一个，也不是最后一个。但是，她面对爱情破灭时所表现出来的拯救爱情的勇气，和向对方表白心迹时的直白和火辣，又让多少七尺男儿而之汗颜！

"莫以今时宠，能忘旧日恩。看花满眼泪，不共楚王言。"难怪王维

会为这个苦情的女人平反，虽然一女侍二夫，没能守住当时的诺言，但是下半生的郁郁寡欢和悲哀无奈，又有几人能够理解？中国历史对女人往往要求的太多，而男人却少了太多的责任和承担。让这一切都让一个弱女子来承担，不禁让人觉得现实无比沉重和冷漠无情。

我欲与君相知，长命无绝衰。山无陵，江水为竭，冬雷震震，夏雨雪，天地合，乃敢与君绝！

这首诗，让多少人来盛赞这个女孩的痴情和坚贞，但我们却往往忽略了，这样的坚贞能否得到男孩的回应。这样的痴情和决心，应该是女孩的一条不归路吧，除了自己深爱的男人，谁都不能拯救她！然而总会有这样的现实，那个被她深爱的男孩，慢慢把那些痴情的女子推进了万劫不复的深渊。

爱情是两个人的承担，坚硬的山盟海誓终究抵不过一个人的背叛。关于爱情中的坚贞女孩，古往今来竟然有那么多，而让这些女孩的一颗痴心化为流水的男人，则是她们心中永远难平的一个恨。

爱情中来不得半点犹豫，有时候少许的犹豫和逃避，便葬送了一个人的痴心甚至性命。这不禁让人想起了司棋这样一个苦情女子，她在《红楼梦》中并不像晴雯、袭人等大丫鬟那样受到重视，或许，直到她为感情而死，才引起了人们的无限怜悯吧。与表弟潘又安的感情败露后她寝食难安，忧思成病。而在她最困难的时候，潘又安却不见了踪影，直到她隐藏的男人的鞋袜和潘又安写给她的一封信被搜出来，她的私情彻底败露。临别前，她苦苦哀求迎春，希望能让自己留下来，但胆小懦弱、冷漠无情的迎春一如她的情人一样，不敢过问和承担一点责任。她终于怀着无限的痛心和失望回到家中，从富贵人家的得势丫头变成一个被万般刁难的柔弱村姑。一个大雨的天气，潘又安来看她，看到软弱、怯懦的样子，她对这样一个男人彻底失望。那个等待风平浪静后才过来看自己的男人，让她几乎绝望，而面对母亲的严厉毒打和呵斥，这个软弱的男人竟然不敢说一声承担责任的话。

既然已经委身于这个懦弱的男人，那么断然不能再嫁，而这个男人又挑不起感情的任何重担，或许只有一死才能解除这难堪的局面吧。于是，大雨淋淋的白天，她只然不顾一切，在母亲和情人的眼皮底下活活撞死。没有了一切意识，彻底从感情中解脱。

虽然下贱，但对爱情的真挚和决心，让这个女孩在死的时候不禁令人刮目相看，一个下贱柔弱的女孩子，在爱情上的勇气足足敌得过堂堂的七尺男儿，这对于，爱情，还不足以让人崇敬吗？花朵一般的女孩，就这样以死来祭奠自己的爱情。

“陌上谁家年少？足风流。妾拟将身嫁与，一生休”。还记得初见时的美好和风流吗？热情似火的妙龄女孩，遇上邻家的陌上少年。青梅竹马，爱情甜蜜，一句话，酣畅淋漓地道出了女孩的全部心愿。一样的大胆，一样的直白。这样的女孩像是没有任何修饰的美玉一样，把大好的青春和痴情都甘愿全部奉献。我们或许会觉得这样的女孩太直白，不值得珍惜。但是，往往在你犹豫和暗笑的同时，殊不知，你已经失去了一份真挚的感情，或许到死你都没有明白，为什么找不到一个真心的女子。因为，在不知不觉间，你已经彻底失去了爱情。

所以，男孩，如果有这样一个女孩甘愿把自己一生的热情都献给你，那么请不要再犹豫了，因为，你的一时怯懦很可能毁掉她的终身幸福，还有你即将得到的一份真爱。人要相互成全，爱也需要相互成全，唯有两颗心结成同心结，才能将幸福牢牢把握在手。

《王风·丘中有麻》：享受现世的平凡幸福

丘中有麻，彼留子嗟。彼留子嗟，将其来施。丘中有麦，彼留子国。彼留子国，将其来食。丘中有李，彼留之子。彼留之子，贻我佩玖。

从古至今，处于青春期的女孩子好像从来都不会缺少帮助。小伙子给年轻漂亮的女孩献殷勤的事情真是不胜枚举，不论是故意搭讪，还是殷勤帮助，无非都是爱情在作怪。就像沈从文的小说《边城》里一样，船总顺顺的两个儿子天保和傩送争相给翠翠献殷勤，两个人都宁肯放弃丰厚的嫁妆而甘愿娶这个船工的孙女。他们不时地帮助这个自然之子一样的女孩，希望能抱得美人归。在赛船的当天，傩送邀请翠翠和爷爷到他家的吊脚楼上观看他的赛船，水面上锣鼓喧天，人声鼎沸，傩送正是抱着必胜的决心才敢在心爱的女孩面前露一手的，但始终还是被兄长提前了一步，原来天保已经找人向翠翠的爷爷提亲了。当时记得翠翠的爷爷说到自己孙女的两条路，第一条是走卒路，那就是找人提亲，明媒正娶；第二条是走马路，就是在渡口对面的山头上给翠翠唱歌，唱上三年零六个月，翠翠选谁，那就看他的运气了。每当夜晚，翠翠依偎在爷爷肩头，虫鸣啾啾，夜色如水，对岸的山头便响起嘹亮动人的情歌，只为这女孩一个人唱。看到这里，不觉艳羡，这个渡船的女孩子虽然不是什么王公贵族的金枝玉叶，但是让这样两个英俊、能干的小伙子如此为其痴心，身为女人已经足够了。这个单纯的女孩也应该算是世界上最幸福的人了吧。

诗中这个女孩子也是这样，可能是家里像翠翠家一样缺少男丁吧。但是家里的农活却一点不会搁置，因为那爱慕这个姑娘的小伙子总会偷偷摸摸地来帮忙。高高的山丘上，长满了齐胸深的高麻，那个留姓的叫子嗟的男孩每天都会来到田地里帮这个姑娘干活。烈日当空照，他一面勤快地干活，一面抹下额头上的汗珠。回头看着自己的心上人，不由得甜甜地笑了，露出一排洁白的牙齿，小伙子像是秋天里的一株红高粱一样，壮实、憨厚。或许，一开始，小伙子的帮忙并没有打动女孩，但是他丝毫不甘心，每当等姑娘有事情的时候都不辞辛苦地来帮忙，从无怨言。原来爱一个人可以这么无私和高兴，他始终在心上人面前辛苦地干活，但甜甜地微笑。

爱是一种习惯，当她习惯了这个小伙子出现在自己身旁，那么心底里对这个小伙子就有了依赖和感情吧。终于，那一天干完活，她没有马上打发他回去，而是让这个憨厚的小伙子留下来，和自己一起吃饭。暖风阵阵，金黄色的麦田像是被风刮起的金黄色的海浪一样，此起彼伏地舞动着。麦田的香味，像是姑娘的笑一样香甜、纯美。望着终于被自己感动的女孩，这个憨厚的小伙子受宠若惊，惊慌失措地在姑娘面前频频出错。女孩看在眼里，乐在心上，不由得被眼前这个傻乎乎的男孩逗乐了。日久生情，这句话果真是有道理的，每一天的接触，让女孩对这个男孩有了更多的了解，虽然不言不语，但早已经悄悄被打动而芳心暗许了。

于是，帮助女孩干活便成了他们约会的借口。或许，每天早晨醒来的第一件事就是想着帮助心爱的女孩干活而心里美滋滋的吧。这是所有沉浸在恋爱中的男孩的普遍心理，因为能为自己心爱的女孩做事儿而乐不可支，虽然辛苦，但仍然是像受了某种恩赐一样，乐在心里。因为，他明白，只要女孩不拒绝，他才有可能成功地追求到女孩。对于女孩的默许，他甜蜜地认为是同意了。从春光里的耕田采桑到夏季的收麦打场，姑娘的田地里都少不了男孩辛勤的身影。到了秋天，李子成熟了，虽然没有了花前月下的甜蜜和柔情，但是他们的感情却越来越成熟、亲密了，像是那熟透的李子一样，到了收获的季节。他们像往常一样相约李树之下，深情地注视中，二人已经会意。这一年来的相识、相爱，让他们早已经心心相印，男孩解下随身佩戴的玉佩赠给女孩，以此作为定情之物。

他们没有显贵的身份，没有丰厚的财富，有的只是那颗单纯真挚的心。在秋风中，在成熟的李子树下，他们的款款深情，就这样瓜熟蒂落了。简简单单的爱情，没有遇到什么大风浪，就像是悠悠的日子一样，在不知不觉间溢满整个人生。这让我们想起了男耕女织的远古生活是那么美好，少了几分尘世的干扰，少了几分功利的侵蚀，更多的是水到渠成的美满，自然而然的爱情像是那不加任何粉饰的少女一样，出水芙蓉一般清纯、脱俗、美丽。

或许牛郎织女如果没有王母娘娘的横加阻隔，他们也会像是诗中的这对男女一样，平凡而又静静地白头到老，这样普通地生活着。他们的故事之所以这么广为人知，除了他们的真挚感情，恐怕更是由于出现了王母娘娘的阻拦，以及那条分开二人的波涛滚滚的银河吧。“盈盈一水间，脉脉不得语。”爱情正是有了这样凄惨的命运才引起了我们的注意吧。这似乎和现实有了矛盾，普通的爱情不能引起人们的注意，只有悲剧式或者坎坷的爱情才能引起人的注意。我们往往为那些爱情悲剧而惋惜，但却忽视了普通人的幸福，这大概是所有人的心理吧。

只有失去才懂得珍惜，所以有那么多的人希望自己能够过平常人的生活，享受平常人的爱情。正如金庸笔下的阿紫和阿朱姐妹和萧峰的纠缠爱情一样。如果他们是平常人，不会武功，是个普通的村妇和农夫，也不会遇到那么多的江湖险恶，在复仇和打斗中逐渐失去自己的亲人、爱人而抱憾终生。所以阿紫希望用毒针把自己的姐夫萧峰打成残废，没有了任何武功，他便成为了没用的人，而再也不用参与人世间的一切恩怨和仇杀了。阿紫虽然心狠手辣，但是对萧峰的爱让这个瘦弱的小姑娘那么卑微地去为他做任何事情。蓦然回首，才明白，原来普通人的爱情竟然是这样难得！

冒着杀人的决心来享受现世的幸福，一件多么滑稽而无奈的事情！但留给我们的启示是什么呢？像萧峰说的，等到恩怨已了，便放弃一切和阿朱去塞外牧羊。但一切都在梦想到来之前破碎了。正如段王爷一样，为了征服世界，成为天下第一而苦练功夫，夜以继日地闭门练功，而忽视了自己如花似玉的妻子——瑛姑，等自己大功告成，而心爱的妻子早已经心有所属，结发夫妻难以破镜重圆。自己或许得到了世界，但是失去的却是最爱的人。在这个过程中，谁又能说他赢得了人生呢？

“四张机，鸳鸯织就欲双飞。可怜未老头先白。春波碧草，晓寒深处，相对浴红衣。”明明现世的幸福就在自己眼前，而那些滚滚红尘的痴男怨女，仍然为看似重要的目标而抛弃最珍贵的东西。一阕歌词，唱尽了多少现世的悲苦和无奈。那一份变质的爱情无处安放和寄托，等待的是一生都不能弥补的悔恨。

所以，年轻的我们，如果，我们有一颗青春的心，那么请让我们珍惜眼前人，和心爱的人一起享受现世的幸福吧。面朝大海，春暖花开，“从明天起做一个幸福的人，喂马、劈柴、周游世界。”多么简单的幸福！如果我们能够抓住，那么我们便是世界上最幸福的人，因为幸福，不是梦想，而是实实在在的现实生活。这句话，送给天下每一个有心人。

《郑风·将仲子》：为君，难解千千结

将仲子兮，无逾我里，无折我树杞。
岂敢爱之？畏我父母。
仲可怀也，父母之言亦可畏也。
将仲子兮，无逾我墙，无折我树桑。
岂敢爱之？畏我诸兄。
仲可怀也，诸兄之言亦可畏也。
将仲子兮，无逾我园，无折我树檀。
岂敢爱之？畏人之多言。
仲可怀也，人之多言亦可畏也。

史湘云初见贾宝玉时称其为“爱哥哥”，本来是“二哥哥”，但因为她吐字不清，倒叫成了“爱哥哥”，引起黛玉的不快和嘲笑。她与宝玉算是远一支的姑舅亲，按理也是可以作为结婚的对象的。她的金麒麟也曾经被黛玉怀疑和宝玉的是一对，她又这样亲昵地叫宝玉，也难怪让本来就多疑敏感的黛玉吃醋。古时候，兄弟姐妹之间排行多以伯、仲、叔、季来定，但是仲、叔也往往用来称呼自己喜欢的男子。由此看来，诗中的“仲子”，便是女孩对心上人的爱称了。

二哥哥呀，请不要攀登我家的墙，不要因为攀墙而折断了树枝。不是我不喜欢你，实在是不敢违抗父母的命令啊。我是这样的想念你，但是父母的话也真的令我害怕和为难。二哥哥呀，请你别来了，不要翻墙而过，弄断桑树枝了，不是因为不爱你，而是害怕兄弟们的言论。我是那样的喜欢你，但是实在害怕兄长不同意我们的婚事。二哥哥呀，不要再来我家的园子了，不要折断我家的檀树，众人的言论，让我不敢去喜欢你。而我又是这样地惦念你啊，但是众人的言论却让我不知所措。

这是女孩内心的无奈对白。不是不喜欢二哥哥，而是经不起父母之命的逼迫还有众人的流言蜚语。众口铄金的威力，大家想必都见过吧。古代给女性过多地加上道德和伦理的枷锁，让多少有情人难成眷属。有情总被风吹雨打去，这个单纯的女孩遭遇的感情波折一如莎翁笔下的罗密欧与朱丽叶一样，因为家族和大人们之间的矛盾而让这两个互生爱慕的有情人双双殉情。如果早知这样，还不如当初的美好相见不曾来过，让彼此没有那段美好的邂逅。

百无聊赖的宴会上，罗密欧因为喜欢的女孩被送往修道院而郁郁寡欢，一个人独自坐在角落里自酌自饮，任身边美人成群，蜂蝶乱舞，依然不能让他动心。直到朱丽叶的出现，才改变了一切，也注定了他们两人悲剧的结局。

那一天，朱丽叶无疑是宴会的主角，她美若天仙，像是初长成的水仙一样亭亭玉立，娇艳无比，散发出女孩特有的清新。这种气息，让罗密欧不由得上前搭讪这个单纯如水的女孩。虽然戴着面具，但是彼此眼中的火花已经说明一切，他们被对方深深地吸引了！原以为会顺理成章地成亲，但是当罗密欧知道朱丽叶就是自己仇家的女儿之后，不由脊背发冷！他们蒙太古家族和凯普莱特家族有深仇大恨，而且两家经常发生械斗。这样的条件下，想得到凯普莱特家的小姐，还有什么希望呢？刚从失恋的打击中恢复过来的他，此时又遇到了沉重的打击。但是他没有放弃朱丽叶，而是像诗中的小伙子一样，经常翻墙去和朱丽叶幽会。

月黑风高之夜，秋虫啾啾，身为公子的他悄悄翻上墙头，期望能一睹

她的芳容。夜深了，她房间的灯还亮着。那低吟的声音像是一曲天籁一样，让他沉醉。原来朱丽叶小姐，也是对他一见倾心，在喃喃地念着情郎的名字。或许，真心相见，才会使人们不顾一切地去爱。此时，他觉得已经没有什么能把他们分开。一连串的计策，都是为了能够化解两家的矛盾，让有情人终成眷属。但是他们失败了，现实的阻力让他们终究没能活着成为夫妻，罗密欧因为杀了朱丽叶的堂兄而被流放，而朱丽叶也由父亲安排嫁给他人，虽然朱丽叶吃了神父给她的能够暂时死亡的药，但是罗密欧并不知道。见到心爱的女孩躺在棺木里，他绝望之际，服毒自杀了，当朱丽叶醒来，发现罗密欧尸体，也引剑自杀。一切都在悲剧中结束！

这大概就是世人所说的偷情幽会的后果吧。所以诗中的女孩始终没有罗密欧和朱丽叶那样的勇气去尝试反抗现实中的反对力量。因为，她大概见多了这种偷情被发现的难堪结果：受尽世人的唾骂、浸猪笼、游街、挨打、一辈子抬不起头。这样的偷情结果，我们似乎都在电视或者电影镜头中见过。而在社会伦理中女人永远承受的比男人多，男人偷情后，几乎不怎么影响自己以后的感情，而女人一旦背上私情的帽子便再也不能抬头。所以，诗中的这个女孩才这样小心，既深爱那个二哥哥，又害怕犹豫，不敢越雷池半步。

当然，我们可以嘲笑她胆小，不敢为真爱豁出去。但是，古往今来为真爱豁出去的，有了结果的又有几人？“曾经沧海难为水，除却巫山不是云”，每每看到这句诗，我们都为元稹对亡妻的钟情和真挚所感动。但根据其自身经历而写的《莺莺传》却伤透了天下所有女儿的心。自恃仁人君子的张生，见到莺莺貌美而屡屡挑逗，当这个单纯的少女对自己动心时，他却要西去进京了。短暂的温存和甜蜜，让人感到像是逢场做戏一般虚伪。果真，这个当初甜言蜜语的男人从此音信稀少，忘记了那个对自己深情款款的少女。莺莺的委身相许，私定终身，换来的将是一句卫道士的虚伪开脱：“大凡天之所命尤物也，不妖其身，必妖于人。使崔氏子遇合富贵，乘宠娇，不为云，不为雨，为蛟为螭，吾不知其所变化矣。昔殷之辛，周之幽，据百万之国，其势甚厚。然而一女子败之，溃其众，屠其身，至今为天下僇笑。予之德不足以胜妖孽，是用忍情。”

至此，这个负心男人的真面目才表露无遗。非但不承认自己对这个女孩的始乱终弃，还给这个女孩加上害人的狐狸精的罪名，把她说成是像妲己、褒姒一样祸国殃民的狐狸精和红颜祸水，自己和她断绝关系，于己于人都是大有裨益。他的轻薄、绝情不仅让人发指。后来这个故事被王实甫改为有情人终成眷属的美满结局，大概也是看不惯如此单纯的女孩被残忍抛弃才有意为之吧。《卫风·氓》里面的一句劝解女孩子的诗，觉得特别经典：“于嗟鸠兮，无食桑葚。于嗟女兮，无与士耽。士之耽兮，犹可说也；女之耽兮，不可说也！”是的，男人可以轻巧地为自己找一个借口开脱，而女孩呢，一旦背上未婚私情的罪名，便终身无法解脱。

爱情中最可悲的就是背叛，诗中的女孩虽然对二哥哥情意绵绵，但是，她的怯懦和畏惧都是有情可原的。如果遇上一个像罗密欧的男孩子还好，即使死，也得以和心爱的人死在一起，这也算死得其所了吧。但是如果遇到张生一样的负心男人呢？自己不但得不到真情，还自取其辱，毁坏了一生的名声和幸福。所以，这个女孩宁愿在期期艾艾中艰难度日，因为她既不想舍弃自己的爱情，也不想背上骂名，心中的两难情节真是愁煞世人。那种纠结和深爱，或许是她一生都不能放下的心结吧。

除了无奈，还是无奈。因为爱情中的女孩，很可能走错一步便毁掉一生。那这种纠结也是大部分女孩所有的一种普遍心结吧。爱情中没有理智的人，这句话是对的。任何人都有爱的理由和被爱的权利，但是无论如何，都请你分清是非，让自己找到那个真正爱你的人。因为爱情这战争，没有彩排和演习，只有实战。希望每个人都能在爱情中凯旋而归，不要做那个丢盔弃甲的失败者。

《郑风·狡童》：一曲失恋的无声离歌

彼狡童兮，不与我言兮。维子之故，使我不能餐兮。彼狡童兮，不与我食兮。维子之故，使我不能息兮。

失恋像是一曲无声的离歌一样，哀婉而缠绵悱恻。落花有情而流水无意，一切的泪眼相望，换来的不过是孤灯清泪和形单影只。那为爱而病恹恹的女孩，像是遭受过风吹雨打的花朵一样，更是痛惜了多少人的心，让人觉得怜香惜玉总不为过。

“水纹珍簟思悠悠，千里佳期一夕休。从此无心爱良夜，任他明月下西楼。”失约的痛苦大概只有当事人才能明白吧，多时的兴奋和似火的热情被情人突然的抛弃而浇灭了。佳期幽会变成了形影相吊的孤单和寂寥。“千里佳期一夕休”，寄托了多少对情人的浓浓爱意和热情？但那些浓情都在这样一个夜晚被扼杀了！花前月下独徘徊，美好的月色，更加衬托出失恋后的不堪和孤独。就如同《天龙八部》中那个被情人抛弃的马夫人一样，由爱生恨而产生病态心理，不由让人无限唏嘘。这个从小喜欢花衣服的小女孩，因为家境贫寒，买不起衣服，但她不甘如此。所以她最开心的莫过于把邻居家的小女孩的花衣服剪成碎片，来安慰自己那颗不平衡的心。她的狠毒和嫉妒暂且不提，单心中对某种事物强烈的渴望而得不到导致的这种变态心理也是可以理解的吧。

孤独忧伤的人见不得花前月下的美景和别人的幸福，也大概是这种心理使然。所以诗人在后面说道，自己的身心受到了极大的打击，从此在人生中，再也不会有良辰美景这样美好的事物。这并不是良辰美景在现实中不存在，而是作者再也无心享受这样的美好事物了，因为心灰意冷之后，眼前的一切无疑都会蒙上一层灰茫茫的颜色。从此，世界上的一切美好都将与自己无缘。这失恋后绝望的心态，大概是每一个失恋过后的人都会有的一种感觉吧。

那个如水一样单纯的女孩，此时也正受着失恋的打击和煎熬。心中那个念念不忘的英俊风流的公子早已经杳无音信，而这个痴情的女子还沉浸在对他的思念中不能自拔。因为他，女孩寝食难安，日渐消瘦。“衣带渐宽终不悔，为伊消得人憔悴。”这样的痴心，那个男孩能体会到吗？或许不会吧，因为那个男孩可能有了新欢，而自己的一厢情愿怎能让男孩回心转意呢？这也是女孩心中最难放下的心事。

但是，深陷爱情中的女孩怎么能甘心？或许初恋总是那么让人难以忘怀吧，情窦初开的少女一旦遇上自己喜欢的男孩便会那么死心塌地。或许只是一个回眸，男孩不经意间冲她微笑了一下，或许是男孩的潇洒气质，不经意间吸引了暗自注视他的女孩。但一旦在心中形成对他的爱，就再也难放下了。女孩像是被深深束缚住的一条小鱼一样，哀怨、可怜、窒息，她希望那个男孩能回来拯救她，但是一切都未能如愿。因为爱情，她痛苦得几乎不能呼吸，因为那个男孩，她难受得生不如死！

人世间最痛苦的事情莫过于一个人承担所有的悲伤和痛苦，尤其是在你爱的人不爱你的情况下，一个人承担所有感情上的失意和痛苦。“胭脂泪，留人醉，几时重。自是人生长恨水长东。”单恋的凄苦和怨恨大抵如此吧，由爱生恨，也在所难免。单恋太久便会怨恨，怨恨自己的一腔热情得不到回报，得不到回应。张恨水的名字，大概也有点这种由爱生恨的意味，传说他是因为深爱冰心，而始终不能得到对方的回应，才取名恨水，以示恨水不成冰之意。也有传说恨水取自“自是人生长恨水长东”一句词。故事的真相我们无法得知，但是单恋的痛苦却是使人生“长恨”的一个原因。

失恋的痛苦，或许应该归结到那个被暗恋的人身上，但又确实不是对方的故意为之。所以单恋的一方，真是比哑巴吃黄连还要痛苦百倍。因为这一段感情债，如果真追究起来，似乎找不到任何理由来惩罚一个并不爱你的人。感情本来就是两厢情愿的事情，没有任何人的逼迫。所以，这段愁苦似乎无法平息。抽刀断水水更流，举杯浇愁愁更愁，其中的悲苦滋味，大概就是这种“剪不断，理还乱”的感觉。所以，不管是柔弱的女子还是痴情的男人，一旦中了失恋的毒，唯有自己来解救自己。除此之外，别无他法。

说到这里，不禁想起苏轼，这个像笑面佛一样的文人，少了很多古代文人的酸腐和狭隘，多的却是看透人生的旷达和豪迈。对于感情，他有这样一首《蝶恋花》来安慰自己和世人：

花褪残红青杏小。燕子飞时，绿水人家绕。枝上柳绵吹又少，天涯何处无芳草？墙里秋千墙外道。墙外行人，墙里佳人笑。笑渐不闻声渐悄，多情却被无情恼。

苏轼是个旷达的人，他遭遇了世上众多坎坷和不平，贬谪、丧妻之痛、流离之苦，甚至客死他乡，但是这一切都没有把这个坚韧的人打倒。受尽了尘世间的所有悲哀痛苦，他仍能以一颗平常心待之。我们常常以“天涯何处无芳草”来劝诫所有受到失恋打击的人，殊不知它出自这样一个身世坎坷的人之手。这是看透一切后的宁静和豁达吧，虽然他知道多情总被无情伤，但是，仍能放下得不到的失落，继续阳光地生活，这大概是很多人难以做到的吧。明知道单恋无望，即使相思成灾又能如何，能换来心上人的回心转意吗？似乎所有的人都知道暗恋是伤人伤己的事情，但是总有人忍不住去受失恋的伤。

不是所有的人都是圣人，但是如果一味沉溺在失恋的打击中不能自拔，那么我们将会错过更加美好的人生。那遭受失恋打击的女孩一病不起的憔悴，还有久久不能化解的情节，足以使每一个多情的男儿无限感叹、同情。但一个女孩如果在如花一样的年龄里以悲哀和自怜的心态来度过，这样无疑是对自己的无情摧残。相信，每一个人都不希望看到初开的娇花受到风雨的无情打击。

所以，那痴情的女孩，把心中的郁结，尽快地释放吧，前面有更美的光景等着你去欣赏。如果，真正的爱一个人，那就应该懂得爱的真谛：漂亮地活着。只有这样，才能使自己更加漂亮、更加灿烂。因为，青春不是枯萎，而是更加阳光和绚烂。在失恋的打击之后，希望能更加体会爱的真谛，让真爱盛开出现世的幸福花朵。

《郑风·褰裳》：在爱情中，做一个独立的女王

子惠思我，褰（qiān）裳涉溱。
子不我思，岂无他人？
狂童之狂也且！
子惠思我，褰裳涉洧。
子不我思，岂无他士？
狂童之狂也且！

从古至今，很少见到这样一个女子，她敢爱敢恨、秉性刚烈，不愿意做男人的附属品，而只愿做一只爱情中的自由鸟。这在爱情中睥睨一切的姿态怕是古代的很多女子所缺少的吧。所以，这样的女孩更加具有魅力。

春日迟迟，惠风和畅。一样的暧昧午后，一样的时光悠悠。她站在溱水的一头，对着那个对岸的男孩说："如果真的爱我，你就应该提起衣裙，跋涉而来，而不要让我苦苦相等。"提起衣裙轻渡春水，一个多么美好而温馨的场景！为了心爱的人不辞跋涉的辛苦，大概于此才可以看见男孩对女孩的痴情程度吧。一个青衣飘飘，一个素衣皑皑，在暖暖的春水两畔隔河相望，等待的是即将收获的爱情，抑或是断然的决裂。因为这个女孩是一个犹如利剑一般的女孩，很显然，她少了一般女孩的缠绵悱恻和期期艾艾，多了几分男孩的豪爽和豁达。站在爱情的高度来看，她应该是处在有利位置吧。

但这样的女孩即使不是处在有利的位置，也不至于让自己变得看似很可怜的样子。因为，她们懂得，独立和自由比爱情更重要。“爱情诚可贵，自由价更高。”这句诗不只是给男人听的，女人也同样可以受其启发。

“如果你不喜欢我，就拉倒吧。天下没有不散的筵席，没有了你，照样有其他的人喜欢我！”这种对爱情的干脆和利落，让人不觉对这个女孩肃然起敬。没有任何的哀怜和乞求，因为她已经明白，爱情是勉强不来的，更不是可怜兮兮的乞求和哀告。这与其说是强烈的自我保护意识，倒不如说是看透爱情的豁达。说完这一句硬邦邦的话之后，这个女孩又似乎带有戏谑、娇嗔的口气，俏骂这个男孩为“不懂女孩心事的傻小子”。话语间的一张一弛，让这个热辣干脆的女孩活活脱脱跃然纸上。是的，爱一个人就要为她做到一切，哪怕是走遍万水千山，如果起码的要求都做不到，那谈什么真爱呢？这面前的溱水和洧水只算是对男孩的一个考验。因为女孩知道，爱一个人太深便会失去自我，而连自我本色都不能保守的人，又怎能得到男人的青睐呢？于是，在爱情中，悲悲戚戚，不是能博得男人心的万能灵药，而保持独立才能使自己立于不败之地。

“皑如山间雪，皎若云中月。闻君有两意，故来相决绝。今日斗酒会，明旦沟水头，躞蹀御沟止，沟水东西流。凄凄重凄凄，嫁娶不须啼，愿得一心人，白首不相离。竹竿何袅袅，鱼儿何徙徙，男儿重义气，何用钱刀为？”这首荡气回肠的《白头吟》仿佛不像是出自一个女人之手，虽然当初情意绵绵，但既然所爱的男人有了二意，那么一切挽留都是徒然，还不如好说好散，与君诀别。这就是卓文君，一个对爱情专一而又独立的女人！至情至性的人不多见，在爱情中能做到独立和决绝的女人更是实属不易。

自古至今，大多数男人总是让多情的女孩失望。即使是以钟情闻名于世的汉代才子司马相如也不例外。当初他用一曲《凤求凰》赢得了美人卓文君的芳心，历尽千辛万苦，终于抱得美人归。“凤兮凤兮归故乡，游遨四海求其凰，有一艳女在此堂，室迩人遐毒我肠，何由交接为鸳鸯。”这样热辣挑逗的情诗还余音缭绕，但这个逐渐得势的男人便开始在京城左拥右抱了。

官场得意和佳人相伴，让这个当初专一衷情的男人逐渐对共患难的糟糠之妻产生厌倦。文君独守空房，日复一日年复一年的寂寞换来的竟是司马相如的绝情信：一二三四五六七八九十百千万。聪明的卓文君读后，泪流满面。一行数字中唯独少了一个“亿”，无亿？岂不是夫君在暗示他已没有以往过去的回忆了，以往的一切都已化作流水无情逝去。

她，心凉如水。怀着十分悲痛的心情，回了一封《怨郎诗》，其诗曰：“一别之后，二地相思。只说是三四月，又谁知五六年。七弦琴无心弹，八行书无可传，九曲连环从中折断，十里长亭望眼欲穿。百思想，千系念，万般无奈把君怨。万语千言说不完，百无聊赖十倚栏。重九登高看孤雁，八月仲秋月圆人不圆。七月半，秉烛烧香问苍天。六月伏天人人摇扇我心寒。五月石榴似火红，偏遭阵阵冷雨浇花端。四月枇杷未黄，我欲对镜心意乱。急匆匆，三月桃花随水转；飘零零，二月风筝线儿断。噫，郎呀郎，恨不得下一世，你为女来我做男。”

此诗无比哀怨，充满了无限的怨气，而《白头吟》则充满了与君长决的怒气和怨愤。这不仅让我们看到了一个刚柔并济、有情有义的卓文君：她既放不下对丈夫的爱，但又明白，如果爱情真的不能再继续，那就不如痛快地别离。女人的无限柔情和男人的豪爽豁达，给这个女人增添了无限的人格魅力。这便是爱情中独立的一个奇女子吧。她的敢爱敢恨和才华横溢，让司马相如后悔莫及，于是回心转意，从此再不敢提纳妾之事。因为，他明白这样一个有情有义，而又才华横溢、思想独立的女子，恐怕是世上少有了吧，自己能得到又是多大的荣幸！

卓文君是聪明的。她用自己的智慧和勇气挽回了丈夫的衷情。她用心经营着自己的爱情和婚姻，终于苦尽甘来。因为，她明白，爱情不是靠乞求得来的，而是在相互平等的基础上相亲相爱的结果。多少弃妇在被抛弃后仍苦苦哀求无情的丈夫和情人，殊不知她们已经犯了爱情的大忌，因为，越是容易得到的东西，便越得不到别人的珍惜。这个简单的道理，同样适用于爱情中的男男女女。

所以说，诗中的女孩是聪明的。因为，她明白，只有独立才能更好地保护自己，让自己不那么深地受到爱情的伤害。“我必须是你近旁的一株木棉，作为树的形象和你站在一起。根，紧握在地下，叶，相触在云里。每一阵风吹过我们都互相致意。”这一首诗给予我们的启示，不只是爱，还有独立和在爱情中的自尊。平等地和男人站在一起，才有可能赢得真正的爱情。

人海茫茫，找到一个爱人是前世的缘分，所有的人都应该倍加珍惜得来不易的爱情。但是今生的等待并不是用来被人伤害的，爱不是悲伤，而是幸福；爱不是强求而是自由；爱不是祈求而是平等。当我们自由、独立地去爱自己的爱人，那么相信，你终究会成为那个赢得爱情的人。

《郑风·丰》：与君别离，一世的苍凉

子之丰兮，俟我乎巷兮，悔予不送兮。
子之昌兮，俟我乎堂兮，悔予不将兮。
衣锦褧（jiǒng）衣，裳锦褧裳。叔兮伯兮，驾予与行。
裳锦褧裳，衣锦褧衣。叔兮伯兮，驾予与归。

黄昏如梦，佳期将到。

你面如朗月，眼如秋水，满身大红，在那深深的巷子等我，这样美妙的时刻，穿戴整齐的我何尝不是和你一样，等待着乘上你的花车，从此与你共浴爱河，没有任何人能分开我们。你，身材魁梧，潇洒倜傥，面带微笑，在大厅内，静静地等我，迎亲的人早已经挤满了屋子。我穿着七彩织锦的新娘衣服，外面罩着洁白的麻丝编织的罩衫，希望一路的尘土，可以遮拦。那迎亲的众人啊，为什么当初不马上把我接走？让我的人生不再充满悲戚！这近在眼前的幸福，还是被打碎了，我们的爱情像是一个七彩的肥皂泡，还没来得及抓住，已经破碎得找不到任何踪影！

曾几何时，依稀记得从小的青梅竹马和长大后的两情相悦，约会时你的美好和潇洒，并不能抵抗父母的一句简单言语，那简短的一句话，就这样断送了我们经营一世的青春和爱情！我那心爱的人，岁月悠悠，铅华洗尽，你此刻在哪里？是否找到了一位如意的人？也是否，像我一样，没有了爱情的滋润，那颗心早已经枯萎致死。你我的爱情没有背弃，没有他心，只是被外来的风雨打得鲜花凋零，岁月尽枯！

又一个因为外界的阻力而没能走到一起的爱情悲剧！“不是爱风尘，似被前缘误。花落花开自有时，总赖东君主。去也终须去，住也如何住！若得山花插满头，莫问奴归处。”严蕊的这首《卜算子·不是爱风尘》似乎能表达古代男女在爱情中的两难境地。虽然这首词本意是表衷肠的，但是男女的婚姻何尝不是掌握在能左右儿女命运的父母手中。一如误入风尘中的风尘女子一般，强颜欢笑、逢场做戏，岂是她的自愿？只不过是现实所迫而已。而自己的命运却因此牢牢掌握在客人的手里，那恩爱一场后，哪里再寻有情人？

恋爱中的男女不一样会遇到这样的无奈境地吗？曾经的芳心暗许和山盟海誓怎么能抵抗无情的父母之命、媒妁之言？“去也终须去，住也如何住！”是的啊，你走后，我该如何面对孤灯清影，即使嫁给他人，又如何面对一个不相识的陌生人，与一个不爱的人携手一生？这份无奈，深深地烙在爱情和婚姻的额头，让痴男怨女只有悲伤和哀悼的份，而再无力去做一对长命夫妻。果真如严蕊一样能遂愿，该多好！即使是粗茶淡饭，男耕女织，也是心甘情愿！

但那至亲至爱的父母似乎从不喜欢让自己的儿女遂愿，哪怕是已经到手的爱情，他们都忍心将其拆得七零八散。

红酥手，黄藤酒，满城春色宫墙柳。
东风恶，欢情薄。一怀愁绪，几年离索。
错，错，错。
春依旧，人空瘦，泪痕红浥鲛绡透。
桃花落，闲池阁，山盟虽在，锦书难托。
莫，莫，莫。

陆游的这首《钗头凤》曾经让多少人为之扼腕叹息，一段美好的爱情被拆散后，让这个铁血男儿痛不欲生。他与表妹唐婉自小青梅竹马，耳鬓厮磨，感情至深。青春年华中的陆游与唐婉都擅长诗词，他们常借诗词倾诉衷肠，花前月下，吟诗作对，互相唱和，丽影成双，宛如一双翩跹于花丛中的彩蝶，眉目中洋溢着幸福和谐。他们这段婚姻终于得到了家人的同意，据说陆家还以一只精美无比的家传凤钗作信物，订下了唐家这门亲上加亲的姻事。成年后，洞房花烛，唐婉成了陆游的妻子，这一切看起来是多么幸福美满！然而，古代的父母对于儿女的婚姻有生杀予夺的大权，即使是结婚也不能幸免。

虽然二人的爱情已经开花结果，成为恩爱的夫妻，但是母亲的一个不愿意，还是逼迫陆游一纸休书休了这个自己挚爱的女人！短暂的欢情换来的是一世的遗憾和苍凉。那个曾经温润如玉的女孩，现在在哪里呢？当初的山盟海誓还在耳边回绕，而这个多情的女子，却被自己送了出去！这让人情何以堪！

被休出门后，唐婉另嫁他人。由家人作主嫁给了同郡士人赵士程，虽然新的丈夫重情重义，对自己宠爱有加，使唐婉饱受创伤的心灵也渐渐平复，并且开始萌生新的感情苗芽。但在沈园与陆游的不期而遇，让唐婉已经封闭的心灵重新打开，积蓄已久的绵绵旧情、千般委屈像是决堤的洪水一样奔涌而出，让这个弱女子完全没有能力承受了！四目相对，千般心事，万般情怀，一时不知道怎么开口，泪眼相望，无语凝噎！

怔怔的相望，竟不知如何开口。一声叹息，神思恍惚的唐婉，抬起沉重的脚步，回到了新夫那里，那走后的匆匆一瞥，让陆游不觉无限伤感和无奈！于是，情不自禁在墙壁上留下一阕流传千古的伤心之词。唐婉看到陆游的词后，掩面大哭，以泪相和。

世情薄，人情恶，雨送黄昏花易落。

晓风干，泪痕残，欲笺心事，独语斜栏。

难，难，难。

人成各，今非昨，病魂长似秋千索。

角声寒，夜阑珊，怕人寻问，咽泪装欢。

瞒，瞒，瞒。

一句，瞒瞒瞒，说透了她的痛处和无奈，面对被打碎的爱情和婚姻，这个弱女子在面对新夫时除了强颜欢笑，假装忘记之外，还能做什么？那深夜的孤灯相对和泪眼朦胧，都是自己的秘密，旧情不能忘却，而新人又是那样无辜，自己没有任何理由做对不起他的事情！这是所有不能忘记旧情的女子都会遇到的两难处境吧。

只能说陆游和唐婉比诗中的这个女子更惨，因为，他们是在尝到了爱情的甜蜜之后被生生分开的。那种得到后又转瞬逝去的的幸福，更是所有人所不能承受的吧。然而，一切反对都没用，都不能抵挡那无情而冷漠的三纲五常，都不能抵抗严厉的父母之命。痴男怨女的命运只能以悲剧收场。

“东飞伯劳西飞燕，黄姑织女时相见。”再恩爱的并头鸳鸯，似乎都抵不过劳燕分飞的凄惨命运。古往今来多少情事，最难面对的无疑是两个字：别离。只能说爱情太脆弱，人情太单薄，虽然有山盟海誓的保护和深情蜜意的呵护，但这被二人筑起来的爱情城堡终究抵不住众人的闲言碎语和道德伦理的轮番轰击！

那亲爱的男孩和女孩，那在初恋中深深陶醉的花季少年们，如果你读过这首诗，如果你懂得了爱情中的分离和悲戚，懂得了那份千古都无法弥补的悔恨，那么请好好珍惜自己的爱人和感情吧，因为，人海茫茫，岁月灿灿，不是谁都能得到一份满意的爱情。

既然拥有，请好好珍惜！

《郑风·子衿》：愿你成为我海里的一条鱼

青青子衿，悠悠我心。纵我不往，子宁不嗣音？青青子佩，悠悠我思。纵我不往，子宁不来？挑兮达兮，在城阙兮。一日不见，如三月兮。

头发上裹着白色的方巾，洁白的长袍，手持赭色竹简，藏青色的衣领连着腰间的长丝绦，神采奕奕，文质彬彬，或朗读，或高论，太学府内一派贵族公子的儒雅风貌……这大概是现代人对古代学子的一个大致印象吧。或许因为曹操的一句“青青子衿，悠悠我心，但为君故，沉吟至今”让青衿成为了读书人的代称，而让多少人误解了它的最初含义，原来它无关读书，而是有关古代小儿女的恋爱二三事。

那个男孩给女孩的印象是：他穿着一件青色衣领的长袍，腰间玉佩叮当，面如冠玉、星目含情，一个活脱脱、风流倜傥的多情公子。但他对于感情的事却是那样痴呆啊，不懂女孩的心事，又或者他已经心有所属。他的一举一动是那样牵动女孩的情怀，但是对于和女孩的约会他却并不放在心上。“即使我不来，还说的过去，但是你非但不来，而且连失约的原因也不解释一下！”女孩生气地想到，感觉自己委屈无比。大概恋爱中的女孩都有点霸气吧，因为一般是男孩追求女孩子比较常见，女孩在占上风的条件下，总会故意失约以显示自己的尊贵，抑或吊吊男孩的胃口。但是这个男孩却不一般，他不仅没有按时赴约，而且不来也不提前说一下，让这个女孩在约会的地方空等。女孩失去尊严的受挫感和心中的怨愤可见一斑。说不尽的委屈和怨愤让女孩心急如焚，她匆匆地在城楼上来回走着，不时向远方眺望，看看那个男孩到底还会不会来。

说是怨愤，但是还是希望见到那个男孩啊。因为，对他的深爱，让女孩一天不见他，都像三秋不见一般。女孩此时大概对男孩是既埋怨又思念的心理吧，这种心理大概是所有恋爱中的女孩常见的一种心理：既不想失去女孩的尊贵和矜持，又控制不住对男生的情感。说得明白一点就是理智和感情的深度矛盾吧，因为从理性的层面来说，每一个女孩在恋爱中都希望自己是公主，被男生宠爱着、骄纵着，自己一呼百应。但是，一旦男生对女孩不太在意，而女生又特别喜欢这个男生的话，那么，女孩感情的狐狸尾巴就露出来了。因为，爱情毕竟是感性的事情，即使再强的理性怎么能抵挡得住她们挽救爱情的焦急心理呢？

黄蓉很娇惯，也很霸道，但是一旦郭靖铁了心不理她，她的感情便会彻底崩溃、开始放下小姐脾气，极力挽回心爱的人了。当她的父亲黄药师被嫁祸杀死郭靖的六个师傅后，郭靖不仅要杀她父亲，而且要和她断绝关系。看到情人这样对自己，她无比失落和绝望，放下高贵的身价，不惜一切挽回郭靖的心。她的那种失望和心痛，又让人不由得疼惜起这个娇小伶俐的小姑娘来。恋爱中的心理，大抵如此，付出感情最多的那个往往会受伤最深。

“凉风有信，秋月无边。思娇情绪好比度日如年……今日天各一方难见面，是以孤舟沉寂晚景凉天。你睇斜阳照住个对双飞燕，独倚蓬窗思悄然……”一曲《客途秋恨》凉透了有情人的思念之心，当梅艳芳咬着吴越之音字字吟来，让人不觉余音袅袅，绕梁三日，终成百转千回般的悲剧暗示。歌如其人，多美的预言和等待，只是让人心痛得不能呼吸：我倚在奈何桥头日日夜夜盼你到来，与我一同饮下孟婆汤，然后带着3811一同投入轮回。她唱尽了落日秋风、孤灯清影。如花，这个曾经石塘咀的花魁，因为一段与十二少的风流韵事和那些爱情誓言，让她化身成鬼整整等待了半个世纪！

他们的相遇以千金买得美人笑，赢得青楼薄幸名开始，而又以绝望的

等待和寻找结束。前世，他们以胭脂扣为定情凭证，但这对有情鸳鸯终被现实打散。他们一起吞食鸦片，相约来生再续情缘。如花凄美地死去，但是陈振邦被人救起。从此二人两世相隔，那个冷艳凄美的女鬼开始了半个世纪的寻找。她是怎样的望穿秋水，怎样的在绝望中自欺欺人？难以揣测如花怀着怎样的心情等了这半个世纪，等找到那个衰老、潦倒，完全不似当初的风流少年后，她怅然若失，凄然离去。只是一句轻轻的感叹：50年过去啦……他为什么没有死呢？与其说她选择了一个负心汉，还不如说选择了一个骨子里与她完全不同的男人。

张国荣、梅艳芳，两个现实中的人，却一如故事中的人物一样充满凄然和悲剧的色彩。李碧华曾在《血似胭脂染蝶衣》中写道："胭脂扣松脱烟消，现实中角色对换。"影片中如花与十二少的悲情旧梦，成为冥冥中的谶语，为剧中两位主角暗暗设计了一场死亡的约会，从而使得我们再看这部电影时更多了一些心疼和遗憾：梅艳芳至死也没有等到心爱的人，身穿婚纱凄然离去，而哥哥张国荣，轻轻一跳，结束了多少人心中艳丽的梦，那个情痴虞姬的冷艳身影，再也不能见到。人生如梦，感情如水，一旦逝去，便永不复返！

"采莲南塘秋，莲花过人头。低头弄莲子，莲子清如水。"那清秀如水的女孩，眼睑低垂，粉面微羞，心中的所想全是自己的情郎。虽然不声不语，但心事尽显。静悄悄中，一池春水寄托了整个春光里的等待和渴望。"忆郎郎不至，仰首望飞鸿。鸿飞满西洲，望郎上青楼。楼高望不见，尽日栏杆头。"一曲《西洲曲》，唱尽了天下所有女孩的满怀相思心事。仿佛所有的高楼都是为女孩所建，用来眺望远方的情郎。登高望远，此时不属于踌躇满志的仕子，而是属于这满腹相思、一腔哀怨的思春少女！

等待，似乎是所有爱情的必修课，或是望穿秋水的痴情女孩，或是搔首踟蹰的憨厚男子，一切的一切都是为了等待那个意中人的出现。因为，爱情中向来很少有平等吧，没有等量的爱，便注定了会有苦等和相思成灾的一方。那种期盼得到爱人真心的焦虑和痴情，让人不觉潸然。尤其是多情的女孩，承受的似乎永远比男孩多一些。女人把一生献给了爱情，于是爱情也就成了自己终身的事业。而爱情只是男人的一部分，所以，女孩必须用一生去换男人的一小部分，但那人又是何其的心甘情愿！不是说男人对爱情不专一，而是男女的角色和恋爱心理，让女人甘愿为爱情飞蛾扑火，粉身碎骨。

或许，有的女孩到死也不明白，男人为什么会对自己变心。一腔的热情换来的是一盆冰凉的水。你可以怨恨男子薄情寡义、喜新厌旧，因为这些都可以作为男人发生情变的理由，但是那个痴情的女子却不明白，男人发生情变的真实原因是不像女人一样将爱情作为一生的事业来经营。一切悲剧都是因为看待爱情的角度不同，爱情的失衡，造成了女孩一生的遗憾！

但是，这都不会影响女人对爱情的看法吧。女人如水，期待用爱淹没心爱的男孩，让男孩成为自己海里的一条鱼，让自己的眼泪和男孩的心融为一体。这个浪漫而美好的幻想，从古至今都没有被修改过。因为，女人从出生到死亡，都在构筑这个爱情的浪漫城堡，即使毁坏，她们仍然不会放弃哪怕是一丝对爱情的浪漫幻想。

因为，如水一样的女人，今生只为心中的鱼儿而活。

《郑风·出其东门》：只愿，爱情能各自相安

出其东门，有女如云。虽则如云，匪我思存。缟衣綦巾，聊乐我员。出其闉（yīn）阇，有女如荼。虽则如荼，匪我思且。缟衣茹藘（lǘ），聊可与娱。

两千多年前，郑国，洛阳城，东门外，溱水、洧水交汇处。此时，正值春色烂漫时节，绿水淙淙、莺歌燕舞、花红柳绿，一年一度的踏春聚会，让这个本来就车水马龙的城门更加热闹非凡。春风微醺、莺声啼啭、红男绿女、游人如织。“暖风熏得游人醉，直把杭州作汴州。”乐不思蜀的感觉于此可现。在这美人如云、如火如荼的大好春光里，相信情窦初开的少男少女们，定是看花了眼、看痴了心吧。面对如火如荼的美女，大概是男孩挑肥拣瘦的大好良机。但是偏偏有专一和痴情的人，除却那个人，其他一切美女于我如浮云。

世间多情的男子不多见，但他却是一个例外，是一个少见的多情郎。一大早，晨露微曦的时刻，他便出发了，顶着清晨的第一缕阳光，像是赴约一般的笃定和虔诚。等他走到洛阳城外的东门时，已经是上午时分，阳光一片灿烂，游人更是熙熙攘攘。女孩子们花枝招展，像是天边的七彩云霞一般绚烂、繁多，即使是那春日里如火如荼，开到酴醾的蔷薇花也不能相比吧。她们个个杏目含情，腰肢轻摆，像是三月的杨柳一样袅娜、多姿。红绣褥、绿罗裙，五彩堆云鬓，这些像是牡丹一样风姿绰约、艳丽无双的女孩，在桥一直以为爱情是遵循能量守恒定律的，一个人的痴心总会得到回报，即使你痴心爱的人不怎么爱你，但是你总能遇到一个痴心爱你的人，来弥补你付出的痴心。这看似不公平的公平，像是一个相互支撑的倒三角一样，看似单薄，却牢不可破。

出其东门，有女如云。虽则如云，匪我思存。
缟衣綦巾，聊乐我员。出其闉闍，有女如荼。
虽则如荼，匪我思且。缟衣茹藘，聊可与娱。

——《郑风·出其东门》

头，在沙洲，在河畔，渲染了这个春光的无比烂漫。

但是，他却不为所动。只是因为心有所属，便矢志不移。虽则满眼的花红柳绿，但是他心中念念所想的却是那个宛如流纨素一样的清新秀丽的女子：她一身素白，像是天边的一朵白云，清淡、飘渺。一袭草绿色的佩巾，修饰了她的清淡如水。长袂飘飘、娴静如水。正是这个朴素如自然之水的女孩，让他为之如痴如狂，宁愿与其共度一生。此刻的他，果真是“万花丛中过，片叶不沾身”，那如花如云的女孩们，并不能引起他的兴趣。走出了东门，到了郊外的城门外，仍然有大批的女孩子们在游春赏花，看来今天真是一个盛大的园游会啊。整个洛阳城的女孩大概都走下绣楼，来欣赏这三春好景了吧。这些女孩子，就像是那蔓延千里的芦花一样繁多、美丽，大有乱花渐欲迷人眼的感觉。但是，他心中想的仍然是那个白衣青巾的女孩，她朴素得像是一汪清水，没有任何的矫情，真实得像是此刻的心情一样，虽然身处如此虚幻的情境当中，但是对你的那颗心，仍然坚韧如初。因为，他早就认定，这个女孩是自己一生的伴侣，永远不会改变。

“作官当作执金吾，娶妻当得阴丽华。”有情的男人总是那么让人感动，或许是历史上薄情寡义的男人太多了，而少有的几个痴情男人却让无数女人为之感叹和艳羡。诗中的男孩是一个，光武帝刘秀也算是一个。刘秀和阴丽华同为南阳人，从小青梅竹马，但是一个衰落的王室后裔，并不能攀上当时算是名门望族的阴家，而阴家的小姐阴丽华也是当时芳名在外的才貌兼具的大家小姐，婉言拒绝了多家贵族公子后，更使他不敢轻举妄动。地位和家世上的差距让他们二人晚了很多年才走在一起，但是，刘秀对阴丽华的感情却始终没有变，并以能娶到阴丽华作为自己的奋斗目标。这听起来有点滑稽，可能很多人会嘲笑刘秀英雄气短，但是，正是这样一段感情，让他们二人渡过战争的乱离和政治的倾轧、迫害，最终走到一起，白头偕老。

作为一个毛头小伙子，起初，他只是以能做到像执金吾那样的官便已经满足了，但是乱世的环境，却让一个并不是胸怀大志的人逐渐走上了历史舞台的中心。在推翻王莽政权中，刘秀逐渐由那只羽翼未丰的雏鹰，变成

展翅天空的大鹏了。隐忍、厮杀、斗争，在这个男人一步步蜕变的背后，都有阴丽华这个聪明贤惠的女人在支持着他。或许，患难时刻最重要的是情人的一句贴心话语和激励吧。为了美人而奋力赢得江山，听着有点怪异，但终究是赢得了江山才能金屋藏娇，让自己的爱情更加坚韧无比啊。这个成熟的男人，所作的一切，都和这个叫阴丽华的女人分不开，虽然一开始立郭女为后，但数年后，终于因其难以母仪天下，而立阴丽华为后。阴丽华一生谦德可风，相夫教子，主理后宫，不曾干预朝政，更能约束家人，使刘秀无后顾之忧，专心国是，才出现了与“文景之治”并称的“光武中兴”时代。

情路多坎坷，一场伴随着战争和流血的旷世之恋，晚了许多年，但终于修成正果。多情男儿，贤德女孩，一场和谐美满的恋爱，经历了人间可以经历的一切后，仍然能完好如初，保持最初的誓言。在男权社会，尤其对于可以享用天下女人的皇帝来说，能够做到如此专情，更是难上加难。这让多少男人汗颜，让多少女人艳羡！

弱水三千，只取一瓢饮。痴情不是女人的专利。相传，“尾生与女子期于桥下。女子不来，水至不去。尾生抱柱而死。”战国时代，杭州断桥畔，尾生站在桥畔，望着桥下的流水，痴痴等待。水面波光粼粼、倒映出他专一、笃定的神情。水慢慢往上涨，但那个女子仍然没有来，他不死心，依然苦等，直到水慢慢地漫过他的头颅，一直抱着柱子的他像是岩石一样坚定，终于溺死水底。他或许是第一个有历史记载的为情而死的男人，他的傻、他的痴，或许都将成为薄情男子嘲笑的“亮点”。但是，这恍似不真实的故事，却给了多少女孩爱的决心和勇气。虽然痴情男子廖若晨星，但是天下的女孩还是希望能奉上一生的心血来摘到他！

一直以为爱情是遵循能量守恒定律的，一个人的痴心总会得到回报，即使你痴心爱的人不怎么爱你，但是你总能遇到一个痴心爱你的人，来弥补你付出的痴心。这看似不公平的公平，像是一个相互支撑的倒三角一样，看似单薄，却牢不可破。一如《天龙八部》里面的段誉一样，他简直就是傻到只会谈恋爱的白痴，他对王语嫣的爱和痴，像是鬼迷心窍一般。但开始的王语嫣只是一心一意爱着并不痴情于他的表兄慕容复，而段誉身后又有那么一大堆粉蝶一般的痴情妹妹穷追不舍，这像是跑马车一样的爱情接龙，让人无限惋惜的同时也不禁感到好笑和醒悟：原来痴情人，自有痴情报。虽然王语嫣对表兄慕容复的一片痴心，在慕容复那里得不到回应，但却加倍地由段誉偿还了。看似不平衡、不公平的爱情，终于得到了些许平息！

爱情中没有公平和不公平之分，因为痴情并不是别人的强迫，而是甘心情愿。只是缘分很容易让感情变成一台戏，或悲剧或喜剧，“千年多少伤心泪？三月西湖细雨飞。今来悟透真滋味，情到深时不自由。”那千年等一回的无怨和无悔，让多少人为之感叹，那独守雷峰塔的孤独和绝望，又让多少人暗自落泪。一切感情皆为缘来，一切情分皆为缘灭。只希望断桥边，西子畔，爱情能各自相安。

《郑风·东门之墠》：咫尺天涯，而你却视而不见

东门之墠（shàn），茹藘（lǘ）在阪。其室则迩，其人甚远。
东门之栗，有践家室。岂不尔思？子不我即。

洛阳城外的东门好像总是会发生许多故事，那春日里如火如荼的男女春游，让爱情像是一池春水一样涨满了女孩的整个情怀。一次邂逅，让她对隔壁的男孩产生了深深的暗恋。暗恋是幸福的，因为这个世界上只有自己知道你在深深爱着一个人，有时会为自己的这一秘密而暗自庆幸。每次遇到他的怦然心动和脸红耳热，都会让自己内心泛出一种无言的甜蜜来。或许，她会长久地守候在他经常出现的地方，只是看一下他的身影和衣襟。女孩的单恋是那么无私和透明，一如她清澈如水的眼神。

这个女孩大概是个娇羞腼腆的小姑娘，因为，直到那次的邂逅，她才知道原来那个自己心仪的俊俏公子竟然是自己的邻居。或许她会为这位公子住在自己隔壁而暗自窃喜，多少有点近水楼台先得月的庆幸吧。东门的斜坡上，茜草像是春风般肆意蔓延，更是扰乱了女孩平静如水的心，因为茜草可以用来捣烂染成朱红色，与新娘的嫁衣有关。那吹吹打打的嫁娶细节，不由让女孩想到了自己的终身大事，而心生娇羞。但暗恋又是一件多么痛苦的事情，那近在咫尺的邻家小院，甚至自己小时候经常去的院子，虽然离自己这么近，但却感觉那个人离自己这么远。

咫尺天涯的距离，原来如此！因为，暗恋从来都会伴随着痛苦和挣扎，或许那个风流的公子永远都不知道这个隔壁的女孩一直在喜欢着自己。或许，他会和其他的女孩约会，甚至结婚生子，这对于那个悄悄暗恋的女孩来说都是无声的打击。恋爱的被动有时候会造成悲剧，中国社会的男女角色定位，让女人在恋爱中从来都是处于被动的地位，即使是暗恋某个男人，还是很少有女孩能够跳出世俗的约束去向男生大胆地表达情意。这种无言的痛苦足以抹杀一个女孩的全部感情。在诗的最后，她深情，甚至无助地说：不是不喜欢你，只是在苦苦等待你的到来。女孩无奈而又渴望被男孩主动追求的心事一语点破。

这暗恋的痛苦和无奈，让人想起了茨威格的《一个陌生女人的来信》。1948年深冬，一个男子在41岁生日那天收到一封厚厚的信，这封信出自一个临死的女人，说的是一个缠绵的爱情故事，而这个故事的男主人公对此一无所知。18年前，一个13岁的女孩爱上了住在隔壁的作家。后来小女孩因家中变故搬到了别处，但她却始终无法忘记那个曾经住在隔壁的作家。几年后，小女孩出落得亭亭玉立，并且以学生的面目回到了原来的住处。她与作家重逢，并产生了短暂的爱情。但作家对这个曾经住在隔壁的小女孩始终没有任何印象。两人经过一段时间爱情生活后，作家因事离开，并表示回来后马上与她联系，但却从此杳无音信。女孩在绝望的等待中发现自己怀孕了，出于对作家的爱，她决定生下这个孩子。孩子出世后，生活越发艰难，女孩为让孩子过上优越的生活，不得不辗转于各个上流社会的沙龙，依附于有钱男人，过着妓女一样的生活。几年后，她终于再次遇到了那个深爱多年的作家，但一晌贪欢后，作家仍旧没有认出她来。后来，与作家生的那个孩子患病死去，女孩在临死前将往事写进信中寄给了作家。

那个隔壁的小女孩，在最单纯的年龄爱上了不该爱的人，而将一生付诸流水。她经历了少女的痴迷、青春的激情，甚而流落风尘后的悲凉，但这一切都未曾改变对这个男人的爱，直至临死前才决定告白。爱你，但与你没关系。这部小说的主题，让人听起来多么悲壮和苍凉！一个红尘中的弱女子，当爱上一个人，便义无反顾地承担了爱情中的一切磨难！女孩的决绝和

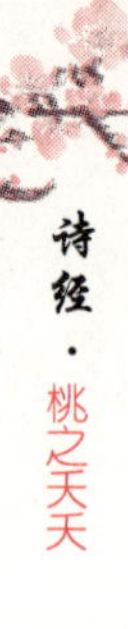

勇气，大概很多恋爱中的女孩都会自叹不如。但她也付出了最多：一生的爱和生命。那种纯粹的爱情和坚决的勇气让人感觉像是正午的阳光一样，白花花地刺眼，让人不敢正视。这大概就是最纯粹的爱情在普通人心里落下的投影吧。

“其室则迩，其人甚远。”这种面对面而不知道我爱你的悲惨伤透了多少有情人的心！鱼玄机在《隔汉江寄子安》诗中：“烟里歌声隐隐，渡头月色沉沉。含情咫尺千里，况听家家远砧。”那种近在咫尺而不能相爱的情境，让这个女子尝尽了爱情中的炎凉冷暖。身为贱妾，难得与心爱的丈夫长相厮守，加上李亿惧内，正室的势力在京城颇为庞大，这几乎把一个柔弱的女子逼上了绝路。为了与其偷约，丈夫把她安排在咸宜观里，以期有欢会的时机。但是无奈正室妻子对李亿看守严厉，李亿又要远出做官，所以就撇下青灯古佛独相对的鱼玄机，携带娇妻外地游宦去了。这对于这个聪慧又刚烈的女子来说，无疑如同五雷轰顶一般。她的《赠邻女》深刻写出了身为女子不能掌握爱情的悲愤和怨恨：“羞日遮罗袖，愁春懒起妆。易求无价宝，难得有情郎。枕上潜垂泪，花间暗断肠。自能窥宋玉，何必恨王昌。”如果说当初还有对丈夫的深深的爱，那么此刻便变成无限的愤恨和游戏人生、及时行乐的态度了。羞羞怯怯的良家女孩虽然苦守一身的清白和纯情，但是仍然不会得到一个对自己情有独钟的男子。与其这样痴情地傻等，受尽爱情的折磨和羞辱，还不如及时行乐，珍惜自己的大好青春，不让自己的三春美景为了一个人而像东流逝水无情流走。

这大概是受辱和绝望后的一种绝望和无奈的反抗吧。卑贱的社会地位，让这个刚烈的女人终于忍无可忍，爆发出了对那个社会和男人的所有悲愤和怨恨。从此，她大张艳帜，以“鱼玄机诗文候教”的大红告示，向天下所有男人抛出了绣球，从此庭前车水马龙，王公贵族、风流仕子、文人雅士，成了她的座上客，无不拜倒在她的石榴裙之下。那种娱乐至死的心态，让这个当初羞怯纯情的女孩变成了一个风流的荡妇。她就像那春日里遮天蔽日的桐花一样开到酴醾、开到绚烂，或许在绽放的时刻便已经知道好景不长，所以，宁愿把所有的精神和勇气都在短暂的时刻爆发，像是冲天而上的烟花一样，瞬间的光明、绚烂之后，便是坠落和凄凉的死亡。她终因怀疑侍女绿翘与自己的情人暧昧而把侍女鞭笞致死，自己也因此被送上断头台。

美丽、短暂、如火如荼的一生，转瞬即逝。一句“易求无价宝难得有情郎”，是她留给后来单纯女孩的泣血教训吧。一个在爱情中大胆挣扎、反叛，而又葬身于此的热情似火的女人，留给了世人太多的感慨和哀思。

诗中的这个女孩或许既不会像茨威格小说中的那个痴情女孩一样为爱情独守到死，也不会像是鱼玄机一样在爱情破裂后彻底与世俗决裂和反抗。或许，只是因为她生活的年代没有那么复杂，没有受到后代滚滚红尘的浸染。她只是在深深地暗恋，浅浅低唱，希望自己的心声能被心爱的男孩感受到。至于后来的情形我们不得而知，或许她把这份暗恋深藏心底而另嫁他人，或许上天眷顾她的真情，把这个男孩带到了她的身边，让有情人终成眷属。

也有人把这首诗解释为男女相和的情歌：两个相互爱慕的男女互诉衷情，男孩暗恋女孩，而女孩亦喜欢男孩，只是埋怨男孩不亲自来追求自己。一对相互埋怨俏骂的小情侣的爱恋形象跃然纸上。两种解释，像是两种风格的戏剧一样，一悲一喜。

我愿抛开一切的一切，希望它是一首有情儿女打情骂俏的爱情喜剧。

第四章

相思闺怨篇

《卫风·伯兮》：一切等待无非是让爱情完整

伯兮朅兮，邦之桀兮。伯也执殳，为王前驱。
自伯之东，首如飞蓬。岂无膏沐？谁适为容！
其雨其雨，杲杲出日。愿言思伯，甘心首疾。
焉得谖草？言树之背。愿言思伯，使我心痗（mèi）。

“士为知己者死，女为悦己者容。”这句话道破了所有男人和女人的心理。大部分女人打扮都是让男人看的，因为女人的美丽只有获得了男人欣赏和赞美才算是发挥到了实际的效果，吸引男人的第一件，不就是女人的美貌吗？但是，一旦那个与自己相亲相依的男人离去，那女人的生活或许也随之失去了美丽的意义吧。

香冷金猊，被翻红浪，起来慵自梳头。任宝奁尘满，日上帘钩。生怕离怀别苦，多少事，欲说还休。新来瘦，非干病酒，不是悲秋。休休！这回去也，千万遍阳关，也则难留。念武陵人远，烟锁秦楼。惟有楼前绿水，应念我，终日凝眸。凝眸处，从今又添，一段新愁。

独守空闺的女子，早晨慵懒地起来，无心打扮，看着镜中近乎枯萎的自己，想起了以前自己的美丽容颜。这一切的转变，只是因为爱人已经不在自己身边。失去了爱人的注视，一切都变得无足轻重了吧。既不能改变丈夫的行程，又不能抑制对他的思念，于是，一切都失去了原来的味道。李清照的这首《凤凰台上忆吹箫》说尽了所有思妇的心声。

同样，诗中的女子也是个仕宦人家的妻子，丈夫是诸侯的侍卫首领，英俊威武，雄姿英发。他手持长矛，在激烈的厮杀中始终保卫君主的安全，深得君主的信任。他的确是国家的栋梁之才啊。然而，新婚燕尔，丈夫就要出征，蜜月还没有度完，就要就此分开，剩下如花般娇妻独守空房。自从丈夫东去出征以后，她便无心梳洗，原来一头乌黑的头发变得像是深秋的飞蓬一样，在秋风的打击下，似乎一碰即断。难道是真的没有膏沐吗？只是你走以后，我打扮得那么漂亮，又有谁来欣赏呢？

你走以后，岁月漫长得几乎凝滞，多么希望下一场雨，用来稀释对你的思念，但偏偏上天都这么不合人意，拖出大大的太阳，像是故意和我作对似的。对你的思念与日俱增，每当想到远在边疆的你就让我感到痛心疾首。自你走后，这份思念，让我生了一场大病似的，再也不能好起来。

忘忧草，如果真的能让我减轻对你的思念的话，我愿意采撷回来治疗我相思的伤痛。在北房的阶下，我看到它们欢快地成长，一如我们相爱的模样。轻轻采摘一束，愿它能减轻这无尽的忧愁和相思。但是，我对你的思念并没有减少，而是更加深切。心，因为对你日复一日加重的思念而更加疼痛起来。只希望你能尽快回来，平安无事地回来，让生活回归当初的美丽。

虽然家产万贯，但是一切都是因为有爱的人，才变得有意义。正如李清照在那首著名的《凤凰台上忆吹箫》中所说的那样，“任宝奁尘满，日上帘钩。”任那装满珠宝首饰的盒子沾满尘土，任那圆圆红日升上金色的帘钩，但这些又能如何呢？那个自己深爱的人已经走了，这些当初看重的一切东西还有什么意义？她与丈夫赵明诚惺惺相惜，情投意合，但因丈夫常年在外为官，让这个多愁善感的女子，对人生和感情有了那么多的感慨：“莫道不消魂，帘卷西风，人比黄花瘦。”她是仕宦人家的妻子，从小生活在优裕

的环境当中，没有生活的后顾之忧，为此，她把一生所有的精力都倾注在了丈夫身上，用来相思和等待。

大概有些事情只适合想念，那些回不来的美好时光，被她描绘得如此美好。那短暂的一晌贪欢，竟然成了永远的回忆。“常记西亭日暮，沉醉不知归路”这样美好的场景，只会留作回忆了吧。战乱、游宦、情变，这些都会成为把两个人分开的原因。李清照虽然和赵明诚一心一意相爱，但是金国的一举侵袭，让这对亲密的鸳鸯从此分割两世，而后便是永远的悲哀和凄凉。如果早知道爱情会遭遇这么多的风吹雨打，就应该让那青春年少的美好时光和佳期密约的浪漫场景，无限地变慢。但是，那快乐的时光，像是河水一样，流走得那样急速、无情。

“征鸿过尽，万千心事难寄。”当一切的美好，被现实无情地摧毁，那么一切的心事都将如以后凄苦的日子一样，再也无法排遣。虽然害怕寂寞，但是她们是不怕等待的啊，因为，她们已经把爱情作为终身的事业，只要那个远去的人能够回来，她们宁愿等待、思念。只希望那段美好的感情还能继续，但是，红尘滚滚、岁月流逝、人事变迁，那个人、那段感情，是否还能完好如初？这是所有女人在心中发出的最大疑问。

王宝钏，那个丞相王允的千金小姐，因为和落拓少年薛平贵的一次邂逅，而爱上了这个气宇轩昂、文武双全的布衣青年。她不顾父母的反对，甚至和父母断绝关系，毅然决然地嫁给了这个贫穷的少年。从高屋大厦搬到简陋的窑洞，从锦衣玉食到粗茶淡饭，从一呼百应的大家小姐，变成贫穷人家的妻子，当初的富贵生活一下子蒸发了。但这一切都没有改变王宝钏的心意，她毅然决然地守着贫困和爱情，等了出征在外的薛平贵18年。那个娇媚的富家小姐，经过了18年风雨相思和贫困生活的打磨，容颜已然消逝，但痴情不改。但是，这痴心苦等，等来的是薛平贵的衣锦还乡，他身边却还有那个如花一样的公主妻子。戏剧中说，王宝钏和薛平贵的另一个妻子即春花公主，两人平起平坐，相处和谐。虽然王宝钏经过18年的苦盼，终于与丈夫团圆，但是丈夫再也不是当初那个俊朗的男孩，一切都回不到从前。说不嫉妒，说不伤心，不太可能，因为大概没有一个女人愿意把丈夫对自己的爱分给另外一个女人吧，说是相处和谐，倒不如说是碍于封建的伦理道德和那杀人的妇道而如此忍让吧。

终于，在过了所谓的18天的生活后，王宝钏死去，死因不详。18年的苦等，换来的是18天的酸楚。这苦情的女人啊！如果知道如此，不知那个曾经的千金小姐，会不会后悔。后世给她修建的贞烈店、王宝钏庙来纪念称赞她的妇道，如果对于专一的爱情来说，算不算的上是一个极大的反讽呢？所以，对于爱情，女人是不怕等待的，害怕的只是因为现实的变化而毁坏了自己苦心经营的感情。人都说，女人心似海深，但是从感情这个角度来说，女人又是多么的傻，一生只为这一个目的而活，还有很多的可能性而导致活得不好。

春秋时期征战频繁，无论是贵族将士还是平民百姓，都得参加那场恃强凌弱或者保家卫国的战争，只是为了满足统治者的一己之私。所以，历史中便留下了那么多的思妇、怨妇，她们除了等待还是等待。“梳洗罢，独倚望江楼。过尽千帆皆不是，斜晖脉脉水悠悠，肠断白苹洲。”为君望穿一池秋水，等到的仍然不是你的消息。那肝肠寸断的人又何止是诗中的女人一个。

“岂无膏沐？谁适为容！”一句说透了所有思妇的心事，在战乱频仍的年代，她们的爱情像是断线的风筝一样，失去了重心和方向。正是这一切的不确定，让深闺中的女人花尽了一生的心思去思考和担惊受怕，在等待中期待那只断了线的风筝，重新回来。

一切的等待，无非是想让爱情完整。

《邶风·击鼓》：最美的爱情誓言

击鼓其镗，踊跃用兵。
土国城漕，我独南行。
从孙子仲，平陈与宋。
不我以归，忧心有忡。
爰居爰处？爰丧其马？
于以求之？于林之下。
死生契阔，与子成说。
执子之手，与子偕老。
于嗟阔兮，不我活兮。
于嗟洵兮，不我信兮。

公元前719年，卫国国内正在经历着一场大乱，州吁杀掉国君卫桓公自立为王。为了转移国内的注意力，他联合陈、宋、蔡三国以肃清先君与郑国的恩怨为由，挑拨其他三国讨伐郑国。一场因为统治者之间的利益和仇怨引发的战争即将上演。卫国城内也是一派大兴土木，筑城固墙的繁忙气象。徭役、税赋，弄的卫国狼藉一片。“车辚辚，马萧萧。行人弓箭各在腰。爷娘妻子走相送，尘埃不见咸阳桥。”整个卫国内外，战争的火药味越来越浓。

他只是一个普通的士兵，和其他士兵一样，随着密集的鼓声，将帅一声令下，他们便拔出寒光闪闪的兵器，向敌人刺去，一场你死我活的战争，在血流成河的厮杀中展开。或许，心中有了牵挂，便更加看重自己的生命了。如果他只是一个单身汉，或许还好些，生死可以置之度外。但偏偏新婚燕尔的他便被征来随军出征，心中的离情别恨可以想象。他多么希望自己能像那些被征调来修城墙的小伙子一样，虽然整天忙碌、劳累，但仍然可以回家与妻子团聚。但一纸军令，让他成为了孙仲子手下的一名士兵。从此与妻子分隔两地，重逢无期。

打了无数场仗，眼看着随行的兄弟们一个个倒下，他心中不由地焦急担心起来。什么时候才能够回家呢？山野茫茫，行军道路坎坷曲折，根本就没有一个可以休息的地方。出来这么久了，士兵们大都怀念在家的父母儿女，而普遍厌战，怨声载道，军纪涣散，他们往往因为怨恨战争而丢盔弃甲，或者弄丢战马。这样的场面更是让人不敢想象胜利和还家。依稀记得，临出门时，时间紧迫，你我没有时间来倾诉心中的衷情和不舍。面对军官的声声逼迫，我只给你说：无论如何都宁愿与你生则同室，死则同穴。与你牵手一生，白头偕老！分别时的誓言还犹然于耳，但与你已经千里相隔，这怎么能不让我难过和痛惜呢？

现在的行军道路这么遥远，每行进一步，都会离你更遥远一点，也让相会变得更加遥远。我们什么时候才能重新相聚呢？分别已久，不知道一切是否依然？不知道这不义的战争什么时候才能结束，好让我活着能与你完成临别时的诺言。

古诗中多见思妇，但行军男儿的真挚呼唤，更是让人潸然泪下。那“执子之手，与子偕老”的朴素诺言成为了后世爱情誓言的最高范本。那“死生契阔，与子成说”的真挚表白，让多少女孩为之动容、感念至深！一曲男儿的离歌，虽然充满了疆场的厮杀和行旅的气息，但是那铁骨柔情的男儿心肠，竟然这么感人至深。

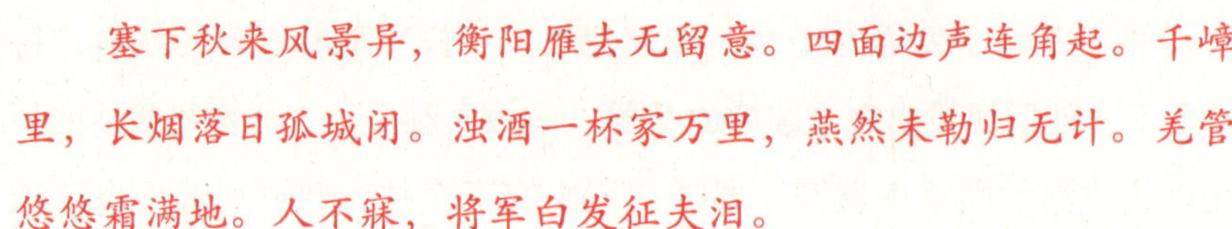

塞下秋来风景异，衡阳雁去无留意。四面边声连角起。千嶂里，长烟落日孤城闭。浊酒一杯家万里，燕然未勒归无计。羌管悠悠霜满地。人不寐，将军白发征夫泪。

男儿词自古充满英雄壮烈之气，但范仲淹的这首《渔家傲》写尽了将士征战之苦和思乡之情。那满地弥漫的羌笛之声，让多少久未还家的战士想起了远在千里的父母和妻儿。战争给人来带来的也只有如此吧！无限青春的美好时光，都让刀光剑影、流血漂橹的战争给一饮而尽了。

至此，让人不觉想起了《白桦林》：

静静的村庄飘着白的雪，阴霾的天空下鸽子飞翔。白桦树刻着那两个名字，他们发誓相爱用尽这一生。有一天战火烧到了家乡，小伙子拿起枪奔走边疆。心上人你不要为我担心，等着我回来在那片白桦林。天空依然阴霾依然有鸽子在飞翔，谁来证明那些没有墓碑的爱情和生命。雪依然在下那村庄依然安详，年轻的人们消逝在白桦林……

那首有故事情节的歌曲，随着那忧伤而低沉的吉他声，在笼罩满悲剧的气息中展开，朴树如泣如诉的歌声，把我们带进了那片广大和明亮的白桦林。树上的两个名字见证了他们相爱的一生和永久真情。但平静的生活突然被战争打乱，一切都开始蒙上了阴霾的灰暗颜色，以往约会的白桦林成了她遥望情人的地方。是的，“谁来证明那些没有墓碑的爱情和生命。”多么具有哲理的一句话，噩耗来得太快，来不及说再见，我们已经相隔天涯。来不及给爱情打上婚姻的记号，男孩便离开了那个清纯如水、痴情专一的女孩。悲怆、哀思，都是因为那死亡的噩耗传来，打破了女孩所有的期待和梦想。余生的主题变成了寻找和呼唤，寻找死去的爱人，那种不相信，宁愿不相信的心态，让女孩等到鬓发苍苍，她依旧循着白桦林的羊肠小道，循着爱人走过的足迹，与爱人在另一个世界重逢。

对其中的凄美和悲伤，只有亲身经历过战争的人才会有如此深的感受吧。一场生离死别，打破了多少痴情儿女的梦，别后注定是凄惨的等待，甚至是绝望。“结发为君妻，席不暖君床。暮婚晨告别，无乃太匆忙。”“妾身未分明，何以拜姑嫜？”离别太快，让我来不及看清你新婚时的模样，分别太快，我们的婚床还没有温暖，分别太快，我身份未明，以后凭什么去拜见姑嫜？一连串的凄惨的事实陈述和垂泪反问，让这对新婚便分别在即的夫妻情何以堪？

这首诗没有战死疆场、马革裹尸的豪壮气概，却胜似英雄史诗，让千年后的人们对此念念不忘。究其原因，就在于它细腻生动地刻画了战争中的妻离子散的悲惨场面和战争给人类带来的灾难。立功疆场对男人来说，本来是一件荣耀的事情，但是背后的凄凉又有谁能知晓。更何况春秋无义战，所谓的战争早已经撕下了和平和正义的面具：公然抢杀掳掠，置百姓于水火之中。可知道，那一座座城池、一群群奴隶，一箱箱珠宝，都是由青春少年的热血和无数思妇的相思、寡居换来的？果然，这场兴师动众的战争没有得到好的下场，四国的军队围攻郑国东门，五日，无功而返。牺牲的是众多士兵的性命，换来的却是一个千古笑柄！

这个男孩的一句话，说尽了所有战士的心曲。人性和爱，毕竟才是最真实的东西，如果战争真的是正义的话，也应该是对这些的保护而不是戕害。古往今来多少穷兵黩武的人，都被历史和民怨声给淘洗掉了，但这句对爱情和亲情的诺言，却像是寥寥星空里最亮的一颗星一样，始终闪烁、星光熠熠。它没有什么特别之处，只是把千百年来，普通人对于战争和爱情、人性的关系，真实地说了出来。

但却成为了最美的爱情誓言。

《王风·君子于役》：那段明媚的离殇和情愁

君子于役，不知其期。曷至哉？鸡栖于埘。日之夕矣，羊牛下来。君子于役，如之何勿思？

君子于役，不日不月。曷其有佸？鸡栖于桀。日之夕矣，羊牛下括。君子于役，苟无饥渴？

最初接触诗经，便是从这首开始的。但是，当初摇头晃脑、例行晨读，青春年华中，又怎么能体会到这份人世间的最沉重的相思和艰辛？在那个诵读声声的青葱时光里，只听老师讲述这是一首妻子思念丈夫的诗，从此，对诗经的了解也仅止于此。懵懵懂懂的头脑里，青春的无限美好，掩盖了这人世间的种种哀愁和辛酸。诗中丈夫和妻子的情爱、相思、悲苦，都被那无尽的朗诵声淹没了。那种少年不知愁滋味的牵强伤感和悲伤，现在想起来，不仅让人哑然。

多少年的尘世浸染，终于让我们体会到那段千古的离殇和情愁！夕阳斜下，大地上的一切都将慢慢地进入到团聚和安详当中。黄橙橙的夕阳渲染了尘世的种种美好和平和：那咕咕叫的鸡群饱食后，一家乐悠悠地走进自己的窝里，它们慢慢地收起羽翼，闭上双眼，安详地期待夜幕的降临；那吃得肚子滚圆的牛羊，由牧童带着缓缓地从山坡上悠闲地下来，笛声悠悠、夕阳静谧……如果不是因为别离，这该是一副多么美好的山村风景画！“借问酒家何处有，牧童遥指杏花村。”这样的景色和轻快的心情也只有在清晨，那个独守闺中的少妇没有醒来时，才会发生吧。只是，眼前的这一切如此美好，而自己心中的那个爱人——自己的丈夫，什么时候才能回来呢？

原来先前一切的烘托和渲染，只是为了思念！只是为了反问：连那没有感情的动物们，都可以生活得这么美好，而自己为何偏偏要受到相思的无尽煎熬呢？那个远在外面服役的丈夫，已经走了那么久，怎么能不让自己想念、担心、挂念呢？新婚不久，丈夫就外出服役了，但返回的日子仿佛遥遥无期，这更让夫妻团聚蒙上了一层未知的阴影。每当黄昏的夕阳缓缓落下，每当看到落日衔山、暮色苍茫、鸡栖敛翼、牛羊归舍，她都黯然神伤。这样一幕幕团聚的情境，怎么不让那个独自等待的少妇触目伤怀呢？一句“苟无饥渴”说出了她的无奈和伤怀，既然暂时等不到丈夫回来，那就希望他在外面不要受什么苦，能一日三餐，衣食无忧吧。简简单单的祝愿说出了女人的担忧和无奈。

这种担忧和无奈，是可以理解的。古代战争频仍，徭役繁重，征夫离妇之怨，便成了大部分诗歌的主题。汉末陈琳的《饮马长城窟行》：“饮马长城窟，水寒伤马骨。往谓长城吏，慎莫稽留太原卒……君独不见长城下，死人骸骨相撑拄？”试想，那在外服徭役的青年男子，有多少在外面化为累累白骨，让家中苦等的人从此绝望！

正因为如此，孟姜女哭倒长城，哭得天昏地暗。只是这服徭役的现实像是一个噩梦一样，毁坏了所有的梦想！新婚不久的丈夫，被抓去服徭役，累饿而死，或许，这些女人都明白吧。因此，孟姜女苦等的结果才会成空，多年的期望变成了寻找丈夫的那一堆白骨。滴血认亲的悲恸和凄惨让多少思妇心惊胆战！

徭役、意味着辛苦、饥饿、病痛甚至死亡，但这些普通人的血汗在历史的前进中，竟然是这样多如牛毛！为了满足统治者的一个愿望，千家万家的幸福生活，就这样惨遭生离死别。孟姜女哭倒长城，在发泄失去丈夫的无尽的伤痛的同时，更多的也是对统治者无情残害劳动人民的血腥诅咒吧。几经辗转，孟姜女的千里寻夫的故事说得越来越详细，把统治者的面目描绘得越来越丑陋、黑暗，最终让秦始皇充当了这些凶残统治者的代表。虽经考据，孟姜女的故事不一定发生在秦朝，哭长城也不一定属实，但秦始皇的穷兵黩武、大兴土木、惨害百姓，不正是孟姜女故事所鞭挞的最好的反面人物代表吗？这个故事是传说，但却没有人愿意去怀疑它的真实性，因为，那生死别离确实存在，那累累白骨确实存在，那穷兵黩武的暴君也确实存在，故事中的人物只是无数思妇想念和仇恨的代表。我们需要的只是认识故事后面血淋淋的实情、无数人惨死和生离死别的悲惨历史！

只要历史还在前进，就必然有战争和徭役。那在深闺中的思妇便是这一切罪恶的结果和悲剧吧。“行行重行行，与君生别离。相去万余里，各在天一涯。道路阻且长，会面安可知。胡马依北风，越鸟巢南枝。相去日已远，衣带日已缓。浮云蔽白日，游子不顾返。思君令人老，岁月忽已晚。弃捐勿复道，努力加餐饭。”正是因为生死别离才让那么多的女人因为等待而变得凄惨和苍老，正是心中的那一份挂念，让多少女人在风雨交加的夜晚，对远在天涯的丈夫深深担忧、拳拳思念！这一切都成了女人心中无法言说的苦痛，“为伊消得人憔悴”，这句话对于相思的概括，正是闺中思妇的最好写照吧。或许经历太多便懂得了珍惜，不仅是珍惜和丈夫的感情，更要珍惜自己。不得不说这首古诗十九首里的女人是明智的，显然，她是知道丈夫回归无望，苦等和思念是必然。但既然苦等无望，还不如让自己生活得好一点。她强迫自己不去想念丈夫，好好生活，因为，只有坚强地活着，才能等到丈夫回来的那一天。这份无奈和凄惨，不仅让人哽咽！

所以，那独守闺房的思妇宁愿清晨在美梦中忘记这一切的分离和痛苦，而把一切想念留在黄昏，“夕阳无限好，只是近黄昏。”一到了黄昏，一切的思念便像泛滥的洪水一样朝那些无比寂寥的人袭来。黄昏大概只适合相思和想念，只是因为离别让古今多少人有了痛彻心扉的黄昏情节。眼看着所有的动物都徐徐还巢，而自己拳拳思念的那个人却在自己到不了的天涯海角，这种看着别人幸福的失落和孤独，不由得让人黯然伤神。但是一个弱小女人，在统治和历史的车轮碾压之下，除了思念，还能做什么呢？

“梧桐更兼细雨，到黄昏，点点滴滴。这次第，怎一个愁字了得。”古今多少生离死别事，都在这一个愁字中慢慢消逝。诗中描绘的夕阳黄昏景色虽然远不及李清照《声声慢》里的凄惨和灰暗，但那种看到别人幸福，而自我孤独的鲜明对比，那种希望一切都美好如初的愿望，也让本诗具有了不一样的味道和情怀。正是这份真诚和朴质，让诗经像是生活一样真实，像是泉水一样透明，即使是离愁别恨，都少了些许灰暗，多了些许光明和亮丽。大概千古幽幽的上古世界里，人们始终怀有那么一份美好的幻想，期待生离死别后，生活和爱情仍然能够有柳暗花明又一村的明媚和美好，大概那个时代的人们，在爱情上比后代人乐观了许多，宁愿相信爱情的未来是美好的，因此诗中多了那么多的明媚和美好！

《小雅·采薇》：战争给人的一半明媚一半忧伤

采薇采薇，薇亦作止。
曰归曰归，岁亦莫止。
靡室靡家，玁（xiǎn）狁（yǔn）之故。
不遑启居，玁狁之故。
采薇采薇，薇亦柔止。
曰归曰归，岁亦忧止。
忧心烈烈，载饥载渴。
我戍未定，靡使归聘。
采薇采薇，薇亦刚止。
曰归曰归，岁亦阳止。
王事靡盬，不遑启处。
忧心孔疚，我行不来！
彼尔维何？维常之华。
彼路斯何？君子之车。
戎车既驾，四牡业业。
岂敢定居？一月三捷。
驾彼四牡，四牡骙（kuí）骙。

君子所依，小人所腓。
四牡翼翼，象弭鱼服。
岂不日戒？猃狁孔棘！
昔我往矣，杨柳依依。
今我来思，雨雪霏霏。
行道迟迟，载渴载饥。
我心伤悲，莫知我哀！

昔我往矣，杨柳依依。今我来思，雨雪霏霏。这两句诗是诗经中最惹人喜欢而流传千古的名句之一。“以乐景写哀，以哀景写乐，一倍增其哀乐。”这是明末清初的学者王夫之对这句诗的评价，真可谓一语中的。正是这如此细腻的心情刻画和景物描写，让这首古代的诗歌摇身一变，脱去了古诗的朴素和简洁，多了后代诗歌的委婉和曲折。

他只是一名普通的戍守边疆的士兵，这个刚刚放下农具的年轻农夫，久在外戍边。触景伤情，不由想念起家乡和家里的一切来。在春光明媚，万物吐翠的春季，他们采集路边的薇菜来吃，那嫩黄色的幼苗香嫩可口。但这怎么能比得了家里妻子亲自做的可口饭菜？一切的思念都像是春天满城乱飞的柳絮一般繁多。说是可以回家了，但到了年底，还没有说要还乡的意思。之所以这样不顾家室地外出打仗都是因为玁狁的缘故啊。这些少数民族的侵凌，不仅让很多人陷于战火之中，更是拆散了多少夫妻和家人！战争，让人民从此失去了安居乐业的日子，四处流浪、无所归依。

等到那薇菜长出长长的茎，嫩绿吐翠的时候，我还在远方的天涯，与家人相隔一方。说是可以回家了，但现在还没有一点能回家的迹象，这怎么能不让我担心、忧虑呢？行军道路漫长辛苦，经常居无定所、食不果腹。军队连驻扎的地方都还没有定下来，怎么能让我回家呢？士兵们，依旧是采薇菜来吃，但那坚硬的薇菜因为已经变老而难以下咽了。说是回家，但已经过了四月了还是没有半点可以回家的音讯。对家乡和家人的怀念已经让我肝肠

寸断，但是仍然得继续忍受着分别的煎熬。

将帅的戎车繁华锦饰，像是春天里盛开的棠棣之花一样郁郁葱葱。行军的场面盛大，甲兵在前面、左右威武开路，步兵在后面浩浩荡荡地紧随。四匹战马，高大雄壮，气势汹汹地拉着华丽的战车在前面奔跑。那高大结实的战车既是统帅指挥作战和休息的地方，也是庇护后面的士兵不受敌人的侵袭的盾牌。统帅一身盔甲，显得英武威猛，金戈铁马，气势汹汹。统帅指挥得当，战士英勇杀敌，一个月内连续多次取得胜利。但是战士们不敢有一丝懈怠，因为玁狁确实很狡猾。因此，我军军容整齐，阵势强大，每时每刻都得应付随时会来偷袭的玁狁军队。紧张而危险的行伍生活，就这样在每一天的焦虑和担惊受怕中继续。每一天到晚上，我都庆幸自己还活着，可以见到明天的太阳，但是一想到第二天又要面对新的危险就又不自觉地担心起来。

日子就这样一天天地过去，而自己也从刚入伍时的一个毛头小伙子变成一个坚强而强壮的战士了。战火烧了这么多天，战士们浴血奋战，终于换来了卸甲归田的这一刻！这一刻，盼了好久，终于到来了。初入行伍是那一年的春天，一个杨柳依依，春风和煦的日子。一切的一切都因为这美丽的季节而变得无限美好，而这时，我却要远离家乡从军杀敌了。面对这美好的三春时光，我的心像是刮起了狂风骤雨一般恶劣。在最美好的日子里，却遭遇了最坏的事情。一切的美景和风光，从此都与我无缘了。前面的道路只有“死亡”这两个字在我眼前乱晃，我的心此时早已经是冰天雪地，在这样一个美好的春季里出发，真是对美好人生的一个极大讽刺！上天竟然用这美好的时光来衬托我的悲哀和噩梦，真是一件很滑稽的事情！战场上的厮杀，让人们逐渐忘记了那一些春光里依风而立的少女，忘记了随风而动的春苗和山坡上成群结队的牛羊。那份生命里的美好和温柔渐渐地被战争的血腥和厮杀给全部抹杀了。

终于在那个大雪纷飞的季节，军队凯旋而归，我怀着一种复杂而难言的心情回家了。卸甲归田的心情是何等激动，然而一切都回不到最初的美好了。那出征前的美好春光已然不在，变成了漫天飞舞的大雪。那在家的人呢，是否经历了战争的摧残，如花的容颜已经随风飘逝？

就像《太极旗飘扬》里面的两兄弟一样，他们只是贫苦人家的孩子，母亲父亲先后去世后，哥哥靠每天上街为人修补鞋子，艰难地支撑起整个家庭，他和未婚妻结婚后，他最大的愿望就是供弟弟上大学。弟弟的愿望就是考上大学，以后能让哥哥嫂嫂和后母过上好的生活。然而，一场战争毁坏了他们简单的梦想。

1950年夏，朝鲜战争爆发，全家一路避难，但兄弟二人还是被强制征兵入伍了。为了保护弱小的弟弟，哥哥想尽一切办法逃亡。当知道逃亡无望后，兄弟两人不得不接受了残酷的现实。韩国军队与朝鲜军队展开激战，残酷的战争慢慢使他们清醒过来。为了保护弟弟，让他能活着回家，哥哥决定争取立功受勋以免除弟弟出现在危险的战场，于是，他转眼间变成一个战争狂人，不顾一切地冲在战斗的最前面。最后兄弟两人变成了仇人，在战场上拼命厮杀，然而哥哥做的一切都是为了保护弟弟，但是这些似乎都不重要了，因为一切都改变了。他不再是那个憨厚的修鞋匠，弟弟也不再是那个单纯的高中生了。哥哥终于死在寻找弟弟的途中，在与兄弟拥抱的那一刻中弹而死。许多年后，当那个白发皑皑的老人回忆起这段战争，依然是对哥哥深深的怀念和愧疚。因为战争无论谁胜谁负，那死去的人都再也活不过来了。胜利换不来普通人的幸福和生命，这是战争让普通人付出的惨痛代价！

所以，当那个卸甲归田的士兵走在归来的路上时，悲喜交加，喜的是终于不用再忍受战争的噩梦了，终于不用再看牺牲和流血了。但战争后的家园是什么样子呢？蓬蒿满地、妻离子散、满眼荒芜，这些都会出现的吧。正是这些离别后的悲剧和告别战争的欢欣让即将到家的士兵如此不安和激动。战争给他带来的心理上的伤害和阴影，简简单单的还家怎么能都平息那颗饱受战争残害的心灵呢？一切都不能回到原来了，因为，岁月不会等待任何一个人。我们生存下来，存活下来，但这一切都无法回到从前，因为，和岁月一起改变的，还有我们和亲人。

所以，在如此美丽的时刻，现实让我们分离，而在这大雪纷飞的时

刻，又遇到这难以预料的欣喜和未知的现实。那种景色也是因为心情而变味了吧。三春美景因为愁苦和分离而变得无比残忍，它的美好让人嫉妒、憎恨，而这隆冬时节的纷纷大雪，又让这还家的人有了一丝温暖，还有那面对家人前的不安和激动。看到这里，才明白，人是多么脆弱，人既经受不起分离，也经受不起久别重逢后的欣喜和变故。而那多变无常的现实，却总是这么残忍地打击渺小的人类!

虽然战争给自己带来了这么多的痛苦和无奈，但是诗中的主人公并没有充满不可调和的怨怼之情，对于保家卫国依然勇往直前。爱国和爱家在战争中所形成的矛盾在士兵心中得到了充分的反映。孔子说过“《国风》好色而不淫,《小雅》怨诽而不乱。”果然，这首小雅中类似国风的作品把战争场面生动再现，那一缕乡愁，像是春风里轻盈细腻的柳絮一样。这也是本诗给人的一个整体感受吧。但无论如何，历史的战争始终掩盖不了那普通小儿女的嘤嘤啼哭和拳拳感情，因为，他们要的只是带着亲情和爱情，在现世平静生活!

《周南·卷耳》：对你，不只是思念

采采卷耳，不盈顷筐。嗟我怀人，寘（zhì）彼周行。

陟彼崔嵬，我马虺（huǐ）隤（tuí）。我姑酌彼金罍（léi），维以不永怀。

陟彼高冈，我马玄黄。我姑酌彼兕觥，维以不永伤。

陟彼砠矣，我马瘏（tú）矣。我仆痡（pū）矣，云何吁矣！

采集是古代女子的生活主题，也是每一个女人思量心事的主要载体。每当她背着轻盈的背篓，在春光灿烂的日子登上那微微倾斜的山坡，开始了一天的劳作，那心中的无限相思便像是眼前一望无际的绿色植物一样，延绵不绝、茂盛无比。春季，真是个采集的好季节，放眼望去，那碧绿的一望无际的卷耳像是一块巨型的绿色地毯一下把这山坡装饰得青翠无比。这嫩绿的卷耳是她饭桌上的一道可口的菜，曾经给他们增添了不少欢声笑语。然而她此时却无心采集，因为即使采得再多，做得再好吃，也没人陪她一起享用这份美好了。独自享用再美味的饭菜也如同嚼蜡。原来，相爱的人不在眼前，一切都失去了原来的意义。那个长相厮守的丈夫，不在自己眼前，竟然是让人这样的思念。或许分开后，才明白珍惜在一起相爱的美好。

眼看着一个上午过去了，温暖的阳光逐渐变得炽热——这暮春初夏的天气，中午时分已经开始变得有点炎热起来。她擦了下脸上的汗珠，用手搭起凉棚，细眯着眼看了下将近正午时的太阳，炎热、刺眼。但她心中却是弥

漫着凉凉的寒意，眼看着一个春季要过去了，外出服役的丈夫还没有回来。心中的失落和无奈与日俱增，独守着这份期待和相思，辜负了整个三春美景！这碧绿的卷耳啊，她不停地采啊采，但过了很久仍然不能采满一筐，只是因为心中想念的那个人让她放慢了手脚，扰乱了心绪。一个人伫立原野的孤独竟然使人这样急切地想念着他！或许是因为这灿烂的美景让自己更加渴望与爱人相见，或许是这春日迟迟的慵懒，勾起了她心头的无限相思和柔情。她此时深深地思念着他，希望他即刻出现在自己眼前。一脸疲惫的她，缓慢地走下山坡，独自徘徊在回家的大路上，宽宽的孤寂的路更衬托出了她一个人的孤单。思念，真是一件累人的事情，她把乘有卷耳菜的筐子放在路的一边，遥望着路的尽头，望穿秋水，只期望迎来他的回归……

就像是一场电影一样，镜头此时切换到了远在他方的丈夫这里，他此时也在深深思念着一个人——在家中独自守望的妻子。镜头从那个春风里驻足在郊外的妻子一下子转换到这个流浪天涯的丈夫身上。他骑着马登上那崎岖不平的高山，他的骏马因为长途奔波而变得疲惫不堪。自己离家良久，面对眼前的苍茫高山，他不仅想起了远在千里之外、守着窗棂独自发呆的妻子。常年奔波在外，这份相思不只是妻子这样拳拳，而他自己恐怕也忍受不了这生离死别的痛苦吧。只是他并没有表现得那么悲伤，因为他是男人，不可能像妻子那样表现得痛苦和无奈。虽然大丈夫志在四海，但掩埋在心底的那份柔情，仍然让这个铁血男儿此时心中无比思念妻子。天高路远，沧海茫茫，站在那光秃秃的山顶上，唯有斟一杯烈酒来慰藉自己，暂时忘记那相思的痛苦。

因为思念，于是伫立成了生活的一部分。在无人的山梁上，他骑着马儿缓缓走过，马儿已经疲惫不堪，行路迟迟。他斜倚在马背上独自斟满一大杯酒，让自己冰凉空洞的心情暂时得到片刻的温暖。尤其是在无人的地方长途跋涉，这种空洞和苍茫让人逐渐迷茫，因为四海之内此刻仿佛就剩下自己一人。这大概是长时间离开亲人缺少亲情后的一种孤独吧。枯藤老树昏鸦，小桥流水人家。这样的空旷和孤寂大概只有流浪在外的人才能深切体会得到，所以长年在外的人才会断肠。断肠人在天涯，是的，是这份旷日持久的孤独让心开始变得疲惫，让整个世界仿佛变得空洞而无望。那片刻的亲情就像是那缓缓升起的炊烟一样，让人感到亲切而感动。那远离家乡的游子，骑着疲惫的马儿，带着无精打采的随从，所经之处仿佛都染上的灰蒙蒙的失望的颜色。什么时候才能还家，让自己结束这痛苦而持久的相思呢？

“黯然销魂者，唯别而已矣。”正是离别才让人开始变得日渐消瘦，改变了往日的容颜和心情，牵绊住了那份长久的思念。世间也只有生死别离才会让人感到这样黯然伤感和销魂吧。江淹的这一曲《别赋》写尽了多少世间的分离和痛苦！虽然他人到中年，官运亨通，却再没有往昔的豪情和才气，说他江郎才尽也好，文通残锦也罢，但这首写尽千古离别的《别赋》，只此一首便奠定了他在文坛上的地位，因为，他写出了那份真正的相思和哀情。正像这对相思的夫妻一样，虽然各在天涯一方，虽然他们在历史上不是鼎鼎大名，但那种对彼此的拳拳相思和无限爱意，让今天的我们不由为之动情。

先是妻子在春风习习的郊外采集和思念丈夫的镜头，接着是远在天涯的丈夫骑马登高远望的苍凉场景。这两个镜头拼接起来无疑更加强烈地表现出了二人在心底对彼此的思念。没有痛哭和呼号，没有痛彻心扉地伤心离别，只是简单的两个场景拼接在一起便深刻地表达了二人心中的浓情爱意和无限思念。诗经中对于场景的巧妙运用曾经受到过诗经研究专家的怀疑，而被认为是两首诗篇的错简所致。历史的真相，我们无从考核，也不是本书论述的重点，但是无论是否是错简，这首诗所传达的感情倒是得到了极大的渲染和发挥，远远胜过直接描写相思感情的其他诗篇。看似两个场景的拼接竟然让这首诗收到了事半功倍的效果。与其把这种巧妙的创作手法说成是一种诗歌的艺术手法，还不如说成是相思之情在内心的自然反应。

因为情人之间是有心灵感应的吧，所以才会有“身无彩凤双飞翼，心有灵犀一点通”的绝美诗句和美妙构想，应该说这不是构想，而是真正存在于情人间的一种心理感应。“关山三五月，客子忆秦川。思妇高楼上，当窗应未眠。星旗映疎勒，云阵上祁连。战气今如此，从军复几年。”徐陵的这

首《关山月》亦是如此。浪迹天涯的孤独仕子，独守高楼的深情思妇，在诗中绝妙地组合起来。这份相思和无奈，还有望断天涯的无限思念，也只有这样的表现手法才能让这份感情更加深刻极致地表现出来。不是刻意为之，而是真情的自然流露，所以才让这首诗看起来那么真实自然，而没有半点矫揉造作之态。

一份真爱有多长？对这个问题不同的人有不同的解释和答案。但从一个人的思念长度便可以推断真爱到底有多长吧。可以露水情缘也可以一生一世，或许当理解了那份痴情和等待，我们便懂得了原来爱一个人可以这样痴心，可以这样心心相映。我们明白，这份痴心不改的思念不只是简单的相思，而是对爱一生的承诺和守候。

《周南·汝坟》：岁月光年，只为你等待

遵彼汝坟，伐其条枚；未见君子，惄（nì）如调饥。遵彼汝坟，伐其条肄；既见君子，不我遐弃。鲂鱼赪（chēng）尾，王室如燬；虽则如燬，父母孔迩。

西周末年，王室衰落、战争不断、世道乱离。随着周幽王为博得美人一笑的烽火戏诸侯之后，天下离心，各路诸侯开始叛周，一代天朝西周逐渐陷入了黑暗和混乱当中。骊山之乱以后，更是战火频仍，王室动迁。巍巍的西周王朝从此陷入末世的荒凉当中。覆巢之下，岂有完卵？那生活在当时的小儿女无疑成为了乱世当中的最大受害者。那个在汝水旁边砍柴的农家少妇，就如同东方朔所说的“怪哉”虫儿一般，那乱世当中的贫苦百姓冤魂所牵挂的绵绵的忧愁和哀思，唯有酒才能使其忘记吧。

沿着汝水堤岸，她缓缓地徘徊，看着一池清澈如镜的汝水，她满眼愁苦和哀思。原来，春季就这样开始了。满腹的忧愁让她无心欣赏这美好的春色和阳光，只是一个人默默地前行，而几乎忘记了自己此行的目的。以前都是丈夫出来砍柴的，而自从丈夫服徭役后，男人干的活就全部落在了她的肩上，体力和心理的折磨让这个年轻的女孩愁苦不堪。这些都还是次要的，重要的是新婚的丈夫出门在外，生死未卜，这让她无限哀思和忧愁。她一个人沿着狭长的坡路走上山，砍下那嫩绿的枝条。见不到丈夫的忧愁此时更加强烈，感到一阵阵眩晕和眼黑。周围的一切似乎都旋转起来，让人感觉到一种

虚幻。想念一个人太久，大概会沉醉，这就是醉倒后的感觉吧。

遥想，他们刚结婚时的喜悦和相爱，是多么甜蜜和幸福。他们就像是一对欢快的小鸟一样，温柔地在生活的枝头打情骂俏，在爱情的甜蜜里，喈喈而鸣。但这一切都因为战争而结束了。烽火四起，官府四处抓丁招人。官吏们恶狠狠地到处索罗财物还有壮丁，年轻的丈夫当然难以逃过这场劫难。终于在一个春光绚烂的日子里，丈夫被抓，她最亲爱的人随着军队走了，留下泪眼朦胧的自己，还有白发苍苍的父母。家里突然变得空空如也，一切都失去了原来的颜色，生活变得越发艰难。而现在，她走过那长长的汝水堤岸来上山砍柴，想起的不是身体的劳累而是再见到丈夫时的欣喜和激动。他能活着回来与自己相会，这是多么美丽的事情啊，她一定会激动无比。为丈夫没有忘记当初的誓言而感动。在兵荒马乱的岁月里，他仍然能记得当初对爱情的承诺，这怎么能不让她感动呢？

分别越久，对你的爱就越加倍增长。尤其是在春苔初生的日子、秋风乍起的时节，看到那点点烛光，无时无刻不想念在外面征战的你。“思君令人老，岁月忽已晚。”眼看着日子一天天过去，怎么能不让我担心挂念你？你是我生活的全部，如果没有了你，那么生命还有什么意义？国家已经混乱不堪了，每一天都有悲剧发生。那一场场生死别离和频传的噩耗，让我心里无比着急和纠结，希望在外面的你能够平安无事地回来，看看正在深深思念你的妻子和父母。虽然王室暴虐，社会混乱，作为一个男人应该走上疆场，为国杀敌。但是，你就不想想自己年迈的父母，他们鬓发苍苍，身体衰老，谁来为他们养老送终呢？这样委婉曲折的想念丈夫的心意，说尽了女人的含蓄和忧思，让人不仅辛酸落泪。那种欲说还休的姿态，心中该是何等的相思和纠结啊。

这不仅让人想起了郭冬临和蔡明演的小品《过年》里的台词，过年在即，但那对刚结婚的小夫妻却难以团圆。明明是那个年轻的小伙子想念妻子，想让妻子回家过年，却说：“对，她爱人年轻，无所谓。他爹他妈想媳妇，想的受不了啦。”虽然惹人发笑，但是这明显的谎言，却让人不仅同情起这对分在两地的小夫妻来。和平年代，尚且如此，何况是生死未卜的乱离年代呢？惊恐、不安、对未来的担忧，让这个年纪轻轻的女孩承担了更多心理上的压力。

分别不易，说再见更难。“多情却似总无情，唯觉樽前笑不成。蜡烛有心还惜别，替人垂泪到天明。”或许正是在乱离和痛苦中的人才会体味到分别的痛苦吧。杜牧，这个游宦在外的仕子，官场失意，情场得意。但漂泊无定的仕宦生涯，怎么能不使其时刻面临分别的苦楚？想当年，他连中两元、风光无限。“东都放榜未花开，三十三人走马回。秦地少年多酿酒，却将春色入关来。”但这样的风光和得意，早已经如同那青葱年华一样，随着岁月而逐渐逝去了。虽然，漂泊的游宦生涯，让他赢得了“十年一觉扬州梦，赢得青楼薄幸名”的风流美名，但表面上的风情万种怎抵得过转瞬即逝的欢会和那即将到来的分别呢？

又是一个乱离年代，这个有情的人，虽然自幼研究兵法，曾经一心国事，想力挽狂澜，救国家于危难当中，但是单凭一个人的力量，又怎么能拯救已经深深沉没的晚唐呢？在仕宦生涯的无限辗转中，他经历了一场场的生死别离。那片刻的欢会，那浅斟低笑的美好还不曾回味，便又面临别离了。即使是蜡烛这样无情的摆设也受不了如此短暂的欢聚后就要别离的凄苦场景吧，于是，点点蜡烛光，陪伴着将要分别的人们，垂泪到天明。一杯美酒让我们暂时忘掉相思的痛苦之后，天亮便开始各自天涯海角，从此再也难以相见红颜，甚至老死也无缘得见。这种痛苦，或许将会为人生留下一个永久的伤疤吧。

但在这混乱的年代里，这样的分别竟然是这样普通和平常！与君一别，相见无期，往日的温暖和幸福顿化梦影。与君一别，从此不知何日才能相见！“多情自古伤离别。更那堪、冷落清秋节！”都门帐饮，十里长亭，送别是这样的难舍难离。虽然十里搭长亭，但是终究搭不到你远去的千里之外。这样的分别虽然凄楚，但充满诗意。或许至少他们还有相送和别离的时刻，虽然无语凝噎，但终归是在分别之前，可以看下那个相爱的人。

而诗中的这个女子呢？乱离和战争让她在瞬间失去了自己的爱人，还来不及说分别，便什么都没有了。来不及痛苦和呼号，来不及说声相思和送别的话语，就这样一切就结束了。还没有回味过来事情的前因后果，爱人就远走了，留下长久的岁月供她来想念和回味这痛楚和离别。杜鹃声声，子规泣血，当春日迟迟，岁月光年，时光里的爱情和等待变得迟缓和永恒，那永久的心底呼唤便成了女人永久的生活主题。

人生中，最痛苦的事情莫过如此，在充满希望中等待，又在一天天的绝望中结束。这个等待的恶性循环像是噩梦一样，每一天都重复做着，在她的意识里不断上演。或许会让她容颜尽衰，心力交瘁，或许等来的是一具尸体，或许是那个饱受战争折磨的病人，但这些，她都愿意等，因为，爱情即使是一场赌博，不管输赢，她都要等到结果。

至此，爱情便有了着落。

《召南·草虫》：为你守候一份纯洁的爱

喓喓草虫，趯（tì）趯阜螽。
未见君子，忧心忡忡。
亦既见止，亦既觏（gòu）止，我心则降。
陟彼南山，言采其蕨。
未见君子，忧心惙惙。
亦既见止，亦既觏止，我心则说。
陟彼南山，言采其薇。
未见君子，我心伤悲。
亦既见止，亦既觏止，我心则夷。

秋色微凉，夜静如水。蟋蟀叫声喓喓，它们或在窗外，或在门前，或在床底。这叫声由远而近地声声逼近我的耳朵。心弦被强烈地拨动着，一声响似一声，一声紧似一声。那漫天的星星熠熠生辉，却照不亮我内心的暗淡和荒凉。在这静谧的夜晚，我忐忑不安，惶惶恐恐，像是丢失了什么重要的东西一般。我知道，这都是因为你的缘故，因为你的远行让我在内心深处生了一场大病，再也好不过来。“何当共剪西窗烛，却话巴山夜雨时。”与你在一起的日子像是洪水一样泛滥起来，怀念那一同剪掉烛花，相视而笑的日子；怀念那花前月下同斟共饮的美好时光；怀念那男耕女织的平凡岁月。每

天都幻想着与你相见，共同享受美好的生活和爱情，直至见到你，我心里的大病才会痊愈。因为，这只是因为你的离去而生的苦苦相思！

然而，一切的等待，就如同那如水一般流逝的日子一样，变成了徒劳和伤感。过了一个惨淡的秋天，过了一个寒冷的冬季，又迎来了一个充满希望的春日。每一个阳光灿烂的日子，我都盼望着你在我打开门的那一刻突然出现在我的眼前，让我大吃一惊，转而又喜极而泣。然而，岁月在这样的美好期盼中一天天过去，我始终没有等到想要的惊喜。于是，我希望你或者会在我采集的路上突然出现，就像是我们初遇时一样，在劳作的路上邂逅，然后一起牵手回家。想遇到一个人、制造一场邂逅的心情，竟然是这样使人激动和期盼。像是一个精心设置的计划似的，每一天我都打扮的一如初见你时的青春和美丽，徘徊在你可能出现的每一个路口或街头，期待你徭役服满后，突然笑着站在我面前时产生的惊喜。

我穿上洁白的长衫，腰间系着淡青色的丝带，淡雅得像是一朵初开的水仙一样。因为，你当时是这样称呼我啊，你说我是水仙一样的女孩！我爬上那矮矮的南山，在阳光普照的山头，我极目远眺，期待目光所到之处能发现你的身影！我一边采集蕨菜，一边心神不宁地四处张望。见到我的人一定会认为我是一个不务正业的女人！但是，他们又怎么能理解我内心深处想念你的那份焦灼和痛苦呢？除非见到了你，否则我心中那份相思和愁苦怎么可能平息呢？

盼望着，日子就这样匆匆流走，我内心已经由最初的淡淡相思和愁苦而变得急不可耐，没有你的日子简直度日如年。你走后连一点消息也没有，担心你的安危，担心你的身体，更担心你找了别的女人。这么多的担心像洪水猛兽一样将要把我打倒，我完全失去了当初的那份气定神闲。当我再登上那阳光明媚的南山，去采集薇菜时，内心竟像是下起了漫天大雪一样寒冷而绝望。伤心得几乎不能呼吸，亲爱的，如果你真的爱我，此刻能回来吗？让我见到你，让我寒冷的内心融化，不再一年四季都是寒冷的冬季！因为对你的思念而升起的高山丘陵，时刻压在我的心头，我只是等待你到来亲自为我平息这场灾难！

“手爇寒灯向影频，回文机上暗生尘。自家夫婿无消息。却恨桥头卖卜人。”施肩吾的这首《望夫词》大概就是此刻我内心的最好写照吧。一样是丈夫出征，一样是思妇独守空闺。相别一年仍然没有你的音信，相思让我夜不能寐，一如诗中所写的那样。想念，让我无心织布，呆呆望着眼前的织布机，任它一日一日布满灰尘，逐渐散架。相传前秦苻坚时期，秦州刺史窦涛被徙流沙，妻子苏蕙把对丈夫的思念织成回文诗相寄，那八百四十字读来声声泣血，让人无不叹息。一样相思，两处闲愁！又是一年大雁南归日，我仍然没有你的消息，如果占卜的先生真的能占对你回来的日期，那你现在应该回来了。而如今，丝毫没有你的消息，这怎么不让人痛恨那个江湖骗子呢！

相思是一场梦，我只希望这场梦快快结束，好让我回到有你的现实当中来。让我不再受那肝肠寸断的煎熬之苦，能够和你过平淡如水的日子。不再苛求什么，只希望你能在我的身边。那春日迟迟的早上，我从每一个有你的梦中醒来，但睁开眼总会是冰凉的空闺，让我黯然伤神。其实，你走以后，我的一缕相思早已经随着你去了你远在天涯海角的地方。陪着你渡过每一个寒冷或者危险的时刻，我只希望能感受到你的温度。

梦中总是有你的音容笑貌和我们曾拥有的幸福，但是我真的害怕醒来，怕你像走的时候那样突然不见，这让我怎么能忍受的了？“打起黄莺儿，莫教枝上啼。啼时惊妾梦，不得到辽西。”对你的思念，竟然让我这样痴迷！不是不喜欢那枝头婉转声声的黄莺，而是怕被它惊醒了美梦再也无法在梦中见到到你，和你一同浪迹天涯，即使在很遥远的地方，我们也永远不会分开！金昌绪的这首《春怨》写尽了多少女人的相思心事！原来爱一个人可以这样执著和沉迷，直到完全忘记了自己的存在，却依旧只为心中想念的那个人去做一切！

“我说你是人间四月天；笑响点亮了四月风；轻灵……你是；柔嫩喜悦，水光中浮动着你梦期待中白莲。你是一树一树的花开，是燕在梁间呢喃，你是爱、是暖，是希望，你是人间的四月天！”多么美好的故事和比喻！林徽因，这个如诗如水一样的女子被几个男人深深地爱着。徐志摩因为她而葬身在苍茫的天空中，金岳霖因为她而终身未娶，只愿常伴在她的左右。原来爱一个人可以这样至情至性，至纯至真！金岳霖爱她的美貌、气质和才华，爱她所有的一切。但是这份深爱，并没有打破她的平静生活和已有的爱情，只是在身边默默地注视着她，希望她和丈夫梁思成过得幸福。他不仅是她沙龙上的座上客，也是她的邻居，就这样一直跟随着她，像是一个温暖的守护神一样守护她，像兄长一样跟着她，始终把这份感情掩藏在心底，默默地看着她幸福。

甚至她死去，丈夫梁思成又娶，金岳霖依旧一如既往地单身，守候着已经逝去的一缕芳魂，度过人生的每一个冬天。据说他有一个学生因为感情问题而萌生了自杀的念头，为此，他苦口婆心地去劝导那个学生，让他不要轻易放弃生命。这么做，无非是想让自己的学生明白：恋爱是一个过程，恋爱的结局，结婚或不结婚，只是恋爱过程中一个阶段，因此，恋爱的幸福与否，应从恋爱的全过程来看，而不应仅仅从恋爱的结局来衡量。真不愧是一个哲学家对爱情的独到解释和理解！或许正是如此，才让他那样坚守着自己认为一份完满的爱情，致死都为林徽因沉迷不已，虽然年华逝去，青春不再。但提起她，他还是像小孩子那样痴情和单纯，一如初恋的青葱少年一样！

“一身诗意千寻瀑，万古人间四月天。”惊叹世间有这样的女人！集才气、美貌、傲骨、事业于一身。四月天，在西方象征艳日、丰硕与富饶，一如这个女人的一生。这幅挽联显示了金岳霖对这位奇女子的真爱和盛赞。爱一个人，至此已经足矣。不计名利、不计恩怨，默默地让这份爱陪伴自己度过一生，中间不掺杂任何杂质，像是一颗纯净的钻石一般，因为纯净而更加坚硬无比。

一如诗中所传达的那样，每一天都在与爱人相聚的幻想中度过，虽然很不真实，但确实是自己对爱情的一个美好幻想。守着这个幻想，很可能得不到自己喜欢的人，但是这一个幻想已经足以撑起整个人类对爱情的最高诠释和定义。这，就是无私、纯洁的爱。

《召南·殷其雷》：爱情和面包之间的两难

殷其雷，在南山之阳。何斯违斯，莫敢或遑？振振君子，归哉归哉！

殷其雷，在南山之侧。何斯违斯，莫敢遑息？振振君子，归哉归哉！

殷其雷，在南山之下。何斯违斯，莫或遑处？振振君子，归哉归哉！

英俊的男子容易吸引女人的目光，而英俊又年少有为的男人更是女人心中的完美对象。女人虽然希望男人年少有为，但是更担心自己的男人因为太有魅力而吸引了别的女人的目光而忘记自己。在爱情和面包之间，女人的这种矛盾心理，想必很多人深有体会。

诗中的女子或多或少有这种心理。既希望自己的丈夫能够出人头地，又希望丈夫能够对自己一心一意，与自己长相厮守。在雷雨交加的夜晚，她多么希望能和丈夫彼此偎依，坐在窗前看窗外的点点雨滴。只要在一起，任外面再大的暴风骤雨都不能掩盖二人的幸福和甜蜜。但丈夫在这时却要离开自己，去忙公事了。怎么在这个时候出走呢？难道公事就不允许丈夫有一点闲暇的时候和私人空间吗？她陷入深深的不满和烦闷当中。每次都是这样，丈夫刚回来不多久就又被召回去工作了，只剩下自己独守空房。公事一刻都

不能耽误，难道自己的家和我就一点都不顾了吗。她陷入了深深的矛盾当中，想当初她也是希望丈夫能够年少有为的，能够做出一番事业来出人头地，现在丈夫果真出人头地了，但谁又能理解丈夫风光的背后她所忍受的痛苦和折磨呢？

那个英俊而又能力出众的丈夫，是自己亲眼看着他逐渐成熟、成功起来的。而成功之后，他却要时常离开自己了。谁知道他会不会在外面遇上其他女人，而被牵绊住了呢？这样优秀的男人大概每一个女人都喜欢，她感觉自己受到了很大的威胁。早知如此何必当初！她甚至有点后悔，不该当初让丈夫这么汲汲于功名了。每一次短暂相聚后的别离，她都会这样痛苦地想。如果丈夫只是一个普通的农夫，自己只是一个普通的农妇，二人早起晚归，男耕女织，每天晚上坐在院子里共同吃饭、赏月、谈心，这平凡的幸福原来这么让人向往！

但现在说什么都晚了，丈夫已经像是展翅翱翔的雄鹰一样，不可能再变回那个普通的小麻雀来过平常人的生活了。她唯一希望的就是这个英俊有魅力的男人能够忙完公事尽快回来，不要让自己老担惊受怕。她怕丈夫在外面另有所爱，而忘记了当初的结发之妻。心里的担忧和烦闷，让她在这样风雨交加的夜晚更加不安和焦虑。因为无论丈夫的事业怎么成功，都和自己的感情没有多大的关系，她只要确定丈夫是爱自己一个人的。

女人要的东西是多么简单和纯粹！男人的目标是征服天下，而女人的目标是征服男人。然而这样一个循环，不由得让女人在把自己的男人送出去征服天下的同时也更加担忧害怕。就像《西厢记》里的张生一样，他虽然风流倜傥，但仍然志在天下。在赢得了莺莺的芳心之后，便要去考取功名。这让莺莺不由得害怕和忧虑起来，因为这样优秀的男人到哪里都会吸引别人的目光，更何况在那个可以三妻四妾的男权社会呢？

张生，这个年少有为的风流才子，先是凭借自己的俊美外貌和绝佳的才品吸引了莺莺的目光。二人在佛殿初逢，彼此眼角留意之时，莺莺便对英俊潇洒的张生产生了好感。随后，张生又在莺莺烧香时，于太湖石畔墙角吟诗：“月色溶溶夜，花阴寂寂春；如何临皓魄，不见月中人。”此诗即景寄情，抒发了他内心的寂寞和孤独，寄托了自己对莺莺的相思之情。既是描写眼前月色，又趁机试探莺莺。这种一语双关的效果，可以相见张生的才情。本诗所体现出来的诗情画意，更是为他们之间的爱情增添了浪漫的气氛。

因此，一来二去，他的风流儒雅，给莺莺留下了良好而深刻的印象，让她对他的诗和人念念不忘。在独白中她这样评价张生："[鹊踏枝]吟得句儿匀，念得字儿真，咏月新诗，煞强似织锦回文。谁肯把针儿将线引，向东邻通个殷勤。"果真，莺莺已经被张生的俊美外表和才情所折服，有了相托终身的意思了。"[寄生草]想着文章士，旖旎人：他脸儿清秀身儿俊，性儿温克情儿顺，不由人口儿里作念心儿里印。学得来'一天星斗焕文章'，不枉了'十年窗下无人间'。"从莺莺的这些独唱中，都可以看出张生并非只是一个只会寻花问柳的绣花枕头，他自己也有经世济国的大志。

果然，在普救寺救众人于危难之中，张生的谋略和才情初试牛刀。在孙飞虎兵围普救寺的紧急关头，众人慌乱无计。张生待老夫人许下婚姻承诺后，自告奋勇、献计献策。张生先是使用缓兵之计，请法本长老稳住贼兵三日，争取更多的时间，紧接着就修书一封，请武艺高强、见义勇为的惠明和尚送信给故人白马将军杜确，请杜确领兵解围相救。张生的"笔尖儿横扫了五千人"、"半万贼兵，卷浮云片时扫净"，这一情节，既表现了孙飞虎之流的卑劣与可耻，又表现了张生的不畏强暴、处事镇静、从容不迫、胆识过人，更显出张生的才学与本领，以及他对莺莺的一片真情。经过这一段波折，更加深了莺莺对张生的认识，更令莺莺倾心相许。

此外，张生的才学并不仅限于此。他还多才多艺，精通音律。例如：在莺莺夜听琴中，张生以琴音诉心曲。凭借他高超的琴技，随心而奏："[秃厮儿]其声壮，似铁骑刀枪冗冗；其声幽，似落花流水溶溶；其声高，似风清月朗鹤唳空；其声低，似听儿女语，小窗中，喁喁。"张生在琴声中倾注了心中的愁绪，倾诉着自己的情意。更以一曲《凤求凰》博得知音情重，真正取得了莺莺的芳心。莺莺的母亲以张生取得头名状元才能迎娶莺莺的条件，让莺莺担心不少。因为京城风流地，难免怕自己心爱的人被别的女人看中，高中头名后，官宦之间的攀亲和结缘更让莺莺担心不已。这种担心

和忧虑在十里长亭送别时，被莺莺表达的委婉曲折。

“碧云天，黄花地，西风紧，北雁南飞，晓来谁染霜林醉？总是离人泪。”刚刚得到爱情又要分离的痛苦，只有莺莺体会最深吧。“恨相见得迟，怨归去得疾。柳丝儿长玉骢难系，恨不得倩疏林挂住斜晖。马儿迍迍行，车儿快快随，却告了相思迴避，破题儿又早别离。听得一声‘去也’，松了金钏；遥望见十里长亭，减了玉肌。此恨谁知！”母亲为了蝇头小利而逼迫张生进京赶考，而莺莺则把那功名利禄看得粪土不如，只希望自己的爱情能够长久，因为，她怕自己的爱人再遇到一个比自己好的女孩，而再也回不来了。分别在即，当张生问莺莺，有什么叮嘱时。莺莺含泪唱道：“你休忧文齐福不齐，我只怕你停妻再娶妻。休要一春鱼雁无消息！我这里，青鸾有信频须寄；你却休，金榜无名誓不归。此一节，君须记：若见了那异乡花草，再休似此处栖迟！”

原来最担心的不是张生考不上状元，而是一去鱼雁无消息。这种担心只有在爱情中敏感的人才会有吧。这样俊美、有才、钟情的男子让自己遇上实在不容易，如果一旦失去，那么自己的一腔热情和无限真心将何以托付？这种感情，是天下所有女人的愁苦和担忧吧。

所有的女人都不想找一个窝囊没用的男人为丈夫，但是又担心丈夫在事业有成后甩掉自己，这种既要名声又舍不得的真爱的矛盾心理，想必每一个女人都有。正如《蜗居》里宋思明的妻子说的那样：“世上就是你我这样自以为孺子牛的女人多了，男人才疯狂，我把他收拾体面了，他出去风光，别的女人看见他，又有风度又有温度，马上就有热度，哪想得到背后有个女人操劳过度。”女人对男人的担忧和怀疑全部被说了出来。

所以，女人因为爱才变得那么多疑和善感，因为爱得深才担忧隐藏在暗处的情敌。正是想抓住爱情和面包的两全心里，让女人像是放风筝一样，把自己的男人放出去，希望他能飞得高、飞得稳，自己也跟着风光。然而她们感到害怕了、失控了，才会想到拼命地往回拉线，希望把自己的爱情和丈夫拉回来。爱情和面包有时可以两全，但是二者之间的矛盾想必是所有女人一生都希望平息的吧。

《召南·江有汜》：爱真的需要勇气

江有汜，之子归，不我以。不我以，其后也悔。

江有渚，之子归，不我与。不我与，其后也处。

江有沱，之子归，不我过。不我过，其啸也歌。

中国古代并不缺少薄情郎。当杜十娘面对一江波涛滚滚的秋水，心生恨意和绝望时，就是在说明，在感情上女人永远不是男人的对手。这个道理很简单，原因就是男人只把感情当成生活的调味品，而女人则把感情当成了生活的主食。所以，没有感情男人仍然可以活着，而没有感情，女人的世界大概都会崩溃。

这首诗表现的主题与此相同，一样是女人遭遇丈夫抛弃后的感情纠葛，但是很明显，这个女人并没有杜十娘那样的决绝。当杜十娘得知李甲为图谋钱财将其出卖后，她毅然抱着自己苦心积攒的百宝箱投入江中。同样是面对滚滚长江水，这位古代的女子很明显还没有那样决绝和坚强。她只希望，已经另有新欢的丈夫能够不抛弃自己，哪怕是已经有了新欢，她仍然希望能和新人同处一个屋檐下，不离开自己的丈夫。只是希望丈夫不要这么快做决定，这么鲁莽地抛弃自己。

或许，女子这样想都是有原因的。当初对自己信誓旦旦、山盟海誓的丈夫这么快就对自己这么狠心和绝情，这一点她是很难相信的。或许丈夫只是暂时被这个新人给迷住了，而过了一段时间之后，他冷静过来，还会回到

自己身边来的。多么柔弱和天真的女子！以至于我们不忍心让她知道最后的结果而伤害到她。

她像是一块望夫石一样，被丈夫遗弃后，长年累月地守候在江边。记得当初丈夫迎娶自己时的船队也是从这里经过的。结婚时锣鼓震天，大红色的船队喜气洋洋，而自己那天是多么漂亮啊。十八里最美的新娘子！丈夫心里简直乐开了花，不时地回头看着自己，那种爱怜和甜蜜，怎么也让她不相信，他这么快就会和自己恩断义绝。所以，她宁愿等，她也相信自己会等到丈夫回心转意的那一天。看着丈夫迎娶新人的船队浩浩荡荡地在自己眼前飘过，这份热闹和红火像是自己结婚时一样，只是新娘已经不是自己。想到这里她痛彻心扉，一腔的悲愤和忧愁像这无情的江水一样，浩淼而又奔涌不息。

但是，她仍然相信丈夫不会这么对待自己的。再等待一段时间，或许等丈夫对这个新人厌倦了，还会回过头来找自己。她相信丈夫会为抛弃自己这件事后悔的。对此，一开始她深信不疑。不知道是什么让这个上古时代的女人这么自信，以为那个已经抛弃自己的男人还会回心转意！或许是那时的女人独有的单纯和痴情，也可能是对感情的极度相信和痴迷让她们怀有这样一个愿望吧。

但是，时间告诉她，她错了！眼看着等了一天又一天，等了一月又一月，等了一年又一年。她见了无数迎亲的船只和新人，听了无数的锣鼓震天响，却没有一艘是丈夫迎接自己回家的船。时间是最好的证明吧，这一切证明她失败了，而且败得一塌糊涂。丈夫不仅没有回来迎接她，更是没有一个人带来丈夫的任何消息。这个当初对自己千般宠爱万般甜蜜的人像是一阵空气一样在自己的世界里瞬间蒸发了！深深的秋季，树木枯黄，万叶落尽。一切看起来都突然变得这么萧瑟，她怀揣了这么久的愿望终于有了结果。即使是悲剧，也让她一颗满怀希望的心终于落地。

从此，不用在每一个早晨，迎着白白的太阳，站在江边无尽地遥望和苦等。也不用再想尽一切理由劝告自己，丈夫不会这么快变心，一定会来迎接自己。原来，当希望落空，一切都这么安静，虽然少了那个自己曾经深爱爱情中的是是非非，谁也说不清楚。或许，只有看得更开一点，让自己尽量安静点，因为爱得太过炽烈，那心气会被爱情的烈焰烧得血迹斑斑、面目全非。

江有汜，之子归，不我以。不我以，其后也悔。
江有渚，之子归，不我与。不我与，其后也处。
江有沱，之子归，不我过。不我过，其啸也歌。

——《召南·江有汜》

的人，但是终于有了结果。只是她再也忍不住心中的委屈和凄苦，面对滚滚江水，她忍不住长歌当哭，一抒心中的不平和怨愤。

这份哀戚和悲痛让人不由想起了看透爱情后决绝的杜十娘。作为一个花魁，杜十娘美丽，热情，心地善良，轻财好义。为了从良，她很早就自己积攒钱财，以便为自己以后的人生做好打算。她有心向李甲，爱的是人，不是钱。见他“手头愈短，心头愈热”，心内更是感动。少了父母的资助，李甲生活陷入窘迫，一直是杜十娘资助这个富家公子。

他们从素昧平生变成一对恋人。相恋后，李甲担心归家不为严父所容，杜十娘便与李甲泛舟吴越，商量以后的打算。美人美景，让李甲一时忘记了烦恼。岂料，在途中，一富家公子偶然相遇，看到杜十娘的绝世容颜，心生贪慕，就乘与李甲饮酒之机，巧言离开，诱惑并使李甲以千金银两之价把杜十娘卖给了他。这个当初口口声声说真情的男人为了这千两金银把她出卖了。看到自己心爱的人躲在暗处，面对一个陌生人的调戏，杜十娘悲愤无比，万念俱灰。她假装同意他们的交易，却在正式交易之际当众打开自己的百宝箱，怒斥李甲的无情无义和那个富家公子的狼子野心，而后抱着自己的一箱珠宝投江而死。

金钱和美色，大概是男人最爱的两样东西吧。所以说杜十娘是聪明的，她知道这两件东西是男人最爱，所以在万念俱灰之际，她亲自毁了这两样东西，不让眼前这两个无耻的男人得到。她是决绝的，在知道被男人抛弃之后，知道不可能取得男人的回心转意，即使回心转意在感情上也回不到原点了。所以她宁愿抱着男人喜欢的珠宝葬身江底。这应该是对薄情郎的有力报复吧。

因为，爱情没有早一步也没有晚一步。一旦感情发生了改变，任何一个人都将回不到原来的样子。所以诗中的那个女人在悲戚地等待丈夫回心转意的时刻，已经注定了这终将会是一场悲剧。在那个男尊女卑的社会里，男人向来不会缺少女人，而女人一旦被抛弃便如已经扔掉的衣服一样，再也没有被重新捡起的机会。

所以，与其苦苦哀求和等待，还不如痛痛快快地决绝，给爱情一点尊严，像杜十娘一样。在知道被抛弃的那一刻她肯定伤心欲绝，但是，她只是冷笑了一下。这冷笑不知道是在嘲笑自己遇人不淑还是嘲笑眼前这个男人的庸俗和无耻，或者兼而有之。为了给自己一点尊严，为了给爱情一点尊严，这个女人毫不犹豫地死去了。虽然有点悲壮和决绝，但是也只有如此了吧，因为深爱的人，在抛弃你的同时，已经给你判了死刑。你既不能回到没有他的日子，又无法面对未来的生活，于是想到了死。这个结局有点惨，但却是对这无情的抛弃的强烈斥责。

爱情中的是是非非，谁也说不清楚。或许，只有看得更开一点，让自己尽量安静点，因为爱的太过炽烈，那心气会被爱情的烈焰烧得血迹斑斑、面目全非。